Janette Oke

Wenn der Tag erwacht

Janette Oke

Wenn der Tag erwacht

Schulte & Gerth

Die amerikanische Originalausgabe erschien
im Verlag Bethany House Publishers, Minneapolis, MN 55438,
unter dem Titel „When breaks the dawn“.

Aus dem Amerikanischen übersetzt von Beate Peter

Best.-Nr. 15 112
ISBN 3-89437-112-9
1. Auflage 1990
Umschlaggestaltung: Bethany House/Gisela Scheer
Satz: Typostudio Rücker & Schmidt, Langgöns-Niederkleen
Druck und Verarbeitung: Mohndruck, Gütersloh
Printed in Germany

Personen

Elisabeth Thompson-Delaney: Lehrerin und Wynn Delaneys Ehefrau. Obgleich sie in einer wohlhabenden Familie in der Großstadt Toronto aufgewachsen war, lernte sie es, ohne Klagen und Selbstmitleid unter primitiven Verhältnissen zu leben.

Wynn Delaney: Mitglied der Königlichen Berittenen Polizei im Norden Kanadas. In seinem Beruf sah er die Aufgabe und Möglichkeit, anderen Menschen zu helfen.

John und Nimmie Lain: Der Besitzer des Warenlagers am Ort und seine Frau, eine Indianerin, die sich ihre Bildung selbständig angeeignet hatte.

Julie: Elisabeths hübsche, unbekümmerte jüngere Schwester. Elisabeth liebte ihre Schwester sehr.

Markus: Elisabeths jüngerer Bruder, der in Toronto aufwuchs.

Vorgeschichte

Als Elisabeth Thompson, die elegant gekleidete junge Lehrerin aus Toronto, in die Eisenbahn nach Calgary stieg, hatte sie ein ganz bestimmtes Ziel im Auge: sie wollte die Kinder der Pioniere in einer Landschule unterrichten. Wynn Delaney, ein Mitglied der Königlichen Berittenen Polizei – auch Mounties genannt – sorgte jedoch dafür, daß alles anders kommen sollte.

Nach ihrer Trauung und einem kurzen Hochzeitsurlaub in Banff reisten die beiden zu einem entlegenen Indianerdorf im Norden Kanadas, wo Wynn als Polizist eingesetzt worden war. Es dauerte nicht lange, bis Elisabeth trotz schwieriger Umstände die Indianer ins Herz geschlossen und sie zu achten gelernt hatte.

Das Indianerdorf wurde von einem großen Unglück heimgesucht, als das Warenlager in Flammen aufging. Mit dem Lager verlor das Dorf sämtliche Wintervorräte für Mensch und Vieh. Nimmie Lain, die indianische Frau des Warenhändlers, war Elisabeths beste Freundin geworden. Elisabeth vermißte sie sehr, als Nimmie mit ihrem Mann „nach draußen", zurück zur Zivilisation, reiste, um neue Vorräte und Baumaterial für einen neuen Umschlagplatz zu beschaffen.

Nimmie hatte versprochen, im Frühjahr zurückzukehren. Elisabeth sah diesem Tag voller Ungeduld und Sehnsucht entgegen. Endlich war die lange Wartezeit vorüber, und mit den hoch beladenen Planwagen kehrten auch Hoffnung, neue Kraft und Freude in das Indianerdorf zurück.

Heimkehr

Je mehr wir uns den ratternden Planwagen näherten, desto heftiger schlug mir das Herz. Am liebsten hätte ich meine langen Röcke gerafft, um loszulaufen, so schnell mich meine Beine trugen, doch ich bezwang meine Ungeduld. Ich wußte nicht recht, was mein Mann von mir denken würde, wenn ich einfach blindlings draufloslaufen würde, doch unsere indianischen Nachbarn würden zweifellos kein Verständnis für ein derartiges Benehmen aufbringen.

So nahe waren die Planwagen uns schon und doch noch so weit entfernt, als sie nun die Abhänge der letzten Hügel vor unserer Siedlung herabrollten. Ich hatte Nimmie während ihrer Abwesenheit arg vermißt und konnte es kaum erwarten, mich mit eigenen Augen von ihrem Wohlergehen zu überzeugen. Ich wollte sie in meine Arme schließen und sie zu Hause willkommen heißen. Ach, und ich mußte unbedingt mit ihr sprechen – stundenlang sollte sie mir sämtliche Einzelheiten aus der zivilisierten Welt und jedes ihrer Reiseerlebnisse berichten.

Wynn mußte geahnt haben, was in mir vorging. Er nahm meine Hand und drückte sie sanft.

„Jetzt wird's nicht mehr lange dauern!" versuchte er meine bebenden Hände und mein zitterndes Herz zu beruhigen.

Ich holte tief Luft, warf ihm ein flüchtiges Lächeln zu und bemühte mich, meine Schritte zu verlangsamen, wenn mir das auch unendlich schwerfiel. Die Beine schmerzten mich geradezu vor Anstrengung. Ich wollte nichts anderes, als endlich meine geliebte Nimmie wiedersehen.

Als ich glaubte, die Spannung keine Sekunde länger ertragen zu können, sah ich, wie jemand aus einem der Planwagen in der Ferne herauskletterte, und da kam Nimmie mir auch schon entgegengestürzt. Nun gab es für mich kein Halten mehr. Ich hob meine Rocksäume und rannte los.

Zuerst brachte keine von uns ein Wort hervor. Wir hielten einander nur umarmt. Tränen liefen uns über das Gesicht.

Nimmie war nicht nur meine lang ersehnte Freundin, sondern auch eine Botin allerhand Neuigkeiten aus der zivilisierten Welt, der Welt meiner Familie, die ich innig liebte und so sehr vermißte.

Als wir uns schließlich aus unserer Umarmung lösten, herrschte um uns herum eine geschäftige Unruhe. Wynn begrüßte gerade Herrn Lain, Nimmies Mann, und die Dorfbewohner drängten sich um uns. Die Kutscher hatten Mühe, die Pferde inmitten all der Aufregung ruhig zu halten. Alle schienen durcheinanderzureden, und Nimmie und ich wußten, daß es zwecklos sein würde, uns ausgerechnet jetzt miteinander zu unterhalten. Wir traten einen Schritt zurück, strahlten vor Wiedersehensfreude und versprachen einander mit leuchtenden Blicken ein ausführliches Gespräch, sobald wir die Gelegenheit dazu finden würden.

Dennoch wagte ich eine Frage: „Katherine?“ fragte ich über das Stimmengewirr hinweg.

„Sie ist in der Stadt geblieben“, antwortete Nimmie nur. Ich wußte, daß jetzt nicht der geeignete Zeitpunkt war, Einzelheiten zu erfragen.

Langsam bewegte sich die ganze Menschenmenge mit den Planwagen auf die Siedlung zu. Eine nahezu unheimliche Stille herrschte auf dem Pfad, der uns über die Hügel und durch das Gebüsch heimwärts führte.

Nimmies Kopf fuhr aufgeregt hin und her. Voller Spannung schaute sie nach rechts und links und beugte sich vor, um einen ersten Blick von den ihr so vertrauten Hütten in der Lichtung zu erhaschen. Ich wußte, daß ihre Gedanken zum Dorf vorauseilten. Meine dagegen kreisten um die Welt, die sie erst vor kurzem hinter sich gelassen hatte.

Schließlich konnte ich meine Ungeduld nicht länger zähmen.

„Habt ihr meine Verwandten in Calgary besucht?" fragte ich und hoffte dabei inständig, daß sie diese Frage bejahen würde.

Sie wandte sich zu mir um. Ihre Augen leuchteten.

„Sie sind allesamt riesig nett!" rief sie begeistert. „Mary hat ein Herz aus Gold, und die Kinder – ach,ich habe sie einfach liebgewonnen!"

Ich schluckte. Das Heimweh plagte mich. Ich hatte nicht gewußt, wie sehr ich mich nach Jonathan, Mary und ihren Kindern sehnte, bis Nimmie von ihnen sprach.

„Geht es ihnen ... geht es ihnen gut?" Selbst diese wenigen Worte wollten mir fast in der Kehle steckenbleiben.

„Prima!" strahlte Nimmie. „Aber du fehlst ihnen. Sie lassen dich lieb grüßen. Die kleine Kathleen hat gebettelt, uns begleiten zu dürfen, um ihre Tante Betty wiederzusehen. Sie hat gesagt, es wäre schon ‚fast eine Ewigkeit' her, seitdem du abgereist bist."

Meine geliebte kleine Kathleen! Ich konnte förmlich spüren, wie sie ihre warmen Ärmchen um meinen Hals schlang. Tränen stiegen mir in die Augen.

„Sie ist bestimmt mächtig gewachsen!" sagte ich sehnsüchtig.

„Mary sagt, sie alle hätten im letzten Jahr einen großen Schuß in die Höhe getan", antwortete Nimmie.

Als sie jedoch die Tränen bemerkte, die mir über die Wangen rollten, wechselte sie rasch das Thema.

„Sie haben mir allesamt Briefe an euch mitgegeben",

kündigte sie an. „Ich habe sie in die oberste Warenkiste gesteckt, damit du sie gleich bekommst, wenn wir die Siedlung erreicht haben. Ich wußte doch, wie sehnsüchtig du darauf wartest."

Ich legte meinen Arm um sie. Nimmie verstand mich.

Die Pferde schienen eine baldige Rast und Futter zu wittern und trabten nun schneller voran. Wir mußten uns beeilen, um Schritt mit ihnen zu halten. Wynn, der neben John Lain hergegangen war, um die ersten Neuigkeiten in Erfahrung zu bringen, kam auf mich zu und ergriff meine Hand.

„Alles in Ordnung?" fragte er nach einem kurzen Schweigen.

Ich lächelte zum Zeichen, daß mir nichts fehlte, wenngleich mir die Tränenspuren noch im Gesicht standen.

„Gibt es Neues von daheim?" fragte er.

„Nimmie sagt, es gehe ihnen gut. Sie hat uns Briefe mitgebracht." Ich drückte Wynns Hand fester. „Kann's ja kaum erwarten, sie zu lesen!"

Inzwischen stand die Sonne tief über dem Horizont, so daß der Pfad kaum mehr zu erkennen war. Doch die Indianer mit ihrer Naturverbundenheit schritten sicher aus, während ich immer wieder stolperte und dankbar für den Halt war, den Wynn mir gab. Kip hörte auf umherzutollen und blieb nun in unserer Nähe.

„Die Lains werden ein Bett für die Nacht brauchen, womöglich sogar für mehrere Nächte, bis sie sich die alte Lamuir-Hütte hergerichtet haben", sagte Wynn nach längerem Schweigen.

„Aber die ist doch gräßlich heruntergekommen!" rief ich entsetzt. Es überraschte mich, daß er überhaupt eine solche Unterkunft in Betracht ziehen konnte.

„Mit ein wenig Mühe läßt sie sich ganz wohnlich einrichten", erklärte Wynn beharrlich. „John hat sich schon erkundigt, ob sie sie haben können." Er hielt inne, um dann langsamer fortzufahren: „Wie die meisten Frauen wird Nimmie es wohl vorziehen, eine eigene Hütte zu haben."

Ich wußte, wie recht Wynn damit hatte, zumindest was Nimmies Unabhängigkeit betraf, wenn ich sie auch viel lieber bei uns untergebracht hätte, während das Warenlager aufgebaut wurde.

„Ich helfe ihr, die Hütte zu putzen, wenn sie möchte", erbot ich mich ein wenig widerwillig.

„Gut", sagte Wynn nur.

Nach einer Pause unterbrach ich das Schweigen erneut.

„Was meinst du, wie lange es dauern wird, bis das Warenlager fertig ist?"

„Das hängt vom Wetter ab und davon, wie viele Männer helfen, aber John hofft, daß es in vier Wochen soweit aufgebaut ist, daß wir die Vorräte darin lagern können. Das Wohnhaus stellt er fertig, sobald er Zeit dazu hat."

Die arme Nimmie! Es würde Monate dauern, bis sie ihren eigenen Haushalt haben würde, und mit dem Nachwuchs, den sie erwartete, würde das nicht einfach für sie werden.

Im Halbdunkel sah ich wieder zu Nimmie hinüber. Sie sah gesund aus. Die Wölbung ihres Leibes war nun deutlich sichtbar, und ich fragte mich im stillen, wann das Kind wohl kommen würde. Als Nimmie mich in ihr Geheimnis eingeweiht hatte, war es mir vor lauter Aufregung nicht in den Sinn gekommen, mich nach dem Geburtstermin des Kindes zu erkundigen. Ja, in einigen Wochen könnte es soweit sein. Dennoch schritt sie mit den gleichen aufrechten Schultern, dem gleichen Selbstvertrauen wie die anderen Indianer aus. Ich bewunderte meine Freundin.

Inzwischen war es recht dunkel geworden. Noch immer kamen uns Dorfbewohner entgegen, um die Ankömmlinge zu begrüßen: Mütter mit Kleinkindern, ältere Leute, die nur langsam an ihren Stöcken gehen konnten, und Kinder, die fröhlich und ausgelassen umhersprangen.

Endlich tauchten die ersten Hütten der Siedlung in der

Dunkelheit auf. Der Geruch der Holzfeuer lag noch in der Luft, obgleich die meisten Feuer inzwischen gewiß längst erloschen waren. Der klägliche Rest des niedergebrannten Warenlagers war noch schwach zu erkennen. Plötzlich wünschte ich mir, wir hätten uns die Zeit dazu genommen, den Unrat zu beseitigen, um Nimmie diesen schmerzlichen Anblick zu ersparen.

Ich trat dichter an sie heran und hoffte, sie durch meine Nähe ein wenig ermutigen zu können. Diese Hoffnung schien sich zu erfüllen, denn ich hörte ihre sanfte Stimme über das Quietschen der Wagenräder hinweg: „Es ist wie ein schlimmer Traum aus längst vergangener Zeit."

Ich drückte ihren Arm, ohne etwas zu erwidern. Ich wußte nicht, was ich hätte sagen sollen.

Schweigend gingen wir zwischen den so vertrauten Hütten hindurch. Die Planwagen kamen zum Stehen. Mit schmerzenden Beinen kletterten die erschöpften Kutscher herab und redeten unentwegt auf die Pferde ein, während sie sie festbanden, bis Herr Lain die ersten Anweisungen gab. Nimmie wartete auf ihren Mann.

„Ich mache ein Feuer und koche uns ein Abendessen. Sobald ihr frei seid, kommt ihr zu uns. Du wirst dich auch ein wenig frisch machen und ausruhen wollen, bevor wir essen."

„Dank' dir", sagte Nimmie mit sanfter Stimme.

Beschwingt lief ich nach Hause, um unsere Mahlzeit zuzubereiten. Nimmie war wieder da, und es ging ihr gut! Die dringend benötigten Vorräte für das Dorf waren in den Planwagen verstaut. Bald würde das Warenlager wieder aufgebaut sein. Und nach dem Abendbrot würden Nimmie und ich endlich die Gelegenheit haben, uns ausgiebig unsere Erlebnisse zu erzählen.

Wieder beisammen

Während ich Feuer im Herd machte, überlegte ich, was ich zum Abendessen zubereiten könnte. Ich wußte, daß sich die Lains nach der tagelangen Reise durch die Wildnis über eine herzhafte Mahlzeit anstelle von hastig zubereiteten Butterbroten freuen würden. Ihre Rückkehr verdiente es, als wahres Freudenfest gefeiert zu werden, doch meine Vorratskammer war nahezu leer. Die Planwagen draußen in der Siedlung waren hoch beladen mit allem, was wir für die nächsten Monate brauchen würden, so daß kein Grund zur Sparsamkeit bestand, selbst wenn es mir schwerfallen würde, mich von dieser Gewohnheit der vergangenen Wochen zu lösen. Nein, es war nicht meine Sparsamkeit, die mich daran hinderte, ein fürstliches Mahl zuzubereiten, sondern einfach die Tatsache, daß mein Lebensmittelvorrat nahezu erschöpft war.

Während die Flammen gierig das Holz verzehrten, durchsuchte ich meine Vorratskammer nach geeigneten Zutaten, doch jeder Behälter, den ich voller Eifer hervorholte und öffnete, war fast leer. Ich fragte mich im stillen, wie viele Tage wir uns noch von dem kümmerlichen Rest, der noch vorhanden war, hätten ernähren können.

Fleisch gab es immer. Die Indianer hatten uns unter Wynns Anleitung stets mit frischem Wildbret versorgt. Da sich das Fleisch wegen des wärmeren Wetters nicht lange hielt, mußte es täglich zur Siedlung gebracht und unter den Familien verteilt werden. Ich begutachtete das Stück, das man mir für unsere Abendmahlzeit gebracht hatte. Für Wynn und mich wäre es reichlich gewesen, doch für vier Personen wirkte es eher winzig. Es war Biberfleisch, nicht gerade mein Leibgericht, doch mit etwas Phantasie ließ es sich einigermaßen schmackhaft zubereiten. Ich überlegte, wie ich es am besten garen und dabei mit anderen Zutaten anreichern könnte.

An Gemüse besaß ich nicht viel, aber zu einer Art Eintopf würde es vielleicht ausreichen. Ich beeilte mich, das Fleisch in den Kochtopf und diesen dann auf den Herd zu bekommen. Für eine Nachspeise hatte ich rein gar nichts zur Hand. Wir würden sie einfach ausfallen lassen müssen, wie Wynn und ich es in der letzten Zeit getan hatten.

Glücklicherweise besaßen wir einen großen Brennholzvorrat, und bald hatten die lodernden Flammen den Eintopf zum Kochen gebracht. Wenn wir doch nur frisches Brot dazu hätten! Doch unseren spärlichen Rest Mehl hatten wir rationiert. Anstelle von Brot machte ich uns Maisplätzchen, wobei ich das Mehl fast gänzlich aufbrauchte. Da ich kein Schmalz mehr hatte, mußte ich zerlassenes Bärenfett zum Braten verwenden. Den Geschmack von Bärenfett mochte ich nicht sehr, doch nun blieb mir keine andere Wahl.

Wenn ich doch nur etwas besonders Gutes im Haus hätte, um das Wiedersehen mit unseren Freunden zu feiern, ihre glückliche Ankunft und die neuen Vorräte! Doch ich hatte absolut nichts.

Plötzlich kam mir das Glas Blaubeeren in den Sinn, das ich für eine ganz besondere Gelegenheit auf dem obersten Regalbrett verwahrt hatte. Heute war wahrhaftig eine besondere Gelegenheit! Voller Freude nahm ich das Glas aus dem Regal.

Der Eintopf kochte, die Maisplätzchen waren fertig und der Tisch gedeckt. Nun gab es nichts mehr zu tun. Ungeduldig ging ich zwischen Tisch und Herd, Tür und Fenster hin und her. In dem schwachen Lichtschein aus den offenen Türen und den kleinen, schmutzigen Fenstern der Hütten um den Dorfplatz konnte ich nur schattenhafte

Bewegungen ausmachen. Ich wußte, daß die Planwagen zum Ausladen in die Lichtung gezogen wurden. Ich wußte auch, daß nur einige der Kisten abgeladen würden, da es an Lagerplatz für den Inhalt fehlte, doch ein Teil der Vorräte würde so zügig wie möglich ausgepackt werden, um den Dorfbewohnern Zugang dazu zu verschaffen. Morgen würde ein hartes Stück Arbeit auf die Männer warten.

Ich wandte mich vom Fenster ab, schob ein paar Scheite Brennholz nach und rückte zum fünften oder sechsten Mal das Besteck auf dem Tisch zurecht. Ich fühlte mich von dem geschäftigen Treiben in der Siedlung ausgeschlossen. Kip schien es ähnlich zu ergehen; auch er spürte die Aufregung draußen, hinter unserer geschlossenen Tür, und bettelte darum, ins Freie gelassen zu werden.

Ich zeigte mich unbarmherzig.

„Wenn ich nicht in die Siedlung gehen darf, dann darfst du's auch nicht", erklärte ich ihm mit Bestimmtheit. „Schließlich entgeht auch mir der ganze Trubel!"

An meiner Stimme hatte Kip erkannt, daß ich nicht mit mir verhandeln lassen würde. Er winselte nur noch kurz und trollte sich dann an seinen Lieblingsplatz vor dem Kamin. Dort rollte er sich auf dem Bärenfell zusammen und sah mich mit großen, flehenden Augen an.

Ich rührte in dem Eintopf und schob den Wasserkessel auf die heiße Herdplatte. Weder Tee noch Kaffee hatte ich im Haus. Wir hatten die letzten Teeblätter am Sonntag aufgebraucht, und schon seit einer Woche fehlte uns Kaffee. Statt dessen hatten wir einfach heißes Wasser getrunken, was eigentlich recht erfrischend war.

Endlich hörte ich Schritte vor unserer Hütte und lief zur Tür. Die Arme voller Pakete, betrat Nimmie die Stube.

„Ich weiß doch, wie gespannt du auf die Briefe bist, und Mary hat mir aufgetragen, dir die Pakete sobald wie möglich auszuhändigen. Die Männer bringen den Rest mit."

Es war, als feierten wir Weihnachten im Frühling! Die liebe, gute Mary! Ich konnte es ja kaum erwarten, alles auszupacken! Voller Spannung nahm ich die Pakete entgegen und wollte das erste auf der Stelle auspacken, doch dann besann ich mich. Die Schätze waren schließlich nicht nur für mich bestimmt, sondern auch für Wynn. Anstatt wie ein Kind das Papier aufzureißen, betastete ich das Paket nur ein wenig und legte es dann mit den anderen auf einen Stuhl.

„Wynn läßt dir ausrichten, du sollst sie ruhig schon auspacken“, sagte Nimmie, die meine Gedanken erraten hatte.

„Wirklich?“ Vor lauter Eifer getraute ich mich kaum, ihren Worten zu glauben.

Nimmie lachte silberhell und sanft. Ich hatte den hübschen Klang ihres Lachens vermißt. In den vergangenen Wochen war es in der Siedlung kaum jemand zum Lachen zumute gewesen. Das wurde mir erst jetzt bewußt, als ich Nimmie lachen hörte. Tränen wollten mir in die Augen steigen. Die Freude war einfach überwältigend!

Mit meiner Schürze wischte ich mir rasch die Tränen aus den Augenwinkeln und hob das erste Paket vom Stuhl. Es war für mich und enthielt neue Kurzwaren, Haarbürsten und blütenweiße, spitzenbesetzte Unterwäsche. Ich strich mit den Händen über jedes funkelnagelneue Teil und genoß den frischen Duft, den etwas noch nie Getragenes, noch nie Gewaschenes ausströmt.

Das nächste Bündel war von Kinderhänden gepackt und enthielt Süßigkeiten. Es waren manche Köstlichkeiten darunter, die Kinder besonders lieben, doch ich gebe zu, daß auch ich sie nun unwiderstehlich fand. Ich wußte nicht einmal, wann ich zum letzten Mal etwas Schokolade gegessen hatte. Jedes kleine Geschenk war einzeln verpackt und beschriftet. Als ich die Namen der Absender las, füllten sich meine Augen erneut mit Tränen. Ein etwas schräg verschnürtes Päckchen trug den Namen der kleinen Elisabeth, und ich ahnte, daß ihre Geschwister ihr geholfen haben mußten. Gewiß war sie in dem Jahr seit meiner Abreise sehr gewachsen, obwohl sie mit ihren zwei Jahren noch immer ein Kleinkind war.

Das dritte Paket war wieder von Mary. Auch dieses steckte voller Köstlichkeiten, wenn auch von anderer Art als das vorige. Zum Vorschein kamen Gewürze, Trockenfrüchte, Nüsse und unterschiedliche Teesorten und sogar eine Dose Kaffee! Da konnte ich die Tränen nicht mehr zurückhalten. Einige dieser Dinge hatte ich seit Calgary nicht mehr gesehen. Welch ein Freudenfest! Ich fand keine Worte, um meine Begeisterung auszudrücken, doch Nimmie hatte gewiß Verständnis.

Schließlich nahm ich den Stoß Briefe zur Hand. Ich würde sie erst lesen, wenn Wynn dabei war, nahm ich mir vor. Jeden einzelnen drehte ich in den Händen hin und her. Einer trug Marys regelmäßige, zierliche Handschrift auf dem Umschlag, ein zweiter die energische Schrift meines Bruders Jonathan, drei weitere die unbeholfenen Druckbuchstaben der Kinder und ein letzter sogar die schwungvollen, unbekümmerten Schriftzüge meiner Schwester Julie! Es kostete mich die größte Überwindung, die Briefe wieder beiseite zu legen.

Als ich meine Fassung wiedererlangt hatte, fragte ich Nimmie: „Was möchtest du gern zum Abendessen trinken: frischen Kaffee oder einen tropischen Tee?“

Erneut lachte Nimmie.

„Hm“, antwortete sie, „mir scheint, ich bin in den letzten Wochen sowohl mit Kaffee als auch mit tropischen Tees verwöhnt worden. Ich überlasse dir die Wahl.“

„Also schön“, lächelte ich und überlegte genüßlich wie ein Kind im Bonbonladen. Gerade wollte ich mich für Zitronentee entscheiden, als ich an Wynn dachte. Wynn hätte gewiß Kaffee gewählt. Also legte ich den Tee an seinen Platz zurück und öffnete die Kaffeedose. Diesen Moment werde ich niemals vergessen. Würziger Kaffeeduft strömte aus der Dose und erfüllte die Luft. Genüßlich sog ich ihn ein und sah dabei Nimmie an, um mich zu vergewissern, daß ich nicht träumte.

„Wir müssen uns unbedingt bald erzählen, was wir alles erlebt haben", sagte ich, immer noch den Duft des Kaffeepulvers schnuppernd, das ich gerade sorgfältig in die Kanne maß.

„Das tun wir auch", versprach Nimmie. „Und zwar so ausgiebig, wie du nur möchtest!"

Im nächsten Moment hörten wir auch schon Schritte auf der Stufe vor der Tür, und Wynn und John traten ein. Auf den Schultern trugen sie eine große Holzkiste.

„Die Familie will den notleidenden Bewohnern des Nordens etwas von ihrem Überfluß zukommen lassen!" scherzte Wynn, doch seine Stimme verriet seine aufrichtige Dankbarkeit.

„Oh, Wynn!" Mehr konnte ich beim Anblick der Kiste nicht hervorbringen. Es dauerte ein paar Sekunden, bis ich mich darauf besann, den Männern heißes Wasser zum Händewaschen bereitzustellen.

„Hier riecht's aber vielversprechend!" lobte John. „Das fade, verkohlte Essen vom offenen Lagerfeuer bin ich gründlich leid!"

„Es ist nicht viel", gestand ich und errötete ein wenig. „Ich wußte nicht, wie knapp unsere Lebensmittelvorräte in Wirklichkeit geworden waren, bis ich unser Abendessen für heute gekocht habe. Weiß nicht, wie lange wir mit den kümmerlichen Resten noch ausgekommen wären."

„Elisabeth hat ihre Sache großartig gemacht!" sagte Wynn mit unverhohlenem Stolz in der Stimme. „Sie hat immer etwas zu dem Fleisch dazugezaubert."

Bei Wynns Worten errötete ich noch tiefer. Wir wußten beide genau, daß es oft so gut wie nichts außer Fleisch zu essen gegeben hatte.

Nun versammelten wir uns um unseren kleinen Tisch, und Wynn sprach das Dankgebet. Seine Stimme klang ein wenig rauh, als er dem Vater im Himmel dafür dankte, daß die Planwagen die Siedlung noch rechtzeitig erreicht hatten, um eine Hungersnot zu verhindern. Ich mußte an die schwere Verantwortung denken, die Wynn während der letzten Monate für die Menschen hier in der Siedlung getragen hatte.

Unsere einfache Mahlzeit ließen wir uns trotz allem schmecken. Selbst das Biberfleisch wurde durch die angeregte Unterhaltung mit unseren Freunden erheblich genießbarer. Nimmie lobte die Maisplätzchen: „Bärenfett, nicht wahr? Ich hab' es richtiggehend vermißt – hm, es schmeckt so gut!"

Ich lachte. Über Geschmack läßt sich bekanntlich nicht streiten, und die Macht der Gewohnheit spielt offensichtlich auch eine große Rolle.

Nach dem Essen teilten uns die Männer mit, daß sie noch einige Dinge in der Siedlung zu erledigen hätten. Wynn zündete die Laterne an, und die beiden machten sich auf den Weg. Nimmie und ich räumten den Tisch ab und wuschen in aller Eile das Geschirr ab, um uns möglichst bald in das langersehnte Gespräch vertiefen zu können.

Endlich setzten wir uns. Unsere Briefe hatte ich noch immer nicht geöffnet, doch auch jetzt noch wollte ich damit auf Wynn warten. Ich wollte mir kein Wort von Nimmies Bericht entgehen lassen. Einerseits erschien es mir wie eine Ewigkeit, andererseits wie einen Tag her, seitdem ich selbst die lange Reise mit der Eisenbahn, dem Floß und dem Planwagen gemacht hatte.

Ich wußte nicht, wo ich mit meinen Fragen beginnen sollte. Dann besann ich mich darauf, daß die Reise für Nimmie ihre erste Begegnung mit der zivilisierten Welt gewesen war.

„Nun?" fragte ich. „Was hältst du von dem allem da draußen?"

„Es war einfach wie im Märchen – die Eindrücke, die

Geräusche und die riesengroßen Häuser“, antwortete sie mit Begeisterung in der Stimme. Ihre Hände zeichneten die hohen Gebäude der Großstadt in die Luft. „Ich hätte mir ja nie träumen lassen, daß es so etwas wirklich gibt. Alles war so anders, so ... so neu.“

Ich sah das Strahlen in ihren Augen. Es hatte ihr offensichtlich in der Stadt gefallen. Wenn ich doch nur dabeigewesen wäre, um ihr alles selbst zeigen zu können.

„Es ist herrlich dort, nicht wahr?“ sagte ich leise und dachte dabei an die vielen Dinge, die Nimmie gewiß jetzt schon genauso vermißte wie ich.

„Ist es dir schwergefallen, wieder zurückzukommen?“ fragte ich dann zögernd.

Nimmies Augen weiteten sich und wurden dann weicher. Langsam und rücksichtsvoll antwortete sie: „Ich habe die Welt, in der du gelebt hast, gern besucht. Alles war sehr interessant. Aber nach ein paar Wochen habe ich mich so sehr nach den Flüssen und dem Wald gesehnt, daß ich's kaum erwarten konnte, wieder nach Hause zu kommen.“

Erste Neuigkeiten

Als Wynn und John nach den letzten Erledigungen des Abends zurückkehrten, lasen Wynn und ich gemeinsam die Briefe aus Calgary, während die Lains sich auf dem Fußboden ein Bett machten.

Aus den Briefen ging hervor, daß alle bei bester Gesundheit waren. Wir lasen zu unserer Freude, daß Jonathans Geschäft prächtig florierte und die Kinder gediehen. Auch die vielbeschäftigte Mary war guter Dinge. Julie war nach Toronto zurückgekehrt, doch sie hatte den Westen so sehr vermißt, daß sie Vater und Mutter endlich dazu überredet hatte, sie wieder zu Bruder Jonathan reisen zu lassen. Nun gab sie in Calgary Gesangs- und Klavierunterricht.

Als es Zeit zum Schlafengehen war, bestand Wynn darauf, daß Nimmie das Bett mit mir teilte, anstatt auf dem Fußboden zu schlafen, und nachdem wir unseren erschöpften Männern eine gute Nacht gewünscht hatten, zogen Nimmie und ich uns ins Schlafzimmer zurück. Wir unterhielten uns noch bis tief in die Nacht hinein. Es gab ja so viel zu erzählen und zu fragen! Ich wollte unbedingt jedes einzelne von Nimmies Erlebnissen in der Stadt hören, wollte mehr über meine Verwandten erfahren, über die Städte, die mir vertraut waren, über das Weltgeschehen, über die neueste Damenmode – kurzum, ich brannte vor Neugier auf alles, was ich vermißt hatte.

Nimmie gab mir gern auf meine Fragen Auskunft, wenn sie manches auch mit anderen Augen gesehen hatte als ich.

Ich mußte lachen, als sie mir unverblümt ihre Meinung zur neuesten Damenmode mitteilte. Sie fand die Kleidung, die die Frauen in den Städten trugen, entsetzlich unbequem und unpraktisch; dabei hielt sie sie nicht einmal für hübsch – jedenfalls nicht hübsch genug, um einen solchen Aufwand zu rechtfertigen.

Meine Verwandten hatten sie ins Herz geschlossen. Obwohl Nimmie die Lebensweise der weißen Frauen nicht zu begreifen behauptete, war Mary ihr freundlich und gütig begegnet, eine Geste, die mehr als alle Äußerlichkeiten auf Nimmie gewirkt hatte.

An den unbefangenen, fröhlichen Kindern hatte Nimmie ihre helle Freude gehabt. Besonders die kleine Elisabeth hatte es ihr angetan – zum einen, weil sie meinen Namen trug, zum andern, weil sie einfach ein reizendes Kind war, doch hauptsächlich deshalb, weil sie dem Säuglingsalter kaum entwachsen war und Nimmie sich unbändig darauf freute, selbst bald einen Säugling in den Armen zu halten.

Ich sah Nimmie an. Der Neid mußte mir im Gesicht gestanden haben, denn mein Herz war ohne Zweifel davon erfüllt.

„Ach Nimmie!“ seufzte ich, „ich kann's ja kaum erwarten, bis dein Kindchen kommt!“ Damit meinte ich insgeheim aber auch: „Ich kann's ja kaum erwarten, bis auch ich ein Kind habe, aber bis dahin will ich mich herzlich mit dir an deinem Baby freuen.“

Nimmie schien den verborgenen Sinn meiner Worte haargenau erfaßt zu haben. Sie erwiderte meinen Blick und lächelte.

„Bald wirst du auch an der Reihe sein, Elisabeth. Dann reden wir zwei über nichts anderes als unsere Kinder!“

Ich lächelte zurück. Wie sehr sehnte ich mich danach, auch Mutter zu werden!

„Bist du in der Stadt bei einem Doktor gewesen?“ fragte ich.

„Ich wollte eigentlich nicht; es gab doch überhaupt kein Grund dazu, aber John hat darauf bestanden. Alles ist in bester Ordnung."

„Wie schön! Und ich muß John zustimmen. Ich finde es auch wichtig, einen Arzt aufzusuchen. Schließlich sollte man das Leben seines ungeborenen Kindes nicht aufs Spiel setzen."

„Da bin ich anderer Ansicht", widersprach Nimmie. „Wir Indianer haben unsere Kinder seit Generationen auch ohne die weißen Ärzte zur Welt gebracht."

Am liebsten hätte ich zur Antwort gegeben: „Ja, aber schau dir nur die hohe Sterblichkeitsrate an!" Doch ich biß mir auf die Lippe.

„Wann ist der Entbindungstermin?" fragte ich statt dessen.

„Entbindungs...?" Nimmie wußte nicht recht, was ich damit meinte.

„Entbindungstermin – der Tag, an dem das Baby ankommen soll. Wann erwartest du es?"

„Wann es ankommen soll? Das hat Mary mich auch gefragt. Der Doktor hat gemeint, am fünften Tag im August, aber ich habe John erklärt, daß niemand einem Baby Vorschriften machen kann, wann es anzukommen hat. Das entscheidet das Baby selbst."

Ich mußte so lachen, daß ich mir das Kissen vor das Gesicht hielt. Nimmie hatte natürlich recht. Das Baby würde sich seinen Ankunftstag höchstpersönlich und selbständig aussuchen.

Dann sprachen wir über andere Dinge. Wenn ich gespannt wie ein Flitzbogen auf Nimmies Eindrücke von der Stadt gewesen war, so erkundigte Nimmie sich nun nicht weniger gespannt nach allem, was während ihrer Abwesenheit in der Siedlung vorgefallen war. Ich erzählte ihr alle Neuigkeiten, die ich über unsere Nachbarn zu berichten wußte, obgleich es im Grunde nicht viel zu sagen gab. Die letzten Monate waren recht ereignislos verlaufen – etwas, wofür wir Gott zu danken hatten. Bei der bedrohlichen Lebensmittelknappheit war es ein Wunder, daß sich nicht eine Tragödie an die andere gereiht hatte. Gott hatte uns bewahrt. Das wurde mir nun, als ich Nimmie von unserem Ergehen berichtete, so klar wie nie zuvor.

Schließlich beschlossen wir, daß es höchste Zeit zum Schlafen war. Morgen würden wir hart arbeiten müssen, um die kleine Lamuir-Hütte bewohnbar zu machen. Ein wenig widerwillig wünschten wir einander eine gute Nacht und waren bald eingeschlafen.

Tropf, tropf, tropf – der nächste Tag brachte den Anfang eines Dauerregens, der sich einen Spaß daraus zu machen schien, uns die Arbeit in der Siedlung zu erschweren. Die Wege waren so schlammig und schmierig, daß es schon ein wahres Kunststück war, darauf zu gehen, ohne auszurutschen – vom Transport schwerer Kisten ganz zu schweigen.

Nimmie und ich stapften durch den Lehm zu der kleinen Hütte. Das einzige Fenster war zerbrochen, und die schlecht verputzten Fugen zwischen den Holzbalken ließen mehr als nur Lichtstrahlen ins Innere. Eichhörnchen hatten sich ein Winterquartier auf dem Regalbrett an der Wand gemacht, und der Fußboden war von Holzspänen und Abfall übersät. Der Anblick war niederschmetternd. Gerade wollte ich meinem Entsetzen Ausdruck geben, als Nimmie meinte: „Nicht lange, und wir haben's geschafft!" Es klang munter. „Die Hütte haben wir im Handumdrehen aufgeräumt."

Ich verzichtete auf meine Bemerkung und nahm die Schaufel zur Hand, die wir mitgebracht hatten.

Meine Putzarbeiten zu Hause begannen gewöhnlich mit einem Eimer heißer Seifenlauge. Hier in Nimmies neuer Unterkunft war dies jedoch zwecklos. Die Wände bestanden aus unebenen, mit Lehm verkitteten Baumstämmen und der Fußboden aus festgestampfter Erde.

Die Seifenlauge hätte sich hier in Schlammpfützen verwandelt. Statt dessen schaufelten wir den Unrat am Boden in unsere Eimer und entleerten sie dann hinter der Hütte. Als nächstes rührte Nimmie eine Mischung aus Schlamm und getrockneten Grasbüscheln an. Normalerweise hätte sie zuerst die Erde mit Wasser vermischt, doch der Regen hatte ihr diese Mühe erspart.

Nimmie steckte mit ihren Armen bis zu den Ellbogen im Schlamm. Ich beneidete sie nicht; es kostete mich schon eine Überwindung, mit bloßen Händen Brotteig zu kneten. Als der Brei die gewünschte Zähigkeit erreicht hatte, strich sie ihn über die offenen Fugen zwischen den Holzstämmen. Sie arbeitete zügig und geschickt. Während ich ihr dabei zuschaute, wurde mir klar, wie vertraut ihr diese Arbeit sein mußte. Trotz meiner Abneigung gegen den Brei bekam ich plötzlich Lust, mich auch einmal daran zu versuchen. Irgendwie hatte Nimmie mit ihren Händen den Eindruck einer beinahe künstlerischen Tätigkeit hervorgerufen.

„Möchtest du, daß ich dir helfe?" fragte ich zaghaft, wobei ich hoffte und zugleich befürchtete, daß sie meine Hilfe annehmen würde.

„Ich brauche nur noch ein paar Minuten", lautete ihre Antwort. „Es hat doch keinen Zweck, daß wir uns beide schmutzig machen."

So begann ich statt dessen, das Eichhörnchennest von dem Regal zu entfernen.

Nimmie verputzte noch immer offene Fugen, als ich nach Hause ging, um das Mittagessen für uns zuzubereiten. Ich bahnte mir einen Weg durch die immer tiefer werdenden Pfützen. Jeder Schritt in dem nassen, schmierigen Lehm war mir zuwider, und immer wieder rutschte ich aus und wäre um ein Haar gestürzt.

Als ich endlich unsere Hütte erreicht hatte, waren meine Schuhe von dem schweren Lehm völlig überzogen und durchweicht, und mein Kleidersaum triefte vor Schlamm. Ich hatte keineswegs die Absicht, mit dem ganzen Matsch mein frisch geputztes Haus zu betreten. Da mir jedoch nicht einfallen wollte, wie ich mich vor der Haustür des Schlamms entledigen könnte, öffnete ich sie zögernd und trat ein. Ich begann mit meinen schmutzstarrenden Schuhen und hatte bald lehmverschmierte Hände. Wie in aller Welt sollte ich aber mein Kleid ausziehen? Ich hätte daran denken sollen, bevor ich mir die Hände schmutzig machte.

Doch nun war es zu spät. Also wischte ich mir die Hände an meinem Rock unweit des ohnehin schmutzigen Saums ab und bemühte mich dann, das vor Schlamm triefende Kleid über den Kopf zu zerren, ohne mir Gesicht und Frisur auch noch mit Schlamm zu verschmieren. Ärgerlich warf ich es dann neben der Tür in die Ecke und eilte ins Schlafzimmer. Dabei hinterließen meine nassen Füße eine deutliche Spur auf dem Holzfußboden.

Nachdem ich mir Gesicht und Hände gründlich gewaschen, ein frisches Kleid angezogen und mich gekämmt hatte, fühlte ich mich schon besser. Ich holte ein trockenes Paar Schuhe hervor und ging dann in die Küche, um ein Feuer im Herd zu machen und das Mittagessen zu kochen.

Das Feuer verbreitete eine wohltuende Wärme. Erst jetzt bemerkte ich, wie ich an diesem verregneten Frühlingstag gefroren hatte. Auch Nimmie würde gewiß völlig durchfroren sein, wenn sie zum Essen kam. Die Männer, die den ganzen Vormittag im Regen gearbeitet hatten, waren ohne Zweifel bis auf die Haut durchnäßt. Hoffentlich würde sich niemand ernsthaft erkälten! Ich beschloß, eine heiße Suppe zu kochen.

Die Männer waren damit beschäftigt, die Vorratskisten, die John und Nimmie mitgebracht hatten, zum Auspacken und Verteilen der dringend benötigten Lebensmittel zu sortieren. Wenn wir doch nur ein geräumiges Gebäude hätten, das groß genug wäre, um die Lebensmittel darin vor dem Regen zu schützen! Doch statt dessen würden sich alle Dorfbewohner im Schlamm um die Planwagen scharen müssen.

Als Nimmie kam, war das Essen fertig und die Stube warm. Die Gute war vollkommen durchnäßt, ohne jedoch ein Wort der Klage darüber zu verlieren. Da ihre Kleider noch in ihrem Gepäck waren, lieh ich ihr trockene Sachen. Beim Ausziehen ihrer nassen Kleidung ging sie nicht so behutsam vor wie ich, doch ich besann mich darauf, daß sie ja viele Jahre ihres Lebens in Hütten gewohnt hatte, in denen es nicht einmal einen Holzfußboden gab.

Wenig später kamen auch die Männer. Sie waren ebenfalls bis auf die Haut durchnäßt, wollten jedoch nichts von trockener, warmer Kleidung hören.

„In ein paar Minuten sind wir ja doch wieder genauso naß“, meinte Wynn nur.

Mein Mann wußte, wie sehr mir daran gelegen war, unser Häuschen sauber zu halten. Deshalb bestimmte er, daß John und er an der Tür essen würden. Empört wollte ich widersprechen, doch er bestand darauf. Nimmie nahm still die beiden Stühle und trug sie zur Tür, wie Wynn es gewünscht hatte. Ich sah ein, daß alle Widerworte zwecklos waren, und reichte den beiden Männern ihre heißen, dampfenden Suppentassen.

Wenig später traten John und Wynn wieder in den kalten Regen hinaus. Kopfschüttelnd sah ich ihnen nach. Es würde ein wahres Wunder sein, wenn die beiden sich bei diesem Wetter keine Lungenentzündung holten!

Kurze Zeit später kam Wynn zurück. Von der Tür aus rief er mich, um nicht noch mehr Schlamm in die Stube zu bringen.

„Elisabeth“, sagte er, „ich bitte dich ungern darum, aber wir haben keine andere Wahl. Wir müssen die Kisten hier bei uns abladen, damit wir alles sortieren können, ohne daß der Regen die Lebensmittel verdirbt. Unsere

Hütte ist die einzige im ganzen Dorf, die auch nur halbwegs groß genug dazu ist."

Gewiß war ihm der flüchtige Ausdruck des Entsetzens in meinem Gesicht nicht entgangen, doch ich faßte mich schnell und nickte.

„Siehst du – das – ein?" fragte er zögernd.

„Aber natürlich", stieß ich hervor. „Es – es wird schon gehen. Ganz bestimmt."

Wynn sah mich prüfend an; dann nickte er zum Dank und wandte sich zum Gehen.

„Wir kommen, sobald wir die Pferde angespannt haben."

Ich stieß einen tiefen Seufzer aus und eilte dann zu Nimmie in die Stube zurück, um mit ihr zu essen. Ich würde mich mit dem Aufwasch beeilen müssen. Bald würde aus unserem gemütlichen Heim ein wahres Tohuwabohu werden.

Provisorischer Umschlagplatz

Obwohl ich mich innerlich auf die Lagerung der Kisten in meiner Wohnstube gefaßt gemacht hatte, fühlte ich mich dem Ansturm, der nun auf mich zukam, doch keineswegs gewachsen.

Der Regen trug nicht gerade zur Erleichterung der Arbeit bei. Mit jedem Paar Füße, das durch die Tür hereinkam, vergrößerten sich die Dreckpfützen auf meinem Holzfußboden.

Putzen war völlig zwecklos. Der Strom der Männer, die unter dem Gewicht der schweren Kisten ächzten, riß nicht ab. Die ersten Kisten wurden in Wynns Dienststube aufgestapelt, doch bald war der ganze Raum vollgepackt, und die Männer begannen, die weiteren Kisten in unserer Wohnstube aufzuschichten.

Ich wußte genau, daß die Lebensmittel dringend benötigt wurden. Ich wußte ebenfalls nur zu gut, daß es in der ganzen Siedlung keinen anderen Raum gab, in dem sie ausgepackt werden konnten. Die Waren draußen im Regen zu sortieren und zu verteilen wäre einfach undenkbar.

Als die letzten Kisten in unserer bescheidenen Unterkunft abgeladen worden waren, glich unsere Hütte in keiner Weise mehr dem gemütlichen Heim, das sie gewesen war. Sie war zu einem Warenlager geworden. Nimmie, die den Männern Anweisungen bezüglich der Reihenfolge der abgeladenen Kisten gegeben hatte, öffnete nun eine ihrer Kisten und suchte nach trockener Kleidung für John. Auch mein Mann würde seine durchnäßten Sachen bald mit trockenen vertauschen können, besann ich mich.

Als er die Tür zum letzten Mal hinter sich schloß und die Männer sich mit den Gespannen auf den Rückweg ins Dorf machten, wandte ich mich an Wynn und drängte ihn, sich die Zeit zum Umziehen zu nehmen.

Er widersprach nicht, sondern ging ohne Umschweife ins Schlafzimmer und knöpfte sich schon unterwegs das Hemd auf, um keine Zeit zu verschwenden. Bekümmert sah ich zu, wie er dabei eine dunkle Schlammspur auf dem Fußboden hinterließ.

Ohne unseren beiden Gästen eine Erklärung zu geben, holte ich Aufnehmer und Eimer und wusch den Boden auf.

Als Wynn in trockener Kleidung aus dem Schlafzimmer zurückkehrte, schickte Nimmie ihren Mann zum gleichen Zweck aus der Stube.

Wynn streckte die Hand nach dem Aufnehmer aus.

„Laß das, Elisabeth, ich mach's schon!“ erbot er sich, doch ich schüttelte den Kopf.

„Du hast ohnehin alle Hände voll zu tun. Ich kann zwar nicht viel helfen, aber aufwischen kann ich wenigstens.“

Wynn musterte die hoch aufgestapelten Kisten und nickte. Bald kam auch John zurück, und die beiden machten sich an die Arbeit. Unter Hammerschlägen und knarrenden Holzleisten kamen Säcke, Dosen und Kartons mit vielversprechenden Aufschriften zum Vorschein: Mehl, Tee, Kaffee, Zucker und vieles mehr.

Ich sah Nimmie an und hoffte, sie würde den Vorschlag machen, wieder in ihre behelfsmäßige Unterkunft zurückzukehren, doch das tat sie nicht. Statt dessen begann sie, die Lebensmittel zu sortieren. Ich nahm meine ganze Kraft zusammen und ging ihr zur Hand.

Wir arbeiteten mehrere Stunden lang, bis ich auf die Uhr sah und Wynn fragte: „Soll ich uns eine Kanne Tee kochen?“

„Das wäre fein, Elisabeth“, antwortete er. „Tee würde uns allen guttun.“

Während ich das Wasser aufsetzte, wünschte ich mir, etwas besonders Leckeres zum Tee reichen zu können, aber vielleicht würden wir uns an den übriggebliebenen Maisplätzchen mit etwas von Marys Marmelade laben können. Die Suppe vom Mittagessen hielt bei der harten Arbeit nicht lange vor.

Die Männer setzten sich nicht einmal an den Tisch. Ich befürchtete, sie könnten sich an dem heißen Tee den Mund verbrennen, doch bald waren sie wieder an der Arbeit.

Gegen fünf Uhr ging John plötzlich vor die Tür und schlug mit einem Hammer auf ein Blechfaß. „Welch eine seltsame Methode, den Feierabend anzukündigen!" dachte ich im stillen.

John schien mein verständnisloses Gesicht bemerkt zu haben und lächelte.

„Das ist der Essensgong", erklärte er mir.

„Der Essensgong?" Erneut wanderte mein Blick zur Uhr.

„Wir haben den Leuten gesagt, wir würden sie rufen, sobald wir die Waren ausgepackt hätten, damit sie sich eine Ration für ihr Abendessen abholen könnten."

„Ach so!" nickte ich. Viele der Familien am Ort hatten gewiß kaum noch etwas Eßbares im Haus, außer vielleicht ein wenig Fleisch von gestern. Kein Jäger war heute in den Wald geschickt worden, weil jede Hand gebraucht worden war, die Kisten abzuladen.

Kaum war Johns „Gong" ertönt, als sich auch schon eine lange Schlange hungriger Menschen, mit Körben, Eimern und Kochtöpfen bewaffnet, vor unserer Haustür bildete.

Es schien, als wollte der Strom der regennassen Dorfbewohner nicht abreißen – und ein Strom war es im wahrsten Sinne des Wortes. Mein frisch aufgewischter Fußboden glich bald einem Schlammsee.

Wynn hielt gerade lange genug im Verteilen der Lebensmittel inne, um mich zu bitten, ein Feuer im Kamin zu machen. Unsere Haustür war ständig offen, und die Stube war von kalter, feuchter Luft erfüllt.

Als ich den Ausdruck von Erleichterung und Dankbarkeit in den hungrigen Augen der Dorfbewohner sah, war das braune Wasser, das von ihrer Kleidung und ihren Schuhen auf meinen Fußboden rann, schnell vergessen. Statt dessen dankte ich Gott dafür, daß der Nachschub an Lebensmitteln gerade noch rechtzeitig eingetroffen war. Es war ein Wunder, daß wir die Wochen des Vorfrühlings ohne schwere Epidemien und Todesfälle überstanden hatten.

Mit einem freundlichen Lächeln begrüßte ich die Wartenden, die mit hohlen Wangen und ausgestreckten Händen vor mir standen. Ich sagte ein paar Worte in ihrer Stammessprache, um sie in meinem Heim willkommen zu heißen und meine Freude darüber auszudrücken, daß sie und ihre Familien gesund geblieben waren.

Inzwischen war es dunkel geworden, und die Nachtluft war eiskalt. Die Regenwolken würden uns zwar vor Frost schützen, aber die Dorfbewohner, die noch vor unserer Tür standen, hatten einen kühlen Heimweg vor sich.

Niemand hielt sich länger als notwendig bei uns auf. Jeder hatte nur ein einziges Anliegen: so schnell wie möglich die Zutaten für die Abendmahlzeit zu besorgen und damit nach Hause an seine Feuerstelle zu eilen, um das Essen zu kochen.

Auch in meinem Haus wurde dringend eine Mahlzeit benötigt. Meine eigenen Vorräte hatte ich bis jetzt noch nicht aufgefüllt. Unsere Kisten standen noch in einem Stapel am anderen Ende der Stube. Ich konnte mir vor lauter Kisten und Säcken keinen Weg dorthin bahnen, so daß ich den Gedanken aufgab, mit dem Hammer eine unserer Kisten zu öffnen. Der Rest des Eintopfs von gestern würde wohl oder übel für die Abendmahlzeit herhalten müssen.

Also holte ich den kalten Eintopf hervor und stellte ihn auf die Herdplatte. Dann machte ich mich daran, frische Maisplätzchen in Bärenfett zu braten. Die Vorstellung, noch einmal den Geschmack von Bärenfett ertragen zu müssen, raubte mir den Appetit. Ich hatte mich so sehr darauf gefreut, etwas Neues, Frisches aus den eingetroffenen Vorräten zu kochen, doch diese waren trotz ihrer Nähe in unerreichbarer Ferne!

Die Männer würden erst essen, wenn jede Hütte in der ganzen Siedlung mit etwas Eßbarem versorgt war. Bis dahin würde es spät werden. Nimmie und ich hatten schon ein paar von den Maisplätzchen gekostet. Hungrig, wie ich war, mußte ich gestehen, daß sie mir nicht halb so schlecht schmeckten, wie ich befürchtet hatte – besonders wenn ich sie mit Marys Marmelade bestrich.

Es war beinahe acht Uhr, als die Tür endlich geschlossen wurde und die Männer sich erschöpft auf einen Stuhl fallen ließen. Ich füllte unsere Suppentassen mit dem zerkochten Eintopf und stellte die inzwischen kalt gewordenen Maisplätzchen dazu. Endlich konnten wir uns zu Tisch setzen.

Unser Tischgebet fiel heute ein wenig länger als gewöhnlich aus. Voll Ehrfurcht dankte Wynn seinem Gott dafür, daß die Menschen in der Siedlung heute nicht hungrig zu Bett gehen mußten. Ich wußte, wie tief er diesen Dank empfand.

Auf dem Fußboden war kein Platz für John und Nimmies Felldecken. Deshalb schlug Wynn vor, wieder mit John in der Lamuir-Hütte zu übernachten. Nimmie sollte noch einmal bei mir schlafen.

Ich wollte widersprechen. Zwar würde ich mein Bett gern wieder mit Nimmie teilen, aber der Gedanke, daß mein erschöpfter Mann auf dem Fußboden einer kalten Hütte schlafen sollte, jagte mir einen Schauder über den Rücken. Das Fenster war noch immer nicht geflickt worden. Das wollte John erledigen, sobald er die Glasscheiben unter den Vorräten entdeckt hatte. Es gab kein Brennholz in der Hütte. Die lehmverputzten Wände waren bei dem Regenwetter noch nicht getrocknet. Nein, die Hütte bot wahrlich keine ideale Übernachtungsmöglichkeit.

Nimmie protestierte und erklärte, daß sie sehr wohl in der Hütte schlafen könnte, doch Wynn bestand darauf, daß sie in unserem Haus blieb, und John stimmte ihm zu, wenn auch ein wenig zögernd.

Unter normalen Umständen hätte Nimmie auf unserem Sofa schlafen können, doch heute war es mit sortierten Lebensmitteln hoch bepackt.

Endlich machten sich die beiden Männer auf den Weg in die kalte Nacht hinaus. Auf dem Arm trugen sie in Ölhäute gewickelte Decken und Bärenfelle.

Nimmie und ich waren viel zu müde, um noch miteinander zu plaudern. Wir stapelten das schmutzige Geschirr auf und ließen uns erschöpft in unser Bett fallen. Ich nahm mir nicht einmal mehr die Zeit, den schmierigen Lehm vom Fußboden aufzuwischen.

Ein neuer Tag

Ein gedämpftes Geräusch irgendwo in der Hütte riß mich aus tiefem Schlaf. Mit dem Erwachen kehrte auch die Erinnerung an den vergangenen Abend zurück. Es war Nimmie, mit der ich mein Bett teilte, nicht Wynn.

Nimmie brauchte jede Minute ihres Schlafs, den die ohnehin zu kurze Nacht ihr gelassen hatte, dachte ich, und schlüpfte leise unter der Decke hervor, um mich im Halbdunkel des Schlafzimmers anzukleiden. Bald würden die Männer frühstücken wollen. Meine Schuhe in der Hand, ging ich auf Zehenspitzen aus dem Zimmer und schloß die Tür lautlos hinter mir.

Im sanften Lampenschein sah ich Wynn bei der Arbeit an den Lebensmittelvorräten. Dabei bewegte er sich äußerst behutsam, um ja keinen Lärm zu verursachen, was ihm beim Sortieren und Stapeln der Vorräte ziemliche Mühe bereitete. Als er mich hörte, schaute er auf.

„Hab' ich dich geweckt? Tut mir leid. Ich hab' mich bemüht ..."

„Laß nur; ich mußte sowieso aufstehen. Ich habe so viel zu tun, und ..."

Mein Blick wanderte zum Tisch, wo ich gestern abend das ungespülte Geschirr abgestellt hatte. Es war verschwunden. Ich sah auf den Fußboden, den ich unter Aufbietung aller Kräfte putzen wollte. Keine einzige Schlammspur war mehr zu sehen. Wieder richtete ich den Blick auf Wynn. Es war mir äußerst peinlich, daß er zusätzlich zu seinen umfangreichen Aufgaben auch noch im Haushalt arbeiten mußte. Gerade nahm er den Hammer zur Hand. Ich stieß einen unterdrückten Schrei aus. Mitten im Ausholen stockte Wynn und sah zu mir auf.

„Was ist los?“ fragte er und holte erneut aus.

„Du wirst Nimmie bei dem Krach wecken, und dabei braucht sie doch ...“

„Nimmie?“ gab Wynn munter zurück. „Die ist zu ihrer Hütte gegangen, als ich hier ankam, und das war vor etwa einer Stunde.“

Damit wandte er seine Aufmerksamkeit wieder dem Holzbrett zu.

Ich riß die Augen auf. Wie konnte Nimmie aufstehen, sich ankleiden und das Zimmer verlassen, ohne daß ich auch nur einen Ton gehört hatte?

„So bald schon? Aber das Fenster ist doch noch kaputt!“

„John ist gerade dabei, es zu reparieren, und Nimmie erledigt den Rest des Großreinemachens. Heute vormittag wollen sie ihre Sachen von hier holen. Nimmie meint, dann könnten wir endlich unsere Hütte wieder für uns haben – jedenfalls das meiste davon.“

„Entschuldige das Geschirr und den Fußboden!“ begann ich, doch Wynn unterbrach mich verwundert.

„Was meinst du damit?“ fragte er.

„Daß du alles selbst saubermachen mußtest.“

„Ich habe nichts saubergemacht.“

„Wirklich nicht?“

„Alles war so, als ich hier ankam.“

„Nimmie!“ dämmerte es mir endlich. „Sie muß in aller Frühe aufgestanden sein und alles erledigt haben!“

Wynn nickte und nahm wieder den Hammer zur Hand.

„Und ich habe derweil süß und selig geschlummert“, schalt ich mich aus.

„Ich habe ein paar Lebensmittel für dich gefunden“,

erwiderte Wynn, der meine letzte Bemerkung nicht gehört zu haben schien.

Lebensmittel? Unser Nachschub! Neugierig spähte ich in die Kiste, die er gerade öffnete.

„In dieser Kiste ist bloß Mehl, Zucker, Salz und dergleichen“, erklärte Wynn. „Diese beiden anderen Kisten dort findest du bestimmt viel interessanter. Sie kommen von Mary und Jonathan.“

Es erschien mir wie eine Ewigkeit, seitdem ich so viele gute Sachen auf einmal gesehen hatte. Unter Jubelrufen stapelte ich die Schätze um mich her auf dem Fußboden auf. Mary und Jonathan hatten wirklich an alles gedacht! Sogar frisches Obst und Gemüse hatten sie eingepackt. Der Berg von Zeitungen aus Calgary wuchs mit jedem Gegenstand, den ich auswickelte. Sogar frische Eier und Butter kamen zum Vorschein!

Gerade wollte ich das Zeitungspapier zerknüllen, als Wynn meinte: „Würdest du die Zeitung bitte verwahren? Wir können eine Menge über das Weltgeschehen daraus erfahren. Das hat Mary geschickt gemacht!“ So strich ich jedes Blatt wieder glatt und war ein wenig beschämt darüber, in meinem Eifer so achtlos mit der kostbaren Zeitung umgegangen zu sein.

Während ich in die Küche ging, um aus unseren neuen Lebensmitteln ein besonders schmackhaftes Frühstück zuzubereiten, trug Wynn Säcke und Kisten in unsere Vorratskammer. Schon war ein kleines Fleckchen des Fußbodens wieder sichtbar geworden. Ich sehnte mich danach, die Ordnung im Haus wiederhergestellt zu sehen.

Als unser fürstliches Frühstück aus Spiegeleiern, Marmelade, frischen Orangen, Weizenbrötchen und Hafergrütze fertig war, hörte ich vor unserer Haustür Nimmies und Johns Stimme. Es regnete noch immer. Heute würde die Arbeit kein bißchen angenehmer werden als gestern, dachte ich bekümmert.

Wynn öffnete unseren Gästen die Tür, und ich brachte

das Frühstück auf den Tisch. Ganz hinten auf der Herdplatte stand ein Kochtopf mit Salzkartoffeln. Ich konnte es kaum erwarten, davon zu kosten. Schon seit Wochen hatten wir keine Kartoffeln mehr gegessen. Ich hatte sie vor dem Frühstück geschält und zum Kochen gebracht, um sie später zu Bratkartoffeln zu verarbeiten. Bei dem köstlichen Duft, den sie nun verbreiteten, wurde mir klar, daß ich die Geduldsprobe bis zum Mittagessen niemals bestehen würde. Ein wenig beschämt kippte ich die Kartoffeln in eine Schüssel und stellte diese zu den übrigen Schüsseln auf den Tisch.

Als alle an ihren Plätzen saßen und das Morgengebet gesprochen war, schöpfte ich mir zuerst eine Portion Kartoffeln aus. Zugegeben, die Hafergrütze war gewiß lekker, die Orangen waren eine wahre Delikatesse, und nach den zahllosen Maisplätzchen der letzten Wochen würden die Weizenbrötchen mit frischer Butter einfach köstlich schmecken. Wonach ich aber am meisten Appetit hatte, das war eine große Portion Kartoffeln, obwohl wir erst beim Frühstück waren.

„Ich weiß, es ist dumm von mir", sagte ich errötend, „aber ich konnte es einfach nicht abwarten, endlich wieder Kartoffeln zu essen. Ich hab' ja nicht gewußt, wie sehr ich sie vermißt hatte, bis ich sie heute morgen sah: frisch und rund und glatt und ohne Triebe und Augen!"

John schmunzelte und warf Nimmie einen verschmitzten Blick zu. Ich bestreute meine Kartoffeln mit Salz und Pfeffer, gab ein paar Butterflöckchen darüber und schob mir eine Gabel voll in den Mund. Mmh, wie das schmeckte! Es war einfach ein Hochgenuß.

Auch Wynn reichte die Hafergrütze weiter und griff nach der dampfenden Kartoffelschüssel.

„Ißt du etwa auch Kartoffeln zum Frühstück?" fragte ich überrascht.

„Und ob!" antwortete er lachend. „Hab' ja schon befürchtet, daß ich bis zum Mittagessen warten müßte, als mir ihr Duft in die Nase stieg. Insgeheim habe ich mir überlegt, wie ich ein paar davon aus dem Kochtopf stibitzen könnte, ohne daß du's merkst."

Wir lachten aus vollem Hals. Nimmie und John überließen uns unsere heißgeliebten Kartoffeln und aßen statt dessen die Hafergrütze und die Weizenbrötchen.

Nach dem Frühstück holte John das Gespann, um die Kisten von John und Nimmie in einer einzigen Fuhre in ihre Hütte zu befördern. Der Regen hatte zwar nachgelassen, doch es war noch immer notwendig, den Wagen mit einer Plane abzudecken.

Als alles, was den Lains gehörte, abtransportiert war und unsere persönlichen Lebensmittel in der Vorratskammer verstaut waren, hatte Wynn mehr Platz zum Sortieren der übrigen Waren. Nach und nach lichtete sich die Wohnstube.

Ich tat mein Bestes, um ihm zu helfen. Er ließ mich nichts Schweres heben, und bei den meisten Gegenständen, die ich in seine Dienststube trug, mußte ich mich erst nach Anweisungen erkundigen, um sicherzugehen, daß er später alles auch finden würde.

Bis zum Mittag hatten wir ein paar Pfade durch unsere Wohnstube freigeräumt, und auch das Sofa war von Kisten und Kartons befreit. Kip konnte seinen Lieblingsplatz vor dem Kamin wieder für sich einnehmen.

Ich ging in die Küche zurück, um unser Essen zuzubereiten. Wieder kochte ich Kartoffeln. Dazu wählte ich Mohrrüben, Sellerie und Steckrüben – eine seltsame Zusammenstellung, aber ich konnte nicht widerstehen. Voller Freude machte ich einen Krautsalat und gab Wynn Bescheid, daß unser Essen fertig wäre. Erst als wir am Tisch saßen, fiel mir auf, daß ich überhaupt kein Fleisch gekocht hatte. Ich war es gründlich leid, Fleisch zu essen, aber ich fragte mich, ob Wynn es wohl vermissen würde. Wenn er enttäuscht war, erwähnte er kein Wort davon. Statt dessen lobte er das Gemüse.

Am Nachmittag sortierte Wynn die letzten Lebensmittel für die Dorfbewohner. Fast jeder Zoll des Fußbodens in seiner Dienststube war bedeckt, und die Stapel reichten fast bis an die Decke.

Danach machte er sich an dem kleinen Fenster der Stube zu schaffen. Staunend schaute ich ihm zu. Am unteren Rand des Fensterrahmens befestigte er ein Brett, das von innen bis ins Freie hinausreichte. Er wartete nicht einmal auf meine Frage mit seiner Erklärung.

„Ich mache ein Ladenbrett, auf dem wir Waren verkaufen können, ohne daß die Leute ins Haus kommen müssen."

Ich stellte mir vor, wie eine lange, frierende Menschenschlange vor unserem Haus auf die Verteilung der Tagesration wartete.

„Aber sie können doch nicht draußen im Regen stehen!" protestierte ich. Ich war sogar bereit, meinen sauberen Fußboden für die Indianer zu opfern.

„Sie müssen ohnehin im Regen stehen", meinte Wynn. „Schließlich passen sie nicht alle auf einmal in unsere Wohnstube."

Damit hatte er recht. Ich kehrte in meine Küche zurück und betete im stillen, daß der Regen doch aufhören möchte.

John Lain kam mit einem großen Notizbuch zurück. Er hatte den Indianern Bescheid gegeben, sich beim Ertönen des Gongs bei uns zum Abholen von Lebensmitteln einzufinden. Für die Eßwaren, die sie gestern abend bekommen hatten, brauchten sie nichts zu bezahlen – aus Dankbarkeit gegen Gott, der uns alle durch die schwere Zeit hindurchgeholfen hatte. Von jetzt an würde jedoch Buch geführt werden. Jeder Mann im ganzen Dorf hatte den Winter über Felle erbeutet, und die Einkäufe mußten so lange in das Buch eingetragen werden, bis John die Felle als Tilgung der Warenschuld verrechnen konnte. Zuerst mußte er aber sein neues Lagerhaus aufbauen.

Kaum hatte John auf das Blechfaß getrommelt, als sich auch schon die ersten Dorfbewohner einfanden. Wenn der Regen auch noch nicht aufgehört hatte, so hatte er doch beträchtlich nachgelassen. Dafür war ich dankbar.

Die Frauen, die vor unserem Haus standen, plauderten munter miteinander. Die Vorräte waren eingetroffen – genug für eine lange Zeit. Nein, es war kein flüchtiger Traum gewesen. Die Planwagen hatten Berge von Lebensmitteln gebracht.

Während Wynn jeder Frau ihre Ration aushändigte, verzeichnete John Lain alles sorgfältig in seinem Buch. Heute durften die Frauen wählen, was sie kaufen wollten; gestern war jeder von ihnen die gleiche Menge für ihre Abendmahlzeit gratis zugeteilt worden.

Es dämmerte schon, als die letzte der Frauen an die Reihe kam. Schließlich schloß Wynn das Fenster und wandte sich an John.

„Werden wir so zurechtkommen?" fragte er ihn.

„Bestens!" John strahlte. „Gut, daß Sie an das Brett gedacht haben. Bis morgen hat Nimmie die Hütte fertig eingerichtet, und dann kann sie Ihren Platz einnehmen. Schließlich können Sie nicht Ihre ganze Zeit hinter der ‚Ladentheke' verbringen."

„Ich helfe gern, bis Sie das Dringendste erledigt haben. Danach muß ich wieder meine Runden machen. Es gibt mehrere Trapper in der Umgegend, bei denen ich nach dem Rechten sehen muß."

„Dafür haben wir volles Verständnis", versicherte John ihm. „Nimmie und ich kommen schon allein zurecht."

„Aber wie steht's um die Bauarbeiten für das neue Warenlager?" fragte Wynn.

John überlegte. Wynn hatte recht. John würde alle Hände voll zu tun haben. Er wußte Bescheid und konnte die nötigen Anweisungen erteilen. Obwohl viele Männer am Ort gern bereit waren zu helfen, mußte jemand da sein, der sie beaufsichtigte und das Kommando führte. John würde tagtäglich für sie erreichbar sein müssen.

„Wir müssen uns einen Ausweg einfallen lassen", meinte John. Da meldete ich mich von der Tür her zu Wort: „Ich helfe Nimmie, wenn Sie mir zeigen, was ich tun soll."

Die beiden Männer schauten mich überrascht an.

„Sehen Sie, da haben wir schon den Ausweg!" sagte Wynn mit einem belustigten Lächeln zu John.

Herr Lain schien erleichtert.

„Meinen Sie das im Ernst?" fragte er mich.

„Aber natürlich. Ich tu's gern!"

„Wie wär's, wenn Sie die Buchführung machten?"

„Die Buchführung?"

„Das heißt für jede Familie eine Einkaufsliste führen. Nimmie wird Ihnen sagen, was Sie aufschreiben sollen."

„Ja, sicher", stotterte ich. „Das ... das schaffe ich bestimmt."

„Ohne Zweifel", sagte Herr Lain zuversichtlich. „Dann kann Nimmie nämlich die Kunden bedienen. Das wäre eine große Hilfe für sie. Manche Indianer sprechen nicht viel Englisch, und Sie verstehen noch nicht viel von ihrer Sprache."

Das leuchtete mir ein. Nimmie würde die Kunden bedienen, und ich würde ihr dabei helfen und Buch führen. Auf diese Weise würde ich sie auch noch eine Weile bei mir haben!

In der Zwischenzeit hoffte ich, daß die Bauarbeiten zügig voranschreiten würden. Ich war dankbar, daß die Lebensmittel eingetroffen waren, aber ebenso dankbar würde ich sein, wenn mein Häuschen wieder ein gemütliches Heim und kein Warenlager mehr sein würde. Ich schaute mich unter den aufgeschichteten Vorräten um. Jetzt sah es bei uns schon viel wohnlicher aus als heute früh, obwohl Wynns Dienststube immer noch unbenutzt war und Berge von Kisten und Säcken noch an den Wänden unserer Wohnstube gestapelt waren. Ja, ich hoffte aus ganzem Herzen, daß der Bau des neuen Lagers bald abgeschlossen sein würde.

Alltag in der Siedlung

Früh am Morgen lichtete sich die dichte Wolkendecke, und aus den schweren Regenfällen der Nacht wurde allmählich ein dünner Nieselregen. Ich wagte kaum zu hoffen, daß es bald völlig aufhören würde zu regnen.

Bis zum Nachmittag lugte die Sonne hier und da hinter den Wolken hervor. Ich holte meine Waschschüssel vom Haken, um die feuchte, lehmschwere Kleidung der vergangenen Tage zu waschen und auf die Leine zu hängen.

Ich beeilte mich, so gut ich konnte, denn es würde nicht viel Zeit bleiben, bis Nimmie eintreffen und die Dorfbewohner mit dem Blechfaß herbeitrommeln würde.

Gerade hatte ich das letzte Wäschestück auf die Leine gehängt und das Waschwasser ausgeleert, als ich durch das Fenster sah, wie Nimmie sich unserem Häuschen näherte. Zum ersten Mal seit ihrer Rückkehr trug sie trokkene Kleider aus ihrem persönlichen Besitz. Ihre Füße waren jedoch voller Lehm. Es sah aus, als trüge sie braune Schneeschuhe, auf denen sie Schritt für Schritt einen Fuß vor den anderen setzte.

Ich rief ihr ein „Nur hereinspaziert!" zu, während ich den Wasserkessel auf die Herdplatte schob, damit wir vor Eröffnung unseres Ladens eine Tasse Tee miteinander trinken konnten. Anstatt einzutreten, rief sie von der Tür her: „Elisabeth! Würdest du mir bitte etwas Wasser bringen? Ich möchte meine Füße waschen!"

Ich goß warmes Wasser in das Becken, warf mir ein Handtuch über den Arm und ging an die Tür.

Nimmie hatte sich nicht die Mühe gemacht, überhaupt

Schuhe anzuziehen. Wegen des lehmigen Pfades war sie barfuß gekommen. Es war viel einfacher, ein Paar Füße zu waschen, als ein Paar Schuhe von Lehm zu befreien. Sie setzte sich auf die Türstufe und wusch sich die Füße in dem Becken. Das saubere Handtuch nahm sie nicht an. „Dafür sind meine Füße nicht sauber genug", widersprach sie. „Gib mir einfach einen alten Lappen!" Sie trocknete ihre Füße an dem Lappen, den ich ihr brachte, kippte das Becken aus und trat ins Haus.

„Ist es nicht herrlich, daß die Sonne endlich wieder scheint?" rief sie voller Freude und setzte sich auf einen Stuhl. Ich stimmte ihr zu und schenkte den Tee aus.

Als wir unsere Tassen geleert hatten, machten wir uns an die Arbeit. Nimmie zeigte mir, wie ich alle Einkäufe unter dem Namen des Kunden einzutragen hatte, und trommelte dann die Dorfbewohner herbei, während ich das Fenster für die ersten Kunden öffnete.

Anfangs machte der Verkauf sogar Spaß, doch als wir jeden einzelnen Kunden bedient, die Waren ausgewogen und verteilt, Listen geführt, um Preise verhandelt und alles zu jedermanns Zufriedenheit abgewickelt hatten, hatten wir unseren Feierabend redlich verdient.

Wynn war losgegangen, um einige Trapper aufzusuchen. Er hatte nicht zu sagen gewußt, wann er zurückkehren würde, weshalb ich keinen Zeitplan für das Abendessen machen konnte. Ich würde die Mahlzeit zubereiten und sie so lange wie möglich warm und appetitlich halten müssen. Hoffentlich würde er nicht allzu spät nach Hause kommen!

Nimmie machte sich im Halbdunkel der Abenddämmerung wieder auf den Heimweg, um für John das Essen zu kochen. Dieser war am Morgen mit ein paar anderen Männern in den Wald gegangen, um Bäume für das Bauholz auszusuchen und zu kennzeichnen. Auch Nimmie wußte nicht, wann sie die Mahlzeit auf den Tisch bringen würde.

Eines wußten wir jedoch: wir waren beide überglücklich, daß der Regen endlich aufgehört hatte!

Die Tage, die nun folgten, verliefen ähnlich wie der erste. Ich beeilte mich mit meiner Arbeit im Haushalt, damit wir rechtzeitig den „Laden“ öffnen konnten. Nimmie legte bei ihrer Hausarbeit gewiß nicht weniger Eile an den Tag.

Nach und nach wurden die Wege ein wenig trockener, und die zerfurchte Zufahrt zu unserem Haus war nun nicht mehr voller Schlamm. Ich versuchte sogar, die Furchen wieder mit Erde aufzufüllen, was Nimmie sichtlich belustigte.

In der Siedlung herrschte ein geschäftiges Treiben. Die Frauen suchten in den Wäldern nach eßbaren Kräutern für ihre Suppentöpfe. Einige der Männer fällten unter Johns Aufsicht Bäume, während andere die verkohlten Überreste des alten Warenlagers beseitigten. Holzpfähle markierten den Grundriß des neuen Ladens. Er sollte größer als der erste werden. Die Wohnung für John, Nimmie und die Kinder, die sie mit Sehnsucht erwarteten, sollte hinter dem Laden eingerichtet werden. Für Katherine wurde keine Unterkunft mehr benötigt, denn diese hatte sich dazu entschlossen, in Edmonton ihren Lehrerinnenberuf wieder auszuüben.

Jeden Tag war Wynn in der Wildnis unterwegs. Da die Pfade inzwischen schneefrei waren, konnte er das Hundegespann nicht einsetzen, so daß seine Runden beschwerlicher geworden waren. Die Flüsse und Bäche führten Hochwasser und ließen keine Kanufahrten zu. Mit dem Sonnenschein waren auch die Stechmücken in großen Schwärmen zurückgekehrt. Die Pfade durch die Wildnis waren nicht gerade einladend, doch diese Unannehmlichkeiten mußte er nun einmal in Kauf nehmen, um seine Pflichten zu erfüllen. So schulterte Wynn ohne Murren seinen Rucksack mit seinen Notverbänden und seinem Mittagessen, um sich damit bei Sonnenaufgang auf den Weg zu machen.

Nimmie und ich hatten bald einen geregelten Tagesablauf gefunden. Nimmie erschien pünktlich um drei Uhr; wir tranken eine Tasse Tee oder Kaffee miteinander und trommelten dann auf das Blechfaß zum Signal, daß der „Laden“ geöffnet war.

An manchen Tagen schien die Sonne, während es an anderen regnete. Allmählich nahm der Rohbau des neuen Lagers unter den Händen der Männer vom Dorf Gestalt an. Auch Wynn half mit, sooft er die Gelegenheit dazu fand.

Mein Mann hatte ein paar Fallensteller ausfindig gemacht, die in Not geraten waren, Männer, die allein in der Wildnis lebten und nicht in die Siedlung gekommen waren, als die Fangsaison vorbei war. Ein Mann war über zwei Wochen lang krank gewesen; er war so schwach geworden, daß er Pflege brauchte. Wynn legte den weiten Weg zu seiner Hütte jeden zweiten Tag zurück, um ihm etwas zu essen zu kochen und Arznei zu verabreichen. Ein zweiter Mann war ebenfalls krank geworden, doch als Wynn ihn gefunden hatte, war er schon zu entkräftet, um wieder zu genesen. Obwohl Wynn ihn mehrere Tage pflegte und mit der Arznei versorgte, die er bei sich hatte, mußte er schließlich schweren Herzens das Amt des Doktors gegen das des Leichenbestatters und Pastors vertauschen und den Mann in dem Wald begraben, der ihm lange Jahre seines Lebens Heimat gewesen war.

Die Moskitos und Stechmücken schwirrten in dichten Schwärmen umher. Nur mühsam besann ich mich darauf, daß sie uns im vergangenen Jahr nicht weniger geplagt hatten. Ich mußte mich von neuem an sie gewöhnen.

Nimmie und ich legten unsere Gemüsegärten mit dem Saatgut an, das sie aus der Stadt mitgebracht hatte. Nun konnte ich es kaum erwarten, die ersten grünen Pflänzchen wachsen zu sehen. Nimmie stellte eine weitaus größere Geduld als ich unter Beweis.

Die Geburt des Kindes, das Nimmie erwartete, rückte

immer näher. Sie schien nur ungetrübte Vorfreude zu empfinden, doch ich machte mir Sorgen. Was, wenn es Schwierigkeiten geben sollte? Was sollten wir anfangen, wenn wir dringend einen Arzt brauchten? Zum ersten Mal war ich beinahe ein wenig dankbar, daß nicht ich es war, die auf die Ankunft eines Säuglings wartete. Ich hatte Wynn noch nichts davon erzählt, doch seit einigen Wochen hatte ich Abend für Abend gebetet, daß Gott mir doch den Wunsch nach einem Kind erfüllen würde – und zwar möglichst bald. Nun waren wir schon seit einem Jahr verheiratet, und ich fand es an der Zeit, daß Gott mein Gebet erhörte.

Als ich jedoch sah, wie Nimmie mit jedem Tag dicker und unbeholfener wurde, wurde mir angst und bange. Vielleicht wäre alles doch einfacher, wenn ich selbst einer Niederkunft entgegensähe, dachte ich; dann bliebe mir wenigstens die Qual erspart, meine liebe Freundin in Schmerzen zu wissen. So dachte ich mehr und mehr an Nimmies bevorstehende Entbindung. Ich betete so inbrünstig für sie und das Kindchen, wie ich in meinem ganzen Leben noch nie gebetet hatte.

„Bitte, lieber himmlischer Vater“, flehte ich täglich, „bitte laß doch alles gut abgehen!“

Das Leben geht weiter

Inzwischen war das neue Handelsdepot so weit fertiggestellt, daß die Waren im Rohbau untergebracht werden konnten. Herr Lain wußte, daß Wynn seine Dienststube brauchte und daß ich mich danach sehnte, meine Wohnstube wieder als solche benutzen zu können.

Wieder kamen Scharen von Männern zu uns und beluden die Planwagen mit allem, was dem Bauherrn gehörte. Einerseits war ich dankbar, daß die Waren endlich abgeholt wurden, andererseits gab es mir auch einen Stich durchs Herz. Es hatte so gutgetan, gebraucht zu werden!

Doch als wir beschlossen, daß ich Nimmie auch weiterhin beim Verkauf helfen sollte, wurde mir wieder wohler. Neben meiner Hausarbeit würde ich täglich in die Siedlung gehen und ihr dort während der Ladenzeit zur Hand gehen.

Während der letzten Wochen war ich nicht oft im Dorf gewesen; ich hatte einfach keinen Grund dazu gehabt. Nimmie war Tag für Tag zu mir gekommen, und ich hatte fast jede Frau der Siedlung regelmäßig gesehen, da sie allesamt zum Einkaufen zu mir gekommen waren. Was unsere eigenen Vorräte für die nächsten Monate betraf, lagerten diese schon in unserer Speisekammer.

Ich hatte zwar die kleinen Spaziergänge in die Siedlung nicht vermißt, doch Kip erging es anders. Er war unruhig. Soweit möglich, ging ich jeden Morgen mit ihm an die frische Luft, sobald ich meine Hausarbeit erledigt hatte, doch er winselte ständig an der Tür.

Jetzt aber hatte ich keine Zeit mehr, um wie früher stundenlang mit ihm durch die Gegend zu streifen, und ich wollte ihn auch nicht allein aus dem Haus lassen. Ich hatte Angst, er würde schnurstracks ins Dorf zu den anderen Hunden laufen, und obwohl er nun kein kleines Hündchen mehr war, wollte ich auf keinen Fall eine Rauferei riskieren. Ich bezweifelte keine Sekunde, daß es zu einem Kampf kommen würde, wenn ich Kip frei umherlaufen ließ. Besonders von Blitz, dem größten Raufbold unter den Dorfhunden, wollte ich ihn solange wie möglich fernhalten – am liebsten für immer, um ehrlich zu sein. Zumindest aber wollte ich ganz sicher sein, daß Kip völlig ausgewachsen war, damit er sich zur Wehr setzen konnte. Blitz war im Raufen geübt, und er war ein bösartiges Tier. Um keinen Preis sollte sich Kip auf einen Kampf mit ihm einlassen.

Damit seine Muskeln gekräftigt würden, ging ich mit ihm durch den Wald und am Fluß entlang, sooft ich vormittags die Zeit dazu erübrigen konnte. Nachmittags, während Nimmie und ich im Laden arbeiteten, hielt ich Kip im Haus. Doch allmählich wurden auch die kurzen Spaziergänge am Vormittag immer seltener.

Nimmie und ich hatten unsere gemeinsamen Bibelstunden vermißt, und obwohl wir alle Hände voll zu tun hatten, beschlossen wir, uns jeden Mittwoch zum Bibellesen zu treffen. Das bedeutete, daß wir unsere anderen Pflichten auf die übrigen Wochentage verteilen mußten.

Unsere Gemüsegärten gediehen prächtig. Wir waren stolz und freuten uns an den sprießenden Pflänzchen. Ich konnte es kaum erwarten, das erste frische Gemüse aus dem eigenen Garten auf den Tisch zu bringen. Doch auch die Gartenarbeit erforderte viel Zeit. Die Pflanzen wuchsen schnell in der warmen Sommersonne, doch das Unkraut noch schneller. Es kostete viel Mühe, es in Schach zu halten.

So verlebten wir einen geschäftigen Sommer. Mit jedem Tag rückte der August näher. Ich fragte mich, ob ich in den ersten Augusttagen vor lauter Sorge um Nimmie und ihr Baby des Nachts überhaupt noch ein Auge zubekommen würde.

Eines Nachmittags, als ich mich auf den Weg in die Siedlung machte, um im Laden zu helfen, dachte ich wieder an Nimmie und an das Kindchen, das sie erwartete. Als ich zur Tür ging, drängte Kip sich neben mich, um ins Freie zu gelangen! Mit seinen großen Augen schaute er mich flehend an. Seitdem er zum letzten Mal an der frischen Luft umhergetollt war, waren mehrere Tage vergangen.

„Also schön!" gab ich nach. „Du darfst auch mit. Aber du mußt brav sein, hörst du? Du mußt still und brav in der Ecke sitzen, bis ich mit der Arbeit fertig bin."

Als er die Einwilligung in meiner Stimme hörte, wedelte er voller Freude mit dem Schwanz.

Gemeinsam legten wir den kurzen Weg zur Siedlung zurück. Kip schlug sich hier und da seitwärts ins Gebüsch. Als wir den Laden erreicht hatten, legte er sich gehorsam in die Ecke, in die ich ihn schickte, und blieb dort liegen.

Bei dem Lärm der Hammerschläge und Handsägen mußten Nimmie und ich oft fast schreien, um von den Kunden verstanden zu werden.

Die Frauen kamen nun nicht mehr so häufig zum Einkaufen. Sie hatten sich mit einem ausreichenden Vorrat an Grundnahrungsmitteln versorgt, und viele von ihnen gingen täglich in den Wald, um frische Kräuter zu sammeln. Sie begrüßten die sommerlichen Kräuter gewiß nicht minder, als ich es getan hatte.

Nimmie drängte mich, heute ein wenig früher als gewöhnlich Feierabend zu machen. Sie selbst würde sich noch ein Weilchen im Laden aufhalten, falls sich noch vereinzelte Kundinnen einfinden sollten, versprach sie. Also rief ich Kip herbei, und wir machten uns auf den Heimweg.

Während wir im warmen Sonnenschein des Spätnachmittags nach Hause gingen, schenkte ich meinem Hund kaum Beachtung. Wieder waren meine Gedanken bei Nimmie. Sie hatte zwar kein Wort davon erwähnt, doch ich glaubte, eine gewisse Müdigkeit in ihrem Blick und langsamere, schwerfälligere Handgriffe an ihr bemerkt zu haben. Oder bildete ich mir das alles nur ein?

Auf meinem Weg durch die Siedlung wurde ich von Hunden, die wütend an ihren Ketten rissen, angebellt und angeknurrt. Gewiß fühlten sie sich durch Kips Eindringen in ihr Revier herausgefordert. Ich achtete darauf, ihnen nicht allzu nahe zu kommen, wenn ich mich auch längst nicht mehr so arg vor ihnen fürchtete, wie ich es anfangs getan hatte.

Seitdem die Dorfhunde wieder reichlich mit Futter versorgt wurden, hatten sie stärkere Muskeln und ein dichteres Fell bekommen und liefen nicht mehr ausgezehrt und struppig durch die Gegend, wie sie es während der kargen Wintermonate getan hatten. Es gab wirklich keinen Grund, weshalb sie sich uns gegenüber so angriffslustig verhielten. Ich beschloß, keine Notiz von ihnen zu nehmen. Dadurch würde ich ihnen keine Ursache bieten, sich von uns bedroht zu fühlen. Nein, es kümmerte mich nicht, wenn sie ihre Zähne fletschten und knurrten, sobald sie Kip und mich kommen sahen.

Kip tollte voraus, doch er gehorchte mir stets aufs Wort, wenn ich ihn zurückrief. Wir waren noch nicht weit genug aus der Siedlung heraus, um ihn frei umherlaufen zu lassen. Noch immer war er der hübscheste Hund im ganzen Dorf. Wynn meinte, Kip habe seine volle Höhe erreicht, obwohl er gewiß noch an Gewicht zulegen würde. Sein Fell mit den Silberspitzen war weich und dicht. Die Kinder liebten ihn sehr; sogar diejenigen unter ihnen, die einmal von einem Dorfhund gebissen worden waren, hatten gelernt, daß sie Kip unbesorgt streicheln konnten. Viele der Kinder schlangen ihre Arme um seinen Hals oder tollten sich mit ihm auf dem Fußboden unserer Hütte.

Gerade hatten wir die letzte Hütte des Dorfes erreicht, so daß ich Kip frei laufen lassen konnte, als ich sah, wie sich ihm das Fell sträubte. So etwas kam bei ihm nicht häufig vor. Ich zögerte. Was in aller Welt war nur mit ihm los? Vielleicht hatte sich ein kleines Tier aus der Wildnis in die Siedlung verirrt, überlegte ich, vielleicht ein übelriechendes Stinktier.

Plötzlich entdeckte ich ihn. Mit gefletschten Zähnen kam Blitz uns entgegengerannt. Auch sein Fell war gesträubt, und ich wußte, daß Kip diesmal die Herausforderung annehmen würde. Urplötzlich kam mir der Tag wieder in den Sinn, an dem Blitz auf Kip zugestürzt war. Damals war Kip kaum mehr als ein junges Hündchen gewesen und hatte sich respektvoll vor dem älteren Hund zurückgezogen. Doch nun verhielt er sich in keiner Weise unterwürfig. Er war ein ausgewachsener Hund, und er hatte seinen Stolz.

Blitz blieb zwei Körperlängen vor Kip stehen.

„Bei Fuß!" rief ich, doch Kip tat so, als hätte er meine Stimme noch nie im Leben gehört, noch wisse er, was die Worte bedeuteten. Er machte ein paar Schritte zur Seite, um ein Gefühl für die Kampfarena zu bekommen.

Gebannt und entsetzt zugleich schaute ich zu, wie Blitz näher kam und Kip keinen Zoll zurückwich. Auch Kip fletschte die Zähne mit einem kehligen Knurren.

Langsam begannen die beiden Hunde, einander mit drohendem Knurren zu umkreisen, die Augen vor Angriffslust sprühend. Plötzlich machten sie einen Satz aufeinander zu. Ich weiß nicht, welcher der beiden Hunde zuerst gesprungen war. Ich weiß nur, daß sie mitten in der Luft zusammenprallten und einander wütend ankläfften, während sich Leiber und Zähne wild ineinander verkeilten.

Beide Hunde waren durch ihr dichtes Fell geschützt. Das schienen sie zu wissen, denn mit jedem neuen Zusammenprall attackierten sie den Hals, die Schnauze und die Augen des Gegners. Mit zügelloser Wut rasten sie aufeinander los und rollten dann im Staub des Pfades umher. Beide knurrten und grollten und kläfften vor Zorn und Schmerz.

Vor lauter Schreck und Entsetzen konnte ich nicht einmal weinen. Würde die Rauferei denn nie enden? Ein ums andere Mal umkreisten die beiden Erzfeinde einander, um dann den anderen anzufallen, nach Schnauze oder Bein zu schnappen und ihn zu Boden zu werfen. Kip blutete. Er hatte einen Riß in der Lefze, aus dem das Blut auf den staubigen Pfad rann, während er sich mit Blitz am Boden umherrollte.

Doch Kip war nicht allein verletzt. Auch Blitz blutete aus einer Bißwunde am Hals. Dennoch stürzten die beiden immer wieder aufs neue aufeinander los. Mit spitzen Zähnen schnappten sie nach dem Gegner, um dem Racheschlag dann blitzschnell auszuweichen. Es war ein furchtbarer Anblick.

Plötzlich packte Kip das Bein seines Gegners mit den Zähnen und biß zu. Der ältere Hund jaulte vor Schmerz und wollte sich losreißen, doch Kip ließ nicht locker. Als Blitz sich mit aller Kraft befreien wollte, hörte ich ein Knirschen, das mir durch Mark und Bein ging.

Erneut schossen sie aufeinander los, doch es war offensichtlich, daß Blitz eine gebrochene Vorderpfote hatte.

Endlich fand ich meine Stimme wieder. Aus Leibeskräften schrie ich auf die beiden Kampfhähne ein. So groß meine Abneigung gegen Blitz auch war, so wollte ich doch nicht, daß er noch mehr verletzt wurde. Auch Kip sollte sich keine weiteren Wunden einhandeln. Trotz seiner Verletzung war Blitz noch immer fest entschlossen, seinen Feind in die Flucht zu schlagen. Mit einer Wildheit, die ich noch nie an ihm erlebt hatte, stürzte er erneut auf Kip zu, und eine neue Rißwunde klaffte an Kips Hals.

„Schluß jetzt!“ schrie ich verzweifelt. „Schluß, ihr beiden! Hört ihr denn nicht?“ Doch die Hunde nahmen keinerlei Notiz von mir.

Sie lösten sich voneinander und umkreisten einander von neuem, wobei Blitz sich geschickt auf seinen drei Beinen bewegte. Beide Hunde hechelten schwer. Die Zunge hing ihnen aus der Schnauze, und ihre Seiten hoben und senkten sich heftig.

„Schluß!“ schrie ich noch einmal. „Schluß mit der Balgerei! Verschwinde, Blitz! Hau ab! Kip, bei Fuß!“ Doch die beiden kümmerten sich keinen Deut um mein Geschrei.

Nun war es Kip, der als erster lossprang. Er hatte es auf das ohnehin schon zerfetzte und blutige Ohr seines Gegners abgesehen, und der große Polarhund jaulte vor Schmerz und glühendem Zorn auf.

Auf einmal war alles vorüber, so plötzlich, wie es begonnen hatte. Blitz trollte sich, den Schwanz unterwürfig eingezogen und die Vorderpfote geknickt.

Ich lief auf Kip zu und fiel neben ihm auf die Knie.

„Du unartiger Hund!“ schalt ich ihn mit tränenüberströmtem Gesicht. „Böser Hund! Du sollst doch nicht kämpfen! Weißt du denn nicht, daß du nicht raufen sollst? Man soll sich nicht mit anderen anlegen, außer wenn man absolut keine andere Wahl hat.“ Plötzlich machte ich mir klar, daß Kip ja tatsächlich nicht anders handeln konnte. Blitz hatte ihn eindeutig zum Kampf herausgefordert.

„Komm jetzt!“ befahl ich. „Ich bring dich nach Hause.“

Kip ging artig neben mir her, wie er es gelernt hatte. Ich beeilte mich, um ihn so schnell wie möglich in Sicherheit zu bringen. Zu Hause wollte ich seine Wunden untersuchen und reinigen.

Als ich die Tür hinter uns geschlossen hatte, kniete ich mich neben ihn und fuhr prüfend mit den Fingern über seinen Leib. Kip zitterte noch immer. Seine Schnauze war von den beiden Wunden in den Lefzen blutig, doch abgesehen davon schien er unverletzt zu sein.

Wieder begann ich zu weinen, während ich ihn in den Armen hielt. Er mußte sich gefragt haben, was nur mit mir los war. Ich zitterte nicht weniger als er selbst.

„Du hast's ihm gezeigt, hast dich trotz allem tapfer geschlagen!" sagte ich zu ihm. „Du hast diesen Raufbold außer Gefecht gesetzt. Ich wollte ja gar nicht, daß du dich mit ihm einläßt, aber jetzt bist du der Sieger. Du hast dem frechsten Hund im ganzen Dorf eins ausgewischt."

Ich richtete mich wieder auf und trocknete mein tränennasses Gesicht. Meine Stimme wurde fester.

„Jetzt wirst du nicht mehr raufen müssen, nie, nie wieder, hörst du?"

Überraschungen

Ein Kuß auf meine Nasenspitze riß mich aus dem Schlaf. Mühsam schlug ich die Augen auf und versuchte, meinen verschwommenen Blick zu schärfen. Wynn war über mich gebeugt. Er strich mir ein paar widerspenstige Haarsträhnen aus dem Gesicht.

„Weißt du, welcher Tag heute ist, Elisabeth?“ fragte er.

Das klang ein wenig einfältig, aber ich strengte trotzdem meinen Kopf an, um die richtige Antwort zu geben.

„Heute ist Freitag“, sagte ich, noch immer über seine Frage verwundert.

Er lachte leise und küßte mich erneut.

„Nicht nur das, meine Liebe! Heute ist außerdem unser erster Hochzeitstag.“

Ich fuhr von meinem Kissen hoch und hätte Wynn dabei beinahe mit dem Kopf einen Kinnhaken verpaßt.

„Wirklich?“

Wynn war meinem Kopf geschickt ausgewichen.

„Ehrenwort!“ sagte er und lachte wieder.

Hochzeitstage sollten eigentlich mit etwas Besonderem gefeiert werden: einem Konzert oder Theaterstück vielleicht oder einem romantischen Essen zu zweit bei Kerzenschein. Doch hier im rauhen Norden würde es nichts dergleichen geben. Ich hätte nicht einmal eine einzige Kerze auftreiben können. Kerzen waren überflüssig, wenn man nur Öllampen besaß.

„Ach Wynn!“ klagte ich. „Das hab’ ich ja vollkommen vergessen! Ich habe überhaupt nichts Besonderes für uns geplant.“

„Aber ich", gab Wynn zurück. „Jedenfalls hoffe ich, daß es dir gefallen wird. Erinnerst du dich an den Ausflug, den du dir vor unserer Hochzeit ausgebeten hattest? Ich meine den Ausflug, bei dem wir unter freiem Himmel übernachten wollten?"

Ich nickte mit großen, erwartungsvollen Augen.

„Was würdest du davon halten, wenn wir diesen Ausflug heute nachholten?"

Ich stieß einen Jubelschrei aus und warf vor Begeisterung die Arme um Wynns Hals. Meine Antwort war wohl ziemlich eindeutig.

„Ich habe alles marschbereit eingepackt", sagte er. „Es kann losgehen, sobald wir gefrühstückt haben."

Ich brauchte nicht lange dazu aufzustehen, mich anzukleiden und das Frühstück auf den Tisch zu bringen.

Kip spürte das Abenteuer, das in der Luft lag, und winselte an der Tür, um nur ja nicht allein zurückgelassen zu werden. Ich strich ihm beruhigend über den Kopf und versicherte ihm, daß er mitgehen dürfe.

Sobald ich das Frühstücksgeschirr weggeräumt hatte, suchte ich ein paar persönliche Dinge zusammen, die ich mitnehmen wollte, und legte sie zu den Rucksäcken. Obwohl Wynn weitaus besser darüber Bescheid wußte, was man für eine Übernachtung im Freien braucht, konnte ich es nicht unterlassen, mich zu erkundigen: „Hast du auch Streichhölzer eingepackt? Und hast du für genügend Eßwaren gesorgt?"

Wynn lachte nur und meinte, ich könne mich getrost auf ihn verlassen.

Endlich zogen wir los. Kip tollte weit voraus. Jeder mit einem Rucksack beladen, wobei Wynns erheblich schwerer war als meiner, wanderten wir den ganzen Vormittag, bis wir eine wunderhübsche Stelle neben einem kleinen, von Bibern gebauten Staudamm am Fluß erreichten. Die hohen Tannen um uns her bildeten ein Zeltdach über uns. Es war einfach traumhaft schön hier.

„Hier ist unser Lagerplatz“, erklärte Wynn zu meiner großen Freude.

Er bestand darauf, unser Lager allein aufzuschlagen, und so wanderte ich umher und bestaunte die Schönheit der Natur. Wynn sammelte Fichtenzweige für unsere Schlafplätze und breitete dann Tierfelle und Wolldecken darüber. Die Schlafstellen sahen so weich und bequem aus, daß ich unser Bett zu Hause gewiß nicht vermissen würde.

Mein Mann bereitete sogar das Mittagessen zu. An unserem Hochzeitstag, so sagte er, hätte ich einen Urlaub verdient. Ich lachte und ließ ihn gewähren.

Gemeinsam spülten wir unser Geschirr in dem kleinen Bach und setzten uns dann, mit dem Rücken gegen einen umgestürzten Baumstamm gelehnt, auf den Waldboden und sahen den Bibern bei der Arbeit zu.

Dies war seit Wochen unsere erste Gelegenheit, um ausgiebig miteinander zu plaudern. Wynn ergriff meine Hand. Während wir das Biberpaar beobachteten, unterhielten wir uns leise über manche kleine und alltägliche Dinge, aber auch über andere, wichtigere Themen im Blick auf unsere Träume und Hoffnungen für die Zukunft.

Bei diesem Ausflug in die Natur lernte ich meinen Mann noch gründlicher kennen als je zuvor. Ich hatte gemeint, ihn ohnehin schon genauestens zu kennen, doch nun, in der Ruhe und Abgeschiedenheit des Waldes, erzählte er viel von sich selbst, von seiner Kindheit, seiner Ausbildung, seinen Wünschen und Zielen.

Auch ich verriet meine innersten Empfindungen und Gefühle. Manche ahnte er wohl, als ich mit unverhohlener Sehnsucht in der Stimme von Nimmie und ihrem in Kürze erwarteten Nachwuchs sprach.

„Du hättest auch gern ein Kind, nicht wahr, Liebling?“ Es war eher eine Feststellung als eine Frage.

„Oh ja, und wie gern!“ gestand ich. „Ich kann’s ja kaum

erwarten! Wir sind doch schon ein ganzes Jahr verheiratet, und ..." Ich führte den Satz nicht zu Ende. „Gott kennt den richtigen Zeitpunkt", sagte ich statt dessen.

Wynn nickte, und dann sprachen wir über andere Dinge.

Wir machten einen Spaziergang durch die nähere Umgebung, und Wynn zeigte mir Pflanzen und Tiere, die ich nie von allein bemerkt hätte.

Beim Abendessen hatten wir zwar keinen Kerzenschein, noch war es ein exquisites Mahl in einem vornehmen Gasthaus, doch ich genoß es mehr als ein reichhaltiges Festessen mit zehn Gängen.

Wynn bereitete unsere Mahlzeit über dem offenen Feuer zu. Er röstete frisch gefangene Fische und reichte Gemüse dazu, das er aus unserem Garten daheim mitgebracht hatte. Zum Nachtisch gab es Beeren, die wir von Sträuchern in der Nähe pflückten und gleich aus der Hand aßen. Wir lachten über unsere blaugefärbten Lippen und Zähne.

Mit dem Sonnenuntergang wurde es kühler, und Wynn legte mehr Brennholz nach. Bald legten wir uns eine Decke über und lehnten uns an eine hohe Fichte, um die aufflackernden Sterne zu beobachten.

Überall um uns her regte sich das nächtliche Leben im Wald. Wynn erläuterte mir jedes Geräusch, das wir hörten: den Schrei des Seetauchers, das Rauschen der Flügel einer Mammuteule, die sich im pfeilschnellen Flug auf ein ahnungsloses Opfer stürzte, das Rascheln einer Maus, die auf den Tannennadeln am Boden umherhuschte, das herausfordernde Röhren eines Elchbullen.

Als die Wölfe ihr abendliches Geheul anstimmten, erschauderte ich ein wenig. Ich war dankbar, daß Wynn den Arm um mich gelegt hatte. Doch nicht einmal die Wölfe konnten mir diesen Abend verderben.

Alles wäre einfach vollkommen gewesen, wenn wir uns nur vor den blutrünstigen Moskitos hätten in Sicherheit bringen können. Wynn warf Tannenzweige auf das Feuer, und wir setzten uns in den Rauch, um uns die Insekten dadurch vom Leib zu halten.

Als die Sonne endgültig am Horizont untergetaucht war, leuchteten immer mehr Sterne auf und nahmen ihren Platz auf dem diamantbesetzten Samttuch des Nachthimmels ein.

Plötzlich wurde ich Zeugin des großartigsten Schauspiels meines ganzen Lebens. Von einer Minute zur anderen war der Himmel voll wehender Regenbögen. Lichter kreisten und tanzten um uns her und zogen in weitschweifigen Bahnen über den Himmel hinweg. Bald war der gesamte Himmel ein einziger Lichtertanz, bald verblichen die Lichter, als wollten sie die Szene eines Theaterstücks ausklingen lassen, um dann eine erneute Vorstellung zu geben.

„Wie wunderschön!" flüsterte ich immer wieder überwältigt. Kaum zu fassen, daß dieses Schauspiel von nichts anderem als dem Nordlicht verursacht wurde. Zwar hatte ich es schon mehrmals zuvor bewundert, seitdem ich hier im Norden lebte, doch eine solche Farbenpracht wie diese hatte ich noch nie gesehen.

Noch lange, nachdem das letzte Feuerwerk erloschen war, genossen wir die Nacht im Freien. Das tiefe Schwarz um uns her wirkte wie ein Schutzwall. Die Sterne schienen noch heller zu leuchten, als Wynn mir die unterschiedlichen Konstellationen erklärte.

Ich saß, an Wynns Brust gelehnt, da und betete im stillen, daß noch viele Hochzeitstage vor uns liegen möchten. Doch keiner von ihnen konnte wohl den übertreffen, den wir heute erlebt hatten.

Der erste August kam. Mit Sorge betrachtete ich das Datum auf meinem Kalender. Am Abend zuvor hatte ich Nimmie gesehen, und alles schien in bester Ordnung zu sein. Mit leuchtenden Augen hatte sie von dem kommenden Kindchen gesprochen.

„Bald", so hatte sie gesagt, „wissen wir, ob wir einen Jäger oder eine Kräutersammlerin bekommen!"

Über Nimmies Beschreibung ihres Sohnes oder ihrer Tochter mußte ich zwar lachen, doch ging mir dabei ein kleiner Stich durchs Herz. Zum Teil war es nichts anderes als purer Neid. Ich trug noch immer kein Kind unter dem Herzen. Zum andern beunruhigte mich die Sorge um Nimmie und ihr Baby. Die Kindersterblichkeit unter den Indianern war hoch, und ich wußte, wie sehr Nimmie sich dieses Baby wünschte. Welch eine unsagbare Enttäuschung, wenn sie es verlieren sollte!

Wieder kam es mir in den Sinn, daß ich mir nicht halb so viele Sorgen machen würde, wenn ich es selbst wäre, die bald ein Kind bekommen sollte, denn die Sterblichkeitsrate unter den Weißen war weitaus geringer. Ich dachte nicht einmal daran, daß mein Baby bei der Niederkunft Gefahren ausgesetzt sein könnte; ich hielt es einfach für das Selbstverständlichste der Welt, daß es keine Komplikationen geben würde.

Mit nichts anderem rechnete auch Nimmie, machte ich mir dann klar. Sie zog nicht einmal die Möglichkeit in Betracht, daß etwas schiefgehen könnte.

So betrachtete ich den Kalender mit Beklommenheit und Vorfreude zugleich. Bald würde es soweit sein. Was hatte der Doktor in Calgary gesagt? Am fünften August. In vier kurzen Tagen könnte also das Baby kommen.

Ich beschloß, bei Nimmie einen Besuch zu machen. Zuerst würde ich Brot backen, wie ich es geplant hatte, dann meine Stille Zeit halten und anschließend zu ihr gehen.

Meine Andacht fiel heute länger als gewöhnlich aus. Ich flehte Gott erneut an, Nimmie und ihr Kind zu bewahren – ganz gleich, ob es ein kleiner Jäger oder eine kleine Kräutersammlerin sein würde. Als ich mein Gebet beendet hatte, sah ich nach dem Brot. Während es im Ofen war, erledigte ich einige Flickarbeiten. Wynns Hemd hatte mehrere Knöpfe verloren, als er von dem wilden Leithund eines Trappers angefallen worden war. Während ich nähte, verspürte ich eine tiefe Dankbarkeit dafür, daß nur das Hemd beschädigt worden war. Um die Knöpfe wieder anzunähen, mußte ich zuerst ein paar kleine Risse im Stoff ausbessern. Als dann das Hemd fertig war, lag schon der Duft des frischen Brotes in der Luft.

Ich wickelte einen Laib für Nimmie ein. Gerade hatte ich Kip, der mich von der Tür her flehend angeschaut hatte, ein energisches „Nein“ bedeutet und den Laib Brot vom Tisch genommen, als ich vor der Tür ein Geräusch hörte. Es war Frau Sam. Sie war schon seit Wochen nicht mehr zu Besuch gekommen.

Ich ließ sie eintreten. Obwohl ich mich nun verspäten würde, konnte ich meiner Besucherin unmöglich sagen, daß ich gerade im Begriff war, wegzugehen. Sie erwartete gewiß ihre übliche Tasse Tee.

Also legte ich das Brot auf den Tisch zurück und schob den Teekessel auf die Mitte der Herdplatte. Zum Glück war das Wasser ohnehin noch heiß. Ich brühte den Tee auf, und wir setzten uns an den Tisch, um unseren Tee gemeinsam zu trinken und süße Plätzchen dazu zu essen. Dabei plauderten wir über allerhand Neuigkeiten aus der Siedlung.

Frau Sam meinte, um die Beerenernte stehe es ausgezeichnet.

„Viele, viele, viele Beeren“, sagte sie, und ich freute mich. Ich hoffte, mir einen stattlichen Vorrat an eingemachten Beeren für den Winter anzulegen. Zusammen mit den Erzeugnissen aus unserem Garten würden sie dazu beitragen, daß der Gedanke an den kommenden Winter nicht gar so erschreckend war.

Frau Sam trank ihren Tee in winzigen Schlückchen, während ich unruhig auf meinem Stuhl umherrutschte. Dennoch brachte ich genug Höflichkeit auf, um ihr eine zweite Tasse Tee anzubieten. Dann eine dritte. Nach der vierten stand sie endlich von ihrem Platz auf und schob ihre Tasse von sich.

„Nimmie sagt: ‚Elisabeth jetzt kommen'", stellte sie sachlich fest, während sich meine Augen vor Entsetzen weiteten. Nimmie hatte Frau Sam zu mir geschickt, um mich zu holen, und wir saßen seelenruhig da und tranken eine Tasse Tee nach der anderen! Ich nahm hastig das Brot vom Tisch – warum, weiß ich selbst nicht zu sagen – und eilte zur Tür hinaus. Frau Sam folgte mir gemächlich.

Ich wollte schneller gehen – nein, laufen wollte ich, so schnell mich meine Füße trugen, doch Frau Sam ließ sich durch nichts aus der Ruhe bringen. Ob es unhöflich wäre, wenn ich einfach losrannte?

„Wie geht es Nimmie?" besann ich mich endlich zu fragen, wenn ich mich auch ein wenig vor der Antwort fürchtete.

„Gut", sagte Frau Sam.

„Ist sie … ich meine, hat sie …?" Ich wußte nicht recht, wie ich mich einer Indianerin mit begrenzten Englischkenntnissen gegenüber ausdrücken sollte. „Hat sie Wehen? Schmerzen?"

„Nein."

„Aber sie hat mich holen lassen?"

„Ja."

„Ist die Hebamme bei ihr?"

„Nicht mehr."

„Nicht mehr?"

Das konnte ich beim besten Willen nicht begreifen. Warum ließ Nimmie mich holen, und warum war die Hebamme bei ihr gewesen, um dann wieder nach Hause zu gehen? Alles war sehr sonderbar, und dazu war heute erst der erste August.

„Ist denn alles in Ordnung?" fragte ich erneut, und Frau Sams Antwort war wieder die gleiche: „Gut."

„Und das Baby?“ fragte ich ungeduldig.

„Sie auch gut.“

Ich blieb stehen und versuchte zu begreifen, was Frau Sam soeben gesagt hatte. Hatte sie von einem Säugling gesprochen? Doch wenn die Indianerinnen ein ungeborenes Kind meinten, nannten sie es gewöhnlich „es“, nicht „sie“. Bedeutete das etwa, daß ...? Nein, das konnte doch nicht sein. Ich holte tief Luft und fragte trotz allem: „Was meinst du damit? Was heißt hier ’sie’?“

„Sie“, sagte Frau Sam wieder, als habe sie sich soeben vollkommen klar ausgedrückt. „Sie. Kleines Mädchen.“

Nach einem verzweifelten Blick auf Frau Sam vergaß ich alle Höflichkeit, raffte meinen Rock und rannte den Rest des Wegs in Richtung Nimmies Hütte, wodurch ich ein aufgebrachtes Gebell unter den Dorfhunden hervorrief.

Zitternd und außer Atem blieb ich an der Tür stehen und klopfte sachte an. Dann schob ich die Tür auf, ohne eine Antwort abzuwarten, und trat ein.

Das Innere der Hütte war von sonderbaren, fremdartigen Gerüchen erfüllt. Ich eilte auf das Bett in der Ecke zu. Die Gerüche mußten von einer Kräuterarznei stammen, die die Hebamme zubereitet hatte.

Und da lag Nimmie mit einem zufriedenen Lächeln auf den Lippen und einem winzigen, rotgesichtigen Bündel im Arm.

„Du hast doch ... du hast doch gesagt, der fünfte August!“ stotterte ich.

„Nein“, schüttelte Nimmie den Kopf und strahlte ihre neugeborene Tochter an. „Ich habe gesagt, der Doktor hat den fünften August genannt. Nonita hat nicht auf das Datum vom Doktor gewartet. Sie wollte kommen, wann es ihr selbst paßte.“

Ich sah das winzige, entzückende Baby in Nimmies Arm wieder an. Ein Dankgebet stieg aus meinem Herzen zum Himmel empor: Sie war da! Sie war wohlbehalten angekommen und war hübscher als alle Babys, die ich je gesehen hatte.

„Eine kleine Kräutersammlerin“, sagte ich mit Tränen in den Augen. „O Nimmie, sie ist bildhübsch!“

Nonita

Lange stand ich da und betrachtete Nimmies neugeborene Tochter. Ihr winziges Händchen lag als runde Faust an ihrer Wange, und das dunkle, feine Haar über der Stirn war leicht gelockt. Ihre Augen waren geschlossen, und nur ein paar seidige Spitzen der Wimpern waren zu sehen, weil die Augenlider noch von der Geburt ein wenig geschwollen waren. Ich hatte sie ein bildhübsches Kind genannt. Manch einer hätte mir vielleicht widersprochen. Ein Neugeborenes bietet im Grunde genommen keinen allzu entzückenden Anblick, doch das kleine Mädchen war gesund und unversehrt, und nach ein paar Tagen des Einlebens in ihrer neuen Welt würde sie prächtig ausschauen. Das wußte ich genau! Und Nimmie war in diesem Moment eine der glücklichsten Frauen der Welt.

Ich kehrte auf den Boden der Wirklichkeit zurück.

„Wann ist sie angekommen?“ fragte ich Nimmie.

„Wohl vor einer Stunde. Ich glaube, es war um viertel vor elf.“

Nun hatten wir zehn Minuten vor zwölf.

„Was sagt denn John zu einer Tochter?“ erkundigte ich mich. Eigentlich war die Frage überflüssig, doch ich hatte sie um Nimmies willen gestellt.

„Er weiß ja noch gar nichts davon!“ seufzte Nimmie mit einer Spur von Ungeduld in der Stimme.

„Er weiß es noch nicht?“ Ich konnte es kaum fassen, daß niemand John benachrichtigt hatte.

„Er ist heute morgen mit den Männern in den Wald gegangen, um noch ein paar Bäume für den Laden zu fällen."

„Aber ...", wollte ich protestieren.

„Er ist um sechs Uhr losgegangen", fuhr Nimmie fort.

„Hast du denn nicht gewußt ...?" begann ich, doch Nimmie unterbrach mich.

„Ja, schon", sagte sie zögernd. „Ich habe es geahnt, aber ich wollte ihn nicht von seiner Arbeit abhalten."

„Aber Nimmie!" schalt ich. „Weißt du denn nicht, daß John gern bei dir geblieben wäre? Die Bäume können warten, aber dein Kind ..."

„Nein, Kinder können nicht warten", bestätigte Nimmie. „Das habe ich heute am eigenen Leib erfahren. Ich habe der Hebamme gesagt, daß ich lieber warten wollte, bis John nach Hause kommt. Er hat gemeint, er käme kurz nach Mittag zurück. Aber Nonita – hm, Nonita konnte nicht länger warten."

Erneut warf ich einen Blick auf die Uhr. Wenn John tatsächlich kurz nach Mittag kam, dann konnte er jeden Moment hier eintreffen. Ich seufzte erleichtert auf und wandte mich wieder an Nimmie.

„Möchtest du etwas? Suppe? Tee?"

„Die Hebamme hat mir gerade einen Tee aus Kindbettkräutern gekocht", sagte sie. „Ich fühle mich gut. Ein wenig müde, aber gut."

Plötzlich strampelte Nonita in Nimmies Arm und verzog das Gesichtchen. Sie begann zu schreien, und ihr Köpfchen rötete sich noch tiefer. Ihr Schreien war kaum mehr als ein Wimmern, noch nicht so kräftig wie das Geschrei eines älteren Säuglings. Nimmie legte sie in ihrem Arm zurecht und stillte sie. Dabei flüsterte sie ihr Koseworte in ihrer Stammessprache zu.

Das Neugeborene beruhigte sich auf der Stelle und kuschelte sich an seine Mutter. Das Rot des Köpfchens ging zurück. Nimmie wiegte es in den Armen und sang ein indianisches Schlaflied.

Erst jetzt bemerkte ich, daß ich den Brotlaib noch immer in den Händen hielt. Durch meinen Lauf war er ganz unförmig geworden. Am liebsten hätte ich laut darüber gelacht, doch ich befürchtete, Nimmie und ihr Baby damit zu stören. So trat ich leise an den Tisch und legte das Brot darauf.

Bald hatte Nimmie aufgehört zu singen und sah mich an. Ihre Augen leuchteten noch immer.

„Das ist das Wiegenlied, das meine Mutter mir vorgesungen hat. Fast jedes indianische Kind kennt dieses Lied. Ich will es allen meinen Kindern vorsingen."

„Es klingt hübsch", sagte ich und trat an ihr Bett.

„Es handelt von Wäldern, Flüssen und dem Mond am Himmel und verspricht dem Kind, daß die ganze Natur eines Tages seine Heimat sein wird."

„Wie schön!" Ich strich ihr über den Arm und lächelte das kostbare Bündel an.

Nimmie schloß die Augen. Ich wußte nicht, ob sie an die Jahre dachte, die vor ihrer Tochter lagen, oder ob sie einfach nur erschöpft war.

„Nimmie, vielleicht solltest du dich jetzt ausruhen. Möchtest du, daß ich bei dir bleibe, oder hättest du es lieber, wenn ich wieder gehe?"

„Es gibt keinen Grund, weshalb du hierbleiben müßtest, Elisabeth. John wird bald kommen. Ich habe dich holen lassen, weil ich dir Nonita so gern zeigen wollte, nicht weil ich Angst vor dem Alleinsein hatte."

„Es macht mir aber nichts aus, noch ein Weilchen zu bleiben."

„Mir geht es gut – wirklich!"

„Dann gehe ich jetzt, damit du dich ausruhen kannst."

Gerade wollte ich mich verabschieden, als sie zu mir aufsah und lächelte.

„Würdest du Nonita gern einmal in den Arm nehmen, bevor du gehst?"

Ich antwortete nicht einmal; mein Herz war zum Überströmen voll und meine Kehle wie zugeschnürt. Mit ausgestreckten Armen nahm ich das schlafende Kind, das Nimmie mir reichte, entgegen.

Die Kleine war so winzig und federleicht, daß ich glaubte, einen Traum in den Armen zu halten, eine Märchenprinzessin. Dann schlug sie ein verschwollenes Auge auf, als wolle sie mir zublinzeln. Es war nur eine leichte Zuckung, aber ich mußte dennoch lachen.

„Sie ist wunderhübsch!“ stellte ich erneut fest. Und das war mein voller Ernst.

Schließlich legte ich das Kind zu seiner Mutter aufs Bett zurück. Nimmie lächelte glücklich.

„Eines Tages, Elisabeth“, sagte sie, „bist du an der Reihe, und dann wirst auch du den Strom der Freude verspüren, der heute mein Herz erfüllt.“

Sommertage

Bald war Nimmie wieder auf den Beinen. Trotz ihres kleinen Kindchens fand sie Zeit, in ihrem Garten zu arbeiten, den Laden zu versorgen und allen ihren übrigen Pflichten nachzukommen. Ich versuchte, ihr dabei zu helfen, doch sie ließ es nicht zu und lachte nur.

„Ich bin so kräftig wie eh und je, Elisabeth", versicherte sie mir. „Woher habt ihr weißen Frauen nur die komische Idee, daß man vom Kinderkriegen schwach würde und nicht genug Kraft zum Arbeiten hätte?"

So gingen wir gemeinsam in den Garten, jäteten Unkraut und ernteten Gemüse für unsere Kochtöpfe. Wir hielten Ladenstunden ab und bedienten die Kundinnen, die sich bei uns mit Lebensmitteln versorgten. Ab und zu gingen wir sogar gemeinsam zum Beerenpflücken in den Wald.

Nimmie trug Nonita fest eingewickelt auf dem Rücken, und manchmal durfte auch ich sie ein Stück weit tragen.

Das Rot und die Schwellungen in Nonitas Gesichtchen gingen mit der Zeit zurück, doch das dichte schwarze Haar und die kohlschwarzen Augen blieben ihr. John war begeistert von seiner Tochter. Selbst Wynn schien von dem Zauber der Kleinen eingenommen zu sein. Ich hätte mich gern erboten, auf sie aufzupassen, doch Nimmie brauchte niemals jemanden, der das winzige Wesen für sie versorgte.

Das Gebäude für das neue Warenlager nahm Gestalt

an. Der Regen konnte die Bauarbeiten nun nicht mehr aufhalten, denn jetzt war der Innenausbau dran. Eben wurden die Wohnräume hinter dem Laden eingerichtet, und Nimmie wartete voller Ungeduld darauf, endlich einziehen zu können. Ungeduld war etwas Ungewöhnliches an Nimmie; eigentlich war sie ein ruhiger, stiller Mensch, den nichts aus der Fassung bringen konnte. Ich vermutete, daß der Familienzuwachs sie mit dem Eifer beseelte, ein eigenes Heim zu haben, anstatt in einer primitiven Unterkunft zu hausen.

Während des Sommers sah ich Wynn fast nur am Abend. Meistens war er schon unterwegs, bevor ich aufwachte. Er wollte alle seine Runden machen, bevor der erste Schnee fiel.

Nach einem Vormittag beim Beerenpflücken im nahen Wald kamen die Indianerfrauen oft nachmittags zum Tee zu mir. Ich war froh darüber. Noch immer konnten wir uns nur notdürftig miteinander unterhalten, wenn ich nun auch schon mehr indianische Worte kannte. Dennoch genossen wir es, gemütlich beieinander zu sitzen, Tee zu trinken und einander zuzulächeln.

Kips Wunden von seiner Rauferei mit Blitz waren gut verheilt. Er machte jedoch zuweilen einen etwas vorwitzigen Eindruck, und ich war überzeugt, er würde sich von nun an niemals mehr in die Flucht schlagen lassen. Wenn ich ins Dorf ging, ließ ich ihn entweder daheim, oder ich nahm ihn an der Leine mit, die Wynn mir für ihn gegeben hatte. Ich wollte nicht bei jedem Gang ins Dorf einen Hundekampf riskieren, selbst wenn Kip als ruhmreicher Sieger daraus hervorgehen würde.

Im August wurden noch drei weitere Kinder im Dorf geboren, doch nur eins davon blieb am Leben. Die Trauer unter den Dorfbewohnern war groß, als die winzigen Gräber ausgehoben wurden. Auch mich jammerte es sehr; ich dachte an die Mütter und ihren großen Kummer über den Verlust.

Allmählich wurden die Tage merklich kürzer, und wir wußten, daß der Sommer sich nun unweigerlich dem Ende zuneigte.

Ein neuer Winter

Mit dem Geschnatter der kanadischen Wildgänse und dem Tanz der Blätter im stürmischen Wind war der Herbst eingekehrt. Die Beerensträucher waren abgeerntet worden. Die Früchte hatten wir teils eingekocht, teils an der Sonne getrocknet.

Wynn arbeitete nun nicht mehr so weit von der Siedlung entfernt, und ich stand morgens zeitig genug auf, um ihm ein Frühstück zuzubereiten, bevor er sich auf den Weg machte.

Endlich kam der Tag, an dem Nimmie aus der engen Hütte in ihr neues Heim umziehen konnte. Ich bestand darauf, Nonita versorgen zu dürfen, während Nimmie mit dem Nestinstinkt eines Rotkehlchens zu Werke ging. Als ich ihr das kostbare Bündel dann nach getaner Arbeit ein wenig widerwillig aushändigte, zwitscherte und zirpte die junge Mutter ihr kleines Piepmätzchen an, und Nonita gurrte und lachte vor Vergnügen.

Ich hatte beobachtet, wie die Männer unter den Indianern immer wieder den Himmel kritisch beobachteten. Selbst die Frauen schauten zuweilen nach oben, wenn sie zum Holzholen in den Wald gingen, als verberge sich in dem Firmament über ihnen die Antwort auf die Frage nach den kommenden Tagen.

Ach, wenn doch der Spätsommer niemals aufhören würde! Der Gedanke daran, bald wieder durch Schneetreiben und heulende Stürme ans Haus gefesselt zu sein, machte mich ganz unglücklich. Auch Wynn freute sich gewiß nicht auf die beschwerlichen Wintertage, die nun vor ihm lagen, doch er verlor kein Wort darüber.

Kips Fell wurde dichter und flauschiger, und auch die wilden Tiere des Waldes waren nun gegen die eisige Kälte des Winters geschützt. Ich hörte keine Vögel mehr in meinem Garten, die sich schimpfend um Küchenabfälle stritten. Die meisten von ihnen waren schon nach Süden gezogen.

Und dann bemerkte ich eines Morgens, als ich aus meinem warmen Bett kroch, daß es kalt im Haus war, obwohl Wynn schon Feuer im Herd gemacht hatte. Mein Blick ging zum Fenster. Die ersten Schneeflocken! Wenn mir nur nicht so vor dem Winter gegraut hätte, dann hätte ich den Anblick sogar ausgesprochen hübsch gefunden. Die Flocken fielen wie große flaumweiche Eiderdaunen vom Himmel, die der Wind um unser Haus einen Walzer tanzen ließ. Meine Erfahrungen mit dem hohen Norden hatten mich jedoch gelehrt, den Anblick nicht weiter zu bewundern. Statt dessen ging ich geradewegs in Wynns Dienststube, um mich von ihm trösten zu lassen.

„Es schneit!" kündigte ich an, sobald ich unter der Tür stand.

Er blickte von dem Hundegeschirr auf, das er gerade flickte, und nickte.

„Dabei ist es doch erst Oktober!" beschwerte ich mich, als habe Wynn den viel zu frühen Schnee ausdrücklich bestellt.

„Ich weiß", antwortete er. „Es wird wohl nicht lange anhalten."

Ich wußte, daß er mich damit aufmuntern wollte. Aber ich wußte auch, daß der erste Schnee in manchen Jahren tatsächlich schon im Oktober fiel und bis zum Frühjahr liegenblieb. Ich hoffte nur, daß das nicht ausgerechnet in diesem Jahr der Fall sein würde.

Ich schaute näher hin. Das Hundegeschirr, das Wynn gerade flickte, wurde nur benötigt, wenn Schnee lag.

Er bemerkte mein unglückliches Aussehen.

„Hab' heute morgen nichts anderes zu tun gehabt", verteidigte er sich. „Da dachte ich mir, ich könnte eigentlich zeitig damit anfangen."

Ich nickte und wechselte das Thema.

„Das Frühstück ist in ein paar Minuten fertig", sagte ich und ging in meine kleine Küche zurück, wo der Wasserkessel schon eifrig pfiff.

Den ganzen Tag über schneite es, und am nächsten und übernächsten Tag ebenfalls. „Jetzt ist's fürs erste vorbei mit den Spaziergängen im Grünen!" klagte ich im stillen.

Plötzlich klopfte es an der Tür. Es war Nimmie. Sie trat ein und schüttelte sich den Schnee aus den Haaren und den Decken, in die sie Nonita eingewickelt hatte.

Ich war überrascht, sie zu sehen, doch ich hätte mir denken können, daß sich Nimmie durch ein paar Zentimeter Schnee kaum ans Haus fesseln ließ.

„Ich habe gute Nachrichten für dich", begann sie, ohne sich die Zeit zu nehmen, das Baby von den Decken und sich selbst von ihrem Fellmantel zu befreien. Sie wartete nicht auf meine Frage, sondern fuhr gleich fort: „Erinnerst du dich, daß John eine Reise ins Nachbardorf machen mußte?"

Ich nickte und nahm die zappelnde Nonita entgegen.

„Nun, er ist wieder zurück von dort. Ich hatte ihn gebeten, den Häuptling um Erlaubnis zu bitten, hier eine Schule einzurichten. Das hat er auch getan, und der Häuptling hat nur mit den Schultern gezuckt und gemeint, wenn wir den Kindern das Lesen und Schreiben beibringen wollten, dann liege das bei uns. Wir dürften sie nur nicht von ihrer Arbeit abhalten. Endlich können wir anfangen, Elisabeth! Wir können mit dem Unterricht anfangen! Jetzt, wo der Winter hier ist, haben die Kinder jeden Tag ein paar Stunden Zeit für die Schule."

Wir konnten also endlich eine Schule eröffnen!
Der Schnee hatte wohl doch auch sein Gutes. Ich sah zum Fenster hinaus und dankte Gott in meinem Herzen für die wunderbare Nachricht.

Die kleine Nonita noch in den Armen, drehte ich mich wieder zu Nimmie um.

„Ach Nimmie!“ rief ich begeistert. „Wir haben ja so viel zu tun! Es gibt jede Menge zu planen. Wo werden wir den Unterricht abhalten und ...“

Nimmie lachte und nahm ihr Baby wieder an sich.

„Nun mal langsam mit den jungen Pferden, Elisabeth!“ sagte sie. „Es wird sich schon alles finden.“

Ich kochte den Tee, und Nimmie setzte sich an den Tisch. Wir nahmen Papier und Bleistift zur Hand und begannen, unsere Pläne bis in alle Einzelheiten auszuarbeiten.

Das eigentliche Unterrichten würde ich übernehmen. Nimmie würde meine Assistentin sein und sooft es notwendig war, als Dolmetscherin fungieren. Für das Unterrichtsmaterial wollten wir aus unseren Ersparnissen zusammenlegen. John konnte Bleistifte und Schulhefte für die Kinder bestellen. Er rechnete sowieso bald mit einer Wagenkolonne voll Wintervorräte für das Dorf. In zwei Tagen sollte ein Bote mit Johns Bestellungsliste losziehen, so daß wir unseren Bedarf schnellstens aufschreiben und an John weitergeben mußten.

Vor Aufregung konnte ich kaum klar denken. Wieder war ein Gebet erhört worden: wir würden tatsächlich eine Schule eröffnen können!

Die Schule

Obwohl Nimmie und ich keine Zeit verloren, um einen Lehrplan aufzustellen und Material für die Schule zu beschaffen, hielten wir die erste Unterrichtsstunde erst gegen Ende November ab.

Der erste Schnee war liegengeblieben. Durch drei zusätzliche Schneestürme war die Schneedecke sogar jeweils um ein paar Zentimeter gewachsen. Wynn setzte nun das Hundegespann für seine Touren ein, und der Schnee lag fast hoch genug, um Schneeschuhe anzuziehen. Viele Männer aus der Siedlung waren wieder in ihre Fallenreviere draußen in der Wildnis zurückgekehrt.

Mein einziger Trost über den verfrühten Wintereinbruch war die Schule. Trotz der ausdrücklichen Genehmigung des Häuptlings wußten wir, daß wir den Unterricht kurz gestalten mußten. Die Kinder wurden daheim gebraucht, um Brennholz aus dem Wald und Wasser vom Fluß zu holen. Der Fluß war noch nicht zugefroren, doch bald würde er von einer dicken Eisschicht bedeckt sein. Dann mußte täglich ein Loch ins Eis gehackt werden, um Wasser daraus zu schöpfen. Wenn die Eisschicht mit den sinkenden Temperaturen zu dick wurde, mußten die Familien den Schnee eimerweise zu Wasser schmelzen.

Ich war froh, einen Brunnen mit einer Pumpe zu haben. Die Dorfbewohner durften sie ebenfalls benutzen, doch die meisten von ihnen hielten das Pumpen für eine mühevolle Arbeit, da der schmale Wasserstrahl die Eimer nur sehr langsam füllte. Während der Sommermonate hatten die Kinder ihren Spaß daran gehabt, an der Pumpe zu spielen. Meistens waren sie in Gruppen zu zwei oder drei gekommen, und nur ein kleiner Teil des Wassers kam tatsächlich bei den Müttern in der Siedlung an. Das meiste davon blieb in Pfützen vor unserem Haus liegen, oder die Kinder hatten sich damit naß gespritzt.

Nimmie und ich setzten den Unterricht für neun bis zwölf Uhr vormittags an. Das erschien mir zwar wenig, doch wir hielten es für besser, bescheiden anzufangen, als den Kindern zuviel zuzumuten und mit den Protesten der Eltern rechnen zu müssen, weil die Schule die Kinder von ihren Pflichten zu Hause abhielt.

Eine unserer größten Sorgen war das Klassenzimmer. Unsere Hütte war zu klein; daran gab es keinen Zweifel. Allenfalls konnten wir acht Schüler hier unterbringen, doch wir hofften auf eine erheblich größere Zahl. Schließlich zogen wir die leerstehende Lamuir-Hütte in Erwägung, wo Nimmie und John vorübergehend gewohnt hatten. Auch sie war eng, doch mit einfachen Tischen und Bänken hätten wir dort für den Anfang genug Platz. Wir sprachen mit unseren Männern darüber, und diese trafen Anordnungen, um die Tische und Bänke für uns anfertigen zu lassen.

Auch einen Vorrat an Brennholz brauchten wir für den Kamin in der Hütte. Wynn nahm mir diese Sorge ab: mit ein paar anderen Männern ging er in den nahen Wald und schaffte umgestürzte, tote Baumstämme heran. Die Stämme wurden ins Dorf transportiert, zu Brennholz zersägt und an der Außenwand der kleinen Hütte aufgeschichtet.

Wir hatten keine Möglichkeit, den Schulbeginn öffentlich bekanntzugeben; deshalb gingen Nimmie und ich von Haus zu Haus und setzten jede Familie von unseren Plänen in Kenntnis. Viele der Dorfbewohner besaßen keine Uhr. Sie verließen sich auf den Sonnenstand und ihren rätselhaften, aber verblüffend ausgeprägten Sinn für Zeit. Nimmie kam auf die Methode des Ladengongs zurück, den wir jetzt nicht mehr brauchten, da John für sein neues Handelsdepot regelmäßige Öffnungszeiten angesetzt hatte. So erklärten wir den Dorfbewohnern, die wir reihum aufsuchten, daß sie auf den Hammerschlag auf dem großen Blechfaß achten sollten. Wenn sie ihn hörten, sollte die Schule bald beginnen.

Sowohl Wynn als auch John unterstützten uns tatkräftig in unserem Vorhaben. Oft, wenn Nimmie und ich unsere Lehrpläne ausarbeiteten, boten sie uns ihre Ratschläge an.

„Wenn du ihre Aufmerksamkeit gewinnen und sie für das Lernen begeistern willst“, meinte Wynn, „dann mußt du ihnen Dinge beibringen, die für ihren Alltag wichtig sind. Deshalb frage sie am besten nicht, wie man ‚Katze‘ buchstabiert.“ (Es gab keine Katzen in unserer Siedlung. Die Hunde hätten sie auf der Stelle in Stücke zerrissen.) „Benutze lieber Wörter, die sie kennen: Fisch, Kanu, Fluß, Hund, Mond, Sonne, Sterne, Falle.“

Das leuchtete mir ein, und ich nahm mir vor, seinen Ratschlag zu befolgen, zumindest bis unsere Schüler die Grundzüge des Lernens beherrschten. Danach hofften wir, ihren Horizont durch neue Dinge zu erweitern.

Wir hatten nur ein paar Schulbücher. Die Schulhefte und Bleistifte trafen mit der Lieferung der Wintervorräte ein. Als Überraschung für Nimmie und mich hatte John auch eine große Tafel mit mehreren Schachteln Kreide und zwei Tafelbürsten bestellt. Unsere Freude war groß. Als Wynn die Tafel an der Stirnwand der Hütte befestigt hatte, sah das Ganze wie ein richtiges Klassenzimmer aus.

Eine andere Schwierigkeit war der Mangel an Licht. Das eine winzige Fenster der Hütte ließ selbst an den sonnigsten Tagen nur wenig Licht ins Innere. Während der finsteren Wintermonate kam fast kein Tageslicht herein. John überließ uns zwei Öllampen aus dem Laden, doch selbst damit konnten wir den Raum nur spärlich beleuchten.

Nonita dagegen würde uns keinerlei Schwierigkeiten bereiten. Sie war ein zufriedenes Kind, das viele Stunden ihres jungen Lebens süß und selig schlief, so daß Nimmie sie zur Schule mitbringen und sie dort versorgen konnte.

Da wir mit Wörtern und Gegenständen des Alltags beginnen wollten, die den Indianerkindern vertraut waren, brauchte ich Anschauungsmaterial, Bilder und Zeichnungen, die die Wörter verdeutlichen sollten. Doch nichts dergleichen war vorhanden. Ich war zwar nicht sehr künstlerisch begabt, doch ich machte mich an die Arbeit, um die Wortkarten, die ich beschriftet hatte, durch Zeichnungen zu illustrieren. „Fisch" war nicht sehr schwierig, und auch mein „Kanu" und „Schlitten" waren zu erkennen, doch bei „Hund", „Reh" und „Elch" brauchte es schon allerhand Phantasie.

Ich war mir nicht sicher, wie ich den Unterschied zwischen Sonne und Mond am besten darstellen sollte. Hatte der Mond für die Indianer ein lächelndes Gesicht? Während ich an meinen Zeichnungen arbeitete, wurde mir deren Unzulänglichkeit nur zu deutlich bewußt. Ich wußte nicht, ob meine „Kunstwerke" dem Lerneifer meiner Schüler nützen oder eher schaden würden.

Endlich kam der langersehnte Tag. Wynn versprach, ein Feuer im Kamin zu machen, damit die Hütte bis zur Ankunft der Lehrerinnen und Schüler warm würde. Ich packte meine Bücher und Wortkarten ein, zog mir Mantel, Mütze, Schal und Handschuhe an, schloß die Tür vor der Nase des winselnden Kip und machte mich auf den Weg zu meinem ersten Unterrichtstag.

Nimmie war schon da. Die Hütte war gemütlich warm. Die Tische und Bänke aus rohem Bauholz waren schlicht, und ich ahnte jetzt schon, daß es manchen Holzsplitter aus Kinderhänden zu entfernen geben würde. Unter unserer Tafel lag ein Stück Kreide und die eine der beiden Tafelbürsten. Ein paar meiner Bücher lagen auf einem

Regal neben den Schulheften; die Bleistifte hatte Wynn sorgfältig mit seinem Taschenmesser für uns angespitzt.

In der Schule in Pine Springs hatte ich die Lehrmittel schon als dürftig empfunden, und so war es auch gewesen. Doch hier hatte ich noch weitaus weniger Material zur Verfügung, während der Bedarf nicht geringer war.

Wir waren bereit. Dies war unsere Schule. Ich schöpfte tief Luft und lächelte Nimmie zu. Dann wies ich sie an, die „Schulglocke" in Betrieb zu nehmen.

Ich weiß nicht, ob ich wirklich einen wilden Ansturm vor unserer Tür erwartet hatte; dazu bestand tatsächlich kein Grund. Ich kannte die Indianer gut genug, doch weil ich selbst so voller Tatendrang steckte, hatte ich wohl insgeheim gehofft, daß auch sie mit Begeisterung ans Werk gehen würden.

Als der Gong verklungen war, warteten wir auf unseren ersten Schüler. Niemand kam. Langsam verstrichen die Minuten, doch kein Indianerkind erschien.

Mir wollte schon der Mut sinken, doch Nimmie machte einen völlig gelassenen Eindruck. Sie schob frisches Brennholz nach und sah dann nach Nonita, die auf einem Bärenfell in der Ecke schlief, und setzte sich neben sie auf den Fußboden.

„Was meinst du, sollen wir noch einmal auf das Faß schlagen?" fragte ich besorgt.

„Sie haben's beim ersten Mal gehört", erklärte Nimmie.

Auch ich zweifelte nicht daran, daß jedermann in der Siedlung den Gong gehört hatte. Das Scheppern des Hammerschlags auf dem Blechfaß drang in der eisigen Morgenluft weit ins Land hinaus.

Wir warteten.

„Warum kommen sie denn nicht?" fragte ich Nimmie ungeduldig.

„Sie werden schon noch kommen", versicherte sie unbekümmert.

Wir warteten weiter.

Nimmie hatte recht. Endlich kamen zwei Mädchen auf die Hütte zu. Ich hatte aus dem Fenster gespäht und öffnete ihnen nun lächelnd die Tür. Ich wollte mein Bestes tun, damit sie sich nur nicht eines anderen besannen.

Bald folgten ihnen drei weitere Mädchen, die hinter vorgehaltener Hand kicherten, und dann noch eines, dann vier Jungen, die gemeinsam erschienen, als brauchten sie die gegenseitige Unterstützung. Zwei weitere Mädchen, ein einzelnes, zwei Jungen. Nach und nach kamen sie in die Hütte gestolpert, bis ich zu befürchten begann, den gesamten Vormittag mit dem Erstellen einer Namensliste verbringen zu müssen.

Ich begrüßte die Kinder und wies ihnen ihre Plätze zu. Nimmie wiederholte alles, was ich sagte, in ihrer Stammessprache. Ich erklärte ihnen, was wir in der Schule tun würden, und hoffte dabei, daß sie von der Begeisterung in meiner Stimme angesteckt werden würden. Dreiundzwanzig Augenpaare waren auf mich gerichtet, doch in keinem davon konnte ich auch nur einen Funken von Eifer oder Interesse entdecken. Ich schluckte und fuhr fort.

„Wir wollen gemeinsam etwas über Zahlen und Wörter und Farben lernen", sagte ich und bemühte mich um einen munteren Tonfall, doch die Gesichter vor mir blieben starr.

Nimmie stellte sich neben mich. Mit ihrer sanften, fließenden Stimme sprach sie mit den Kindern. Ich verstand nur ein paar vereinzelte Begriffe, doch irgendwie hörten die Kinder und ich Begeisterung und große Freude aus ihren Worten heraus. Ein paar Gesichter vor mir erhellten sich.

Während wir noch mit der Schülerliste beschäftigt waren, stellten sich weitere Neuankömmlinge ein. Unser Klassenzimmer war voll. Wir hatten keine einzige Bank mehr frei. Ich schwebte im siebten Himmel und konnte es kaum erwarten, Wynn davon zu erzählen. Ich dachte an seine Warnung: „Sei nur nicht zu enttäuscht, Elisabeth, wenn du nur eine Handvoll Schüler hast. Die Leute hier denken völlig anders als wir. Sie können absolut nicht einsehen, warum sie Stunden und Tage damit zubringen sollen, etwas über Dinge zu lernen, die sie ja doch nie im Leben zu Gesicht bekommen werden. Wozu nützt einem all das Schulwissen, wenn es kein Essen auf den Tisch und keinen Fuchs in die Falle bringt?"

Doch unser Klassenzimmer war voll. Wynn würde Bauklötzchen staunen!

Mitten am Vormittag kamen zwei Frauen und gesellten sich zu uns. Sie traten plaudernd ein und musterten das Klassenzimmer eingehend. Unbefangen tauschten sie Bemerkungen über alles aus, was sie erblickten. Sie wußten wohl nicht, daß man in der Schule nur spricht, wenn man von der Lehrerin aufgerufen wird. Schließlich suchten sie sich einen Platz auf dem Fußboden und setzten sich.

Später kamen noch mehr Frauen dazu, allein, zu zweit oder auch zu dritt. Ich konnte es kaum fassen! Man stelle sich nur vor: unser Klassenzimmer war zum Bersten gefüllt mit lernbegierigen Schulanfängern – und zwar in allen Altersstufen. Wir brauchten mehr Platz, mehr Bleistifte und Hefte. Ich hatte nicht an die Frauen gedacht, doch auch sie hatten selbstverständlich eine Schulbildung nötig.

Nimmie schien nicht im geringsten überrascht zu sein. Sie nickte einer jeden der Frauen einen Gruß zu und wies ihnen Plätze auf dem Fußboden zu.

Ich beschloß, mich den Kindern zuzuwenden und die Frauen durch Beobachten und Zuhören lernen zu lassen. Deshalb schrieb ich auch die Namen der Erwachsenen nicht in mein Klassenbuch.

Nachdem ich alle Schüler erfaßt hatte, wozu ich Nimmies tatkräftige Unterstützung brauchte, ging ich zu meiner ersten Lektion über. Ich nahm die Karten mit den

Wörtern und Bildern zur Hand und hielt sie einzeln hoch. Zuerst deutete ich auf das Bild und dann auf das englische Wort. Ich sagte das Wort mehrmals, und Nimmie wies die Schüler an, das Wort mit mir gemeinsam zu sagen. Das taten wir ein ums andere Mal. „Kanu. Kanu. Kanu." Dann kam das nächste Wort an die Reihe. „Fisch. Fisch. Fisch." Ich ließ die Schüler das Wort gemeinsam sagen und rief dann einzelne unter ihnen auf. Sie waren sehr schüchtern und befangen; niemand mochte sonderbar klingende Laute vor anderen aussprechen. So ließ ich sie die Wörter wieder gemeinsam aufsagen.

Schließlich nahm ich die neuen Wörter und verdeckte die Bilder.

„Welches Wort ist das?" fragte ich sie, und Nimmie übersetzte meine Frage.

Niemand wußte die Antwort. Ich zeigte der Klasse das Bild zu dem Wort, und im Chor antworteten sie richtig.

Erneut übten wir die beiden Wörter, doch noch immer schien keiner der Schüler die Wortkarte entziffern zu können, wenn das dazugehörige Bild verdeckt war.

Endlich, als ich das Bild verdeckt hatte und die Wortkarte in die Höhe hielt, sagte ein kleiner Junge: „Kanu." Das war die richtige Antwort. Ich war überglücklich. In der Reihe, in der der Junge saß, erhob sich ein Geflüster, und ich sah, wie Nimmie sich nur mühsam das Lachen verkniff.

Ich konnte nicht umhin, mich zu erkundigen: „Was hat er gesagt?"

„Sein Nebenmann hat ihn gefragt, woher er wußte, was auf der Karte stand, und er hat ihm geantwortet, daß die Karte mit dem Kanu einen kleinen Riß an der Ecke hat", erklärte mir Nimmie.

Ich sah die Karte näher an. Der Junge hatte recht.

Ich wußte nicht, was ich sagen sollte, doch dann machte ich mir klar, daß der Junge offensichtlich einen wachen Verstand und einen scharfen Blick besaß. Diese Gaben waren für einen guten Schüler unerläßlich. Ich mußte nur die richtigen Methoden anwenden, weiter nichts.

Danach ging ich von den Wortkarten zu den Farben über. Bei Farben kannten sich die Indianer aus. Sie wußten nur nicht, wie der Weiße Mann die einzelnen Farben bezeichnet. Doch auch die Lektion über Farben verlief kläglich. Jedesmal, wenn ich auf einen farbigen Gegenstand deutete, sagten sie den Namen des Gegenstands anstatt den der Farbe.

Nimmie erklärte ihnen, was das Ziel meiner Fragen war, und von da an ging alles ein wenig besser. Nach langem Üben war ich mir ziemlich sicher, daß die Klasse die Bezeichnungen „schwarz“ und „weiß“ beherrschte.

Schließlich beendeten wir den Unterricht und ermahnten die Schüler, am nächsten Morgen unverzüglich wieder zur Schule zu kommen, sobald sie den Hammerschlag gegen das Faß hörten. Ich wußte nicht, ob diese Ermahnung etwas fruchten würde oder nicht; wahrscheinlich würden die Schüler kommen, wann sie Lust dazu hatten.

Der Reihe nach verließen die Kinder das Schulhaus. Einige von ihnen wirkten sichtlich erfreut über ihre wiedergewonnene Freiheit. Die Frauen dagegen saßen noch immer auf dem Fußboden. Sie hatten es nicht eilig, nach Hause zu gehen, und ich freute mich unbändig über ihr Interesse am Lernen. Ich bat Nimmie, ihnen auszurichten, wie glücklich ich über ihre Teilnahme am Unterricht war und daß ich mein Bestes tun würde, um ihnen zu helfen. Nimmie übersetzte meine Worte, doch der Ausdruck in den Gesichtern der Frauen blieb unbeweglich.

Kleines Reh fragte, was ihnen allen auf dem Herzen zu liegen schien: „Wann Tee?“

Wir bemühten uns, ihnen zu erklären, daß wir in der Schule keinen Tee trinken würden, und mit enttäuschter Miene stand eine Frau nach der anderen auf und verließ die Hütte.

Ich fühlte mich erschöpft nach dem ersten Unterrichtstag. Nimmie dagegen wirkte so frisch und entspannt wie eh und je. Die kleine Nonita war nur einmal während des Vormittags aufgewacht. Nachdem ihre Mutter sie gestillt hatte, war sie sogleich wieder eingeschlafen.

Ich sammelte meine Wortkarten ein, betrachtete die Karte für „Kanu“ kritisch und überlegte, ob ich den Riß irgendwie flicken könnte, ließ den Gedanken aber wieder fallen und machte mich auf den Heimweg.

Ich wußte beim besten Willen nicht zu sagen, ob unser erster Schultag ein Erfolg gewesen war oder nicht. Unser Klassenzimmer war voll gewesen, soviel stand fest. Doch wenn sie nichts lernten, würden sie es dann nicht als Zeitverschwendung betrachten, die Schulbank zu drücken? Ich beschloß, Wynn lieber keinen allzu triumphierenden Bericht von unserem ersten Schultag zu geben.

Lesen, Schreiben, Rechnen

Am nächsten Morgen schlugen wir wieder auf das Faß und warteten auf unsere Schüler. Heute wurde das Klassenzimmer nicht so voll wie gestern, doch das bekümmerte mich nicht. Ich wußte, daß im Verlauf des Vormittags noch mancher Schüler eintreffen würde. Die Frauen erwartete ich dagegen kaum. Da es in der Schule keinen Tee gab, würden sie gewiß lieber daheim an ihren warmen Feuerstellen bleiben.

Als Wynn sich nach unserem ersten Schultag erkundigt hatte, konnte ich es mir kaum verkneifen, ein wenig mit der großen Schülerzahl zu prahlen. Er hatte mir nur ermutigend zugenickt, ohne etwas zu sagen, und ich hatte überlegt, ob er nicht im stillen dachte: „Elisabeth, wappne dich gegen Enttäuschungen, daß sie dir nicht das Herz brechen!" Ich weiß nicht genau, wie ich auf den Gedanken kam; vielleicht kannte ich Wynn nur zu gut. Der Ausdruck in seinen Augen sagte oft mehr als Worte.

Tatsächlich fanden sich im Verlauf des Vormittags noch mehr verspätete Schüler ein. Nun, da sie den Trick mit dem Riß kannten, hatte die ganze Klasse keine Schwierigkeiten mehr mit der Wortkarte für „Kanu". Einige erkannten sogar das Wort „Fisch" – auch ohne einen verräterischen Riß im Papier.

Ich ging zu einem neuen Wort über.

„Hund", sagte ich und hielt die Bildkarte in die Höhe. Nimmie nannte das indianische Wort für Hund und wiederholte es dann auf englisch. Ein leises Kichern ging durch die Reihen, und kohlschwarze Augen zwinkerten einander geheime Botschaften zu. Ich wandte mich an Nimmie.

„Sie finden, es sieht eher wie ein ausgehungerter Bär aus“, teilte sie mir mit einem leisen Lächeln mit.

Ich betrachtete noch einmal mein „Kunstwerk“. Die Kinder hatten recht; der Hund war tatsächlich nicht sehr gut gelungen. Nun wagte ich es nicht mehr, ihnen auch mein Reh und meinen Elch zu zeigen. Statt dessen fuhr ich mit dem Mond und der Sonne fort. Auch mit diesen Zeichnungen schienen die Kinder Schwierigkeiten zu haben.

Ich befestigte die Karten an der Wand und wies die Kinder an, ihre Hefte aufzuschlagen, ihren Bleistift zur Hand zu nehmen und das Wort von der Karte abzuschreiben.

Sie waren von Natur aus durchaus nicht unbeholfen; ganz im Gegenteil, sie besaßen sogar eine außerordentliche Geschicklichkeit, doch das Halten eines Bleistifts erwies sich anfangs als beträchtliche Mühsal. Viele von Wynns sorgfältig geschnitzten Bleistiftspitzen brachen ab.

Nimmie und ich gingen von Bank zu Bank und zeigten ihnen, wie man einen Bleistift hält und wie hart man aufdrücken darf, ohne daß die Spitze abbricht. Ich sortierte alle Stifte aus, die neu angespitzt werden mußten, damit Wynn sie daheim mit seinem Taschenmesser bearbeiten konnte.

Die meisten der Schüler trugen „Fisch“ und „Kanu“ in ihre Hefte ein, wenn die Wörter auch bei manchen kaum zu entziffern waren.

Ich war überrascht darüber, daß einige der Frauen sich auch heute zu uns gesellten, obwohl sie genau wußten, daß nicht mit Tee zu rechnen war. Sie setzten sich auf den Fußboden und hörten dem Unterricht zu – ob aus Lernbereitschaft oder aus reiner Neugier, wußte ich nicht zu sagen.

Als ich von einem Schüler zum nächsten ging, fiel mir

ein zwölf- oder dreizehnjähriger Junge auf. Er hatte nicht nur die Wörter mit erstaunlicher Sauberkeit abgeschrieben, sondern auch Zeichnungen dazu angefertigt. Es brauchte keine Lehrerausbildung, um zu erkennen, daß seine Zeichnungen erheblich besser als meine geraten waren. Ich lief zu Nimmie.

„Komm schnell!“ flüsterte ich. „Komm und schau dir an, was der Junge gezeichnet hat!“

Er hieß Wawasi. Sein Vater war Trapper, einer von denen, deren Fallenrevier mehrere Kilometer von der Siedlung entfernt lag. Die Mutter war vor zwei Jahren am Kindbettfieber gestorben. Wawasi hatte den Winter über für sich und seine zwei jüngeren Schwestern zu sorgen. Wäre er allein gewesen, dann hätte sein Vater ihn zweifellos mit in sein Fallenrevier genommen, doch die beiden kleinen Mädchen wären ihm dort eher lästig als nützlich gewesen. Nimmie erzählte mir, daß Wawasi viele Stunden damit verbrachte, Holzschnitzereien mit einem stumpfen Messer anzufertigen, das er irgendwo gefunden hatte.

Etwas an dem Jungen fesselte mich. Er war schmutzig und ungepflegt, doch seine dunklen Augen leuchteten, als er jedes Wort auf das Papier schrieb und mit gekonnten Bleistiftstrichen eine Zeichnung danebensetzte. Ich mußte Wynn unbedingt von Wawasi berichten, nahm ich mir vor.

Bei Unterrichtsschluß entließen wir unsere Schüler nach Hause und wiesen sie an, ihre Bleistifte und Hefte auf den Bänken liegen zu lassen. Am nächsten Morgen würden wir zur selben Zeit wie heute die „Schulglocke“ läuten.

Mein Interesse an Wawasi war zweifellos der Grund, weshalb ich bemerkte, daß sein Heft und Bleistift fehlten. Ich hatte nämlich darauf gebrannt, Wynn seine Zeichnungen zu zeigen. Suchend schaute ich mich um. Hatte der Junge sein Heft vielleicht versehentlich an eine andere

Stelle gelegt? Ich sammelte alle Hefte ein und legte sie auf das Regal zurück; dabei warf ich überall auch einen Blick unter die Bänke. Nimmie bemerkte es.

„Hast du etwas verloren?“ erkundigte sie sich.

„Wawasis Heft. Ich kann es nirgends finden.“

„Das überrascht mich nicht.“

Ich sah sie fragend an.

„Wawasi ist taub“, erklärte Nimmie nüchtern. „Er liest anderen von den Lippen ab, aber als ich deine Anweisungen wiederholte, stand ich so, daß er mich gerade nicht sehen konnte.“

„Ach Nimmie!“ konnte ich nur sagen.

„Aber selbst wenn der Junge hören könnte, hätte er sein Heft kaum hier in der Schule gelassen“, fuhr sie mit leiser Stimme fort.

„Ist er ... ist er denn ein ... ein ...?“ Ich brachte das Wort „Dieb“ einfach nicht über die Lippen. Das paßte irgendwie nicht zu einem Kind, und außerdem wollte ich nicht so schlecht von dem Jungen denken.

„Wawasi benutzt alles, was er nur finden kann, um darauf zu zeichnen“, erklärte Nimmie. „Er zeichnet seine Bilder auf den Boden, auf Birkenrinde und auf Baumstümpfe. Und du hast ihm heute ein Heft und einen Bleistift gegeben. Was denkst du denn, was er damit anfangen wird?“

„Zeichnen?“

„Bis morgen hat er bestimmt schon die Hälfte der Seiten gefüllt.“

Ich stand wie angewachsen da und dachte an diesen Indianerjungen mit der Verantwortung eines erwachsenen Mannes auf den Schultern, einem Gehörschaden und einem außergewöhnlichen künstlerischen Talent.

„Soll ich zu ihm gehen und das Heft holen?“ erbot sich Nimmie.

Ich drehte mich wieder zu ihr um.

„Nein“, antwortete ich, „aber ich würde gern mit dem

Jungen reden. Bitte geh doch mit mir. Ich weiß nicht, wie ich mich mit ihm verständigen soll."

Nimmie erklärte sich bereit, mich zu begleiten. Gemeinsam machten wir uns durch das erneut einsetzende Schneegestöber auf den Weg zu der verwahrlosten Hütte des Jungen und seiner beiden jüngeren Schwestern.

Nimmie öffnete die Tür. Wie erwartet, saß Wawasi in der Hütte. Er war völlig in seine Zeichnung versunken, die unter seiner geschickten Hand in dem Schulheft entstand. Unsere Gegenwart hatte er nicht bemerkt; sein Blick war auf seine Zeichnung gerichtet.

Nimmie ging auf ihn zu und legte ihm ihre Hand auf den Arm. Erschrocken sah er zu uns auf. Schnell zog er das Heft vom Tisch und versteckte es auf seinem Schoß, als wolle er es vor unserem Zugriff schützen. Seine Augen waren dunkel und flehend auf uns gerichtet. Sie erinnerten mich an Kips Blick, wenn er ins Freie wollte.

Nimmie lächelte, und die Furcht in Wawasis Augen ließ nach.

Irgendwie gelang es Nimmie, dem Jungen meine Bitte begreiflich zu machen, die Bilder zu den Wortkarten für den Unterricht zu zeichnen. Als Gegenleistung für seine Arbeit sollte er sein eigenes Zeichenheft und einen Bleistift dazu bekommen, ein Heft, das er nicht mit zur Schule zu bringen brauchte, sondern das er jederzeit zu Hause benutzen konnte, wann immer er Lust hatte zu zeichnen.

Ich wußte, daß er alles verstanden hatte, was er von Nimmies Lippen abgelesen und an ihren Handzeichen erkannt hatte, denn sein Blick wanderte von mir zu seinem Bleistift und dann auf seinen Schoß, bevor er zustimmend nickte.

Enttäuschungen und Erfolge

Am Ende unserer ersten Unterrichtswoche hatten wir nur noch dreizehn Schüler. Anfangs redete ich mir ein, daß die übrigen gewiß zwingende Gründe hatten, die sie vom Schulbesuch abhielten, doch Nimmie kannte ihre kleinen Landsleute zu genau. Sie schien über die Entwicklung der Dinge nicht im geringsten überrascht zu sein. Statt dessen sagte sie sogar voller Begeisterung zu mir: „Dreizehn, Elisabeth! Dreizehn Schüler! Kannst du es fassen? Wir haben immer noch dreizehn, die am Unterricht interessiert sind!"

Ich wollte widersprechen. Dreizehn war nur etwa die Hälfte von denen, die sich am ersten Tag eingefunden hatten.

Am Ende der zweiten Woche war die Zahl auf fünf gesunken. Nur fünf Schüler, und dabei war das Dorf voller Menschen, die weder lesen noch schreiben konnten! Nimmie ließ sich jedoch nicht aus der Fassung bringen.

„Für unser erstes Jahr sind fünf schon beachtlich viel. Früher oder später werden die anderen dann auch die Notwendigkeit des Lesens einsehen."

Ich hoffte, daß Nimmie recht behalten würde, doch ich muß zugeben, daß ich furchtbar enttäuscht war.

Unter den fünf Schülern, die uns noch geblieben waren, befand sich auch Wawasi, dazu ein Junge namens Jim Buck, zwei Mädchen, das eine acht, das andere elf Jahre alt, und eine junge verheiratete Frau, die ihren Säugling mit zum Unterricht brachte. Die junge Mutter vertiefte sich oft so sehr in das, was sie gerade lernte, daß sie das

Kind in ihren Armen völlig vergaß, bis sie von seinem Geschrei in die Wirklichkeit zurückgerissen wurde. Dann legte sie den Säugling zum Stillen an und las weiter in ihrem Buch. Ich hatte noch nie erlebt, daß jemand so versessen aufs Lernen war wie Braune Ente.

Kanika, unsere Elfjährige, war zwar nicht sehr flink im Lernen, doch sie suchte beharrlich und ausdauernd nach den Antworten auf die Fragen, die wir ihr stellten.

Susi Krummbein dagegen besaß eine ungewöhnlich schnelle Auffassungsgabe. Selten mußte man ihr einen Sachverhalt zweimal erläutern. Voller Eifer nahm sie alles, was wir ihr zu bieten hatten, in sich auf und bettelte um mehr. Ich wußte schon jetzt, daß Susi einmal einen wertvollen Beitrag zur Welt der Indianer und auch über deren Grenzen hinaus leisten konnte, wenn man ihr nur die Gelegenheit dazu bot.

Wawasi war benachteiligt. Wir hatten keinerlei Hilfsmittel in unserem Klassenzimmer, um ein Kind mit seiner Behinderung zu fördern. Er war nicht taub geboren, sondern hatte als aufgeweckter, munterer, gesprächiger Achtjähriger die Masern bekommen. Die Krankheit hatte ihn sein Gehör gekostet. Wir mußten stets darauf achten, direkt vor ihm zu stehen, damit er unsere Lippen sehen konnte, wenn wir mit ihm sprachen. Das war manchmal nicht einfach, denn Wawasi interessierte sich einzig und allein für seine Zeichnungen. Er zeichnete, wenn er eigentlich lesen sollte. Zahlen und Buchstaben waren ihm gleichgültig. Er hatte nur Augen für Formen und Farben.

Ich war fest dazu entschlossen, ihm wenigstens die Grundzüge des Schulwissens beizubringen. Ich drängte und wiederholte und ermutigte. Als die übrigen Schüler schon mehrere Wörter beherrschten, mühte Wawasi sich noch immer mit den ersten zwei Wörtern ab.

„Fisch“, sagte ich ein ums andere Mal und artikulierte überdeutlich dabei, damit er das Wort von meinen Lippen ablesen konnte. „Fisch. Fisch.“

Wawasi sprach es mir nach. Es klang schon recht gut.

Dann ließ ich ihn das Wort mehrmals in sein Heft schreiben. Ich erlaubte ihm sogar, neben jedes geschriebene Wort einen kleinen Fisch zu zeichnen. Nachdem er zwei Seiten mit allerlei unterschiedlichen Fischarten gefüllt hatte, nahm ich ein Stück Kreide und ging an die Tafel, um in großen Buchstaben „FISCH" darauf zu schreiben. Ich suchte seinen Blick und bat ihn, das Wort zu lesen.

Er schüttelte den Kopf. Er kannte das Wort nicht.

Enttäuscht trat ich an seine Bank und schlug sein Heft auf den beiden Seiten voller Fische auf. Dann legte ich einen Finger unter sein Kinn, ein Zeichen, das Nimmie und ich mit ihm vereinbart hatten, um seine Aufmerksamkeit auf unsere Lippen zu richten, und erneut sagte ich: „Fisch. Es ist das gleiche Wort. Fisch." Ich deutete auf die Tafel. „FISCH." Dann zeigte ich auf sein Heft. „Siehst du, das gleiche Wort." Doch Wawasi zuckte nur mit den Schultern.

Wieder hob ich seinen Blick zu meinem Gesicht und fragte sanft: „Verstehst du denn wirklich nicht?"

Er sah mich unbeirrt an, als bäte er mich, seine Gedanken zu erfassen.

„Nicht gleich", wagte er dann zu widersprechen. „Deins weiß, meins schwarz."

Wawasi dachte in Farben.

Ich begriff, daß ich bei dem Jungen neue Methoden anwenden mußte. Wenn ich doch nur viele bunt illustrierte Lehrbücher für ihn hätte! Vielleicht würde er dann Freude am Lernen bekommen. Doch ich hatte nichts dergleichen, und bis ich neues Material bestellen konnte, würden viele Monate ins Land gehen. In der Zwischenzeit würde ich einfach mein Bestes tun müssen, um seiner Behinderung gerecht zu werden.

Ich war enttäuscht darüber, daß Wawasis jüngere Schwestern nicht zur Schule kamen. Mehrmals erkundigte ich mich bei Wawasi nach ihnen. Seine erste Antwort auf meine Frage, laut Nimmies Übersetzung, lautete, daß seine Schwestern keine Lust zum Zeichnen hätten. Als wir ihm klarmachten, daß in der Schule viel mehr als nur Zeichnen gelehrt würde, suchte er nach anderen Ausreden. Jedesmal, wenn wir ihn fragten, fiel seine Antwort ein wenig anders aus, doch letztendlich war der Grund derjenige, daß die beiden Mädchen einfach nicht in die Schule kommen wollten. Der Unterricht war ihnen nicht verlockend genug, um dazu ihre warme Hütte zu verlassen.

Nach der vierten Woche blieb Kanika weg. Am liebsten hätte ich vor Enttäuschung geweint. Eines Tages, nach Schulschluß, machte ich einen Besuch bei ihr zu Hause in der Hoffnung, daß sie den Unterricht wegen einer leichten Erkältung oder einer besonderen Arbeit im Haushalt nur ausnahmsweise versäumt hatte. Ich fand sie jedoch kerngesund vor; sie war mit Spielen, nicht etwa mit Arbeiten, beschäftigt. Ihre Mutter zuckte nur mit den Schultern.

„Warum du nicht gehen?" fragte sie das Mädchen auf Englisch, aus Rücksicht auf meine Gegenwart. Es klang, als habe sie soeben erst entdeckt, daß ihre Tochter den Vormittag zu Hause anstatt in der Schule verbracht hatte.

Kanika hob kaum den Kopf. Sie schaute mich verwirrt an, als könne sie nicht begreifen, warum sie eine Erklärung abgeben sollte. Es war offensichtlich, daß sie schlicht und einfach keine Lust zum Schulbesuch gehabt hatte und daher zu Hause geblieben war, weiter nichts.

Nun hatten wir nur noch vier Schüler. Wawasi konnten wir jedoch kaum zu ihnen zählen, denn obwohl wir uns die größte Mühe seinetwegen gaben, galt seine gesamte Aufmerksamkeit einzig und allein seinen Zeichnungen.

Jim Buck, Susi Krummbein und Braune Ente dagegen waren ausgezeichnete Schüler. Alle drei waren von einem erstaunlichen Lerneifer beseelt.

Dann kam eine erneute Enttäuschung. Braune Entes

Ehemann kam für ein paar Tage von seinem Fallenrevier nach Hause und erfuhr von ihrer Teilnahme am Unterricht. Er konnte beim besten Willen nicht begreifen, was in aller Welt sie daran so interessant fand. Doch er wußte genau, daß sie die einzige erwachsene Frau in der ganzen Siedlung war, die ihre Arbeit zu Hause liegen ließ, um jeden Morgen zur Schule zu gehen. Obendrein bemerkte er, daß die Felle nicht gegerbt, die Mokassins nicht genäht waren und das Feuer in der Hütte häufig unbeaufsichtigt blieb.

Wir hatten Verständnis für Braune Entes Mann. Er betrachtete die Schule als Zeitverschwendung, und er verbot seiner Frau glattweg, jemals wieder zum Unterricht zu gehen.

Es tat uns sehr leid, Braune Ente zu verlieren, doch weder Nimmie noch ich wollten sie dazu überreden, sich ihrem Mann zu widersetzen.

Jetzt konnte ich nicht mehr guten Gewissens von Nimmie erwarten, sich jeden Morgen auf den Weg zur Schule zu machen, wo es nur noch drei Schüler zu unterrichten gab. Die Kinder und ich konnten uns genügend miteinander verständigen, um allein zurechtzukommen. Ich verstand ein wenig von ihrer Stammessprache, und sie lernten mit jedem Tag mehr Englisch. Ich wußte, wie dringend notwendig es für sie war, Englisch zu beherrschen, denn sie würden es brauchen, um jenseits ihrer begrenzten Welt verstanden zu werden, doch es tat mir leid, daß es keine Lehrbücher in ihrer Stammessprache gab. Sie hätten eigentlich die Möglichkeit haben sollen, ihre Sprache in geschriebener Form kennenzulernen, doch zur Zeit war diese Möglichkeit nicht gegeben.

Draußen sanken die Temperaturen weiter, und der Wind häufte immer höhere Schneewehen auf, so daß unser kleines Dorf bald rundum in Weiß eingehüllt war. Wir mußten Schneeschuhe anziehen, um uns fortzubewegen. Die Frauen der Siedlung hatten alle Hände voll zu tun, um genug Brennmaterial für ihre Feuerstellen zu beschaffen.

Ich überlegte hin und her, ob es zu verantworten war, daß Wynn jeden Morgen Feuer im Klassenzimmer machte, obwohl wir nur noch zu viert waren. Wäre es nicht viel vernünftiger, den Unterricht bei mir zu Hause abzuhalten? Blieben wir jedoch in der Hütte, dann würden sich vielleicht am Ende doch noch ein paar weitere Schüler einfinden. Ich sprach mit Wynn darüber.

„Was soll ich nur tun?“ fragte ich ihn, nachdem ich ihm die Lage erläutert hatte.

„So gern ich auch glauben möchte, daß sich noch mehr Schüler einstellen könnten“, sagte er bedächtig, „so muß ich dir ehrlich sagen, daß ich das kaum für möglich halte, Elisabeth. Sie haben einfach noch nicht eingesehen, daß ihnen das Lernen aus Büchern nützlich sein kann. Das muß ihnen erst noch jemand beweisen.“

„Aber wie sollen wir's ihnen denn beweisen?“ jammerte ich.

„Gar nicht – jedenfalls nicht von einem Tag zum andern. Es wird eine lange Zeit brauchen. Vielleicht“, fuhr er nachdenklich fort, „vielleicht sind wir ihnen nicht gerade ein überzeugendes Beispiel.“

„Kein überzeugendes Beispiel? Das verstehe ich nicht.“

„Nun, du und ich haben eine gute Schulbildung. Trotzdem müssen wir von ihnen lernen, um in dieser Wildnis überleben zu können.“

Ich begriff, was er meinte. Durch unser von Eisblumen überzogenes Fenster schaute ich in das Schneegestöber hinaus. Wynn hatte recht. Hier nützte mir meine pädagogische Ausbildung herzlich wenig, wenn ich nicht zudem auch die Kunst des Überlebens beherrschte.

„Aber was soll ich denn nun tun?“ fragte ich erneut. Meine Frage war aufrichtig und demütig gemeint.

Sanft zog er mich an sich und nahm mich in seine Arme.

Er lächelte mir in die Augen und strich mir eine Haarsträhne aus der Stirn, die sich stets widerspenstig um meine Wangen ringelte, anstatt artig festgesteckt zu bleiben.

„Du machst deine Sache ausgezeichnet“, tröstete er mich, „und ich bin stolz auf dich, weil du dein Bestes gibst und dir so viel an diesen Menschen liegt. Du magst es vielleicht nicht ahnen, aber diese beiden Schüler, die du unterrichtest, diese beiden eifrigen Schulkinder – und ja, auch Wawasi – könnten eines Tages der Schlüssel zur Schulbildung für das ganze Dorf werden.“

Ich schloß die Augen und schmiegte mich an meinen Mann. Von ganzem Herzen hoffte ich, daß er recht behalten würde.

Das zweite Weihnachtsfest in der Wildnis

Aus irgendwelchen Gründen machte mir der Gedanke an Weihnachten fern von meiner Familie in diesem Jahr noch mehr zu schaffen als im vergangenen.
Vielleicht lag es daran, daß ich das letzte Weihnachtsfest als jungverheiratete Ehefrau erlebt hatte, die ihrem Mann voller Eifer den Haushalt führte. Doch allmählich bedrückte mich die Einsamkeit des Lebens hier im Norden, und ich hatte Heimweh nach meinen Verwandten, besonders jetzt in der Vorweihnachtszeit.

Ich hütete mich, Wynn mit meinem Kummer zu behelligen. Er hatte ohnehin schon mehr als genug Sorgen. Aus den Fallenrevieren meldete man einen streunenden Bär, der den Fallenstellern die Beute stahl. Anfangs wollte Wynn den Berichten kaum Glauben schenken. Die Bären hielten längst ihren Winterschlaf. Was sollte einen einzelnen Bären dazu treiben, um diese Jahreszeit noch in der Wildnis nach Futter zu suchen? Doch die Berichte häuften sich. Wynn beschloß, der Sache auf den Grund zu gehen.

Wenn man dem Glauben schenken wollte, was die Männer aus den Revieren im Dorf erzählten, war der Bär ein Koloß. Mit seinen Riesenpranken versetzte er tödliche Schläge, und bevor ein Jäger auch nur das Gewehr anlegen konnte, war er verschwunden. Dann hörte man noch abenteuerlichere Dinge: der Bär sei zehn Fuß groß, Gewehrkugeln könnten ihm nichts anhaben, und wenn er durch den Wald laufe, hinterlasse er keine Spuren im Schnee. Die Leute im Dorf waren davon überzeugt, daß es sich um ein Geistwesen handle, das dazu gekommen sei, ein geheimes Vergehen zu rächen. Sie fürchteten sich so sehr, daß Wynn keinen einzigen Mann im ganzen Dorf auftreiben konnte, der es gewagt hätte, ihn auf dem Weg in den Wald zu begleiten.

Ich weiß nicht, ob der Aberglaube der Indianer mir unbewußt Angst eingejagt hatte oder ob meine ängstliche Natur die Oberhand zu gewinnen suchte, doch ich flehte Wynn an, nicht zu gehen. Ich war überzeugt, daß ich ihn niemals wiedersehen würde.

Wynn bemühte sich, mich zu beruhigen. Es würde ihm bestimmt nichts zustoßen, und er würde bald wieder zu Hause sein. Ich aber bangte dennoch um sein Leben. Allen meinen Befürchtungen zum Trotz ließ er sich nicht von seinem Entschluß abbringen. Zwei Trapper waren schon von dem Bären angefallen worden. Der eine hatte ein Bein verloren, und der andere war an Gesicht und Händen von dem Untier schlimm zugerichtet worden.

Auch Schlittenhunde hatte der Bär angefallen. Einen davon hatte er tödlich verletzt, ein zweiter mußte wegen einer schweren Wunde erschossen werden, und der dritte erholte sich nur allmählich von der Attacke. Wynn hatte recht: etwas mußte unternommen werden, doch der Gedanke, daß ausgerechnet mein Mann diese gefährliche Bestie aufspüren wollte, jagte mir Angst und Schrecken ein.

„Irgendwas scheint hier vorzugehen“, meinte Wynn. „Wir haben schon zu viele Geschichten über ihn gehört, also muß etwas Wahres daran sein. Aber warum ein Bär um diese Jahreszeit umherstreunt, ist mir rätselhaft.“

Mit tränennassem Gesicht sah ich zu, wie Wynn besonders große Rationen in seinem Rucksack verstaute. Ich hatte ihn schon oft beim Packen seiner Ausrüstung beobachtet, seitdem wir hier im Norden lebten. Deshalb wurde mir klar, daß er sich auf einen notfalls langen Aufenthalt in der Wildnis einstellte. Nun wurde mir noch elender zumute.

Lange schaute ich Wynn und seinem Hundegespann nach, bis sie in dem dichten Schneegestöber verschwunden waren. Danach ging ich in mein Zimmer zurück und ließ meinen Tränen freien Lauf. Vielleicht würde ich dieses Jahr zu Weihnachten nicht einmal mehr meinen Mann haben. Ich versank im Selbstmitleid.

Schließlich weinte ich mich in den Schlaf. Als ich wieder aufwachte, fühlte ich mich noch elender als zuvor. Mein Kopf schmerzte, und meine Augen waren verschwollen. Auch mein Hals tat mir weh, so daß ich befürchtete, ernstlich krank zu werden. Was, wenn Wynn bei seiner Rückkehr eine kalte Hütte und eine leblose Frau vorfinden würde? Doch das war töricht von mir, so zu denken. Ich mußte mich zusammenreißen.

Wenn die Hütte ohne Wynn doch nur nicht so leer gewesen wäre! Wieder dachte ich an ein Kind, das ich mir so sehnlich wünschte. Nun war ich fast eineinhalb Jahre verheiratet, und noch immer bestand keine Aussicht auf baldige Mutterfreuden. Nimmie dagegen, die schon eine kleine Tochter bekommen hatte, erwartete bereits ihr zweites Kind. Jeden Tag, an dem ich in die Siedlung ging, sah ich junge Frauen, die ein Kind erwarteten. Doch meine Arme waren immer noch leer. Ich schauderte in der Stille meiner Hütte. Plötzlich wurde mir klar, daß mein Zittern auch einen anderen, sehr praktischen Grund hatte: es war bitterkalt in der Stube. Entschlossen kletterte ich aus dem Bett und machte Feuer im Kamin.

Ich hatte mich auf viele lange Tage des Alleinseins gefaßt gemacht. Um so überraschter war ich, als Wynn schon am nächsten Tag um die Mittagszeit wieder auftauchte. Auf den Schlitten hatte er den Kadaver des größten Bären geschnallt, den ich je gesehen hatte. Obwohl der Kadaver riesengroß war, wirkte er ausgezehrt, als sei er abgehäutet, so daß nur die Hülle übrig geblieben war. Die eine seiner Vordertatzen war arg zugerichtet, was auch, wie Wynn mir erklärte, der Grund seiner Beutezüge durch die Wildnis gewesen war.

„Mit der verletzten Tatze konnte er nicht richtig nach Futter suchen, so daß er langsam, aber sicher verhungerte. Ohne sein Winterfett auf den Knochen hat er sich geweigert, den Winterschlaf zu halten. Trotzdem hat er nicht genug Futter gefunden. Normalerweise hätte er niemals Hunde oder Menschen angefallen, aber aus reiner Verzweiflung hat er's doch getan."

Ich war so glücklich, Wynn wieder daheim zu haben, daß ich dem Bären nicht viel Beachtung schenkte. Die Indianer dagegen bestaunten ihn um so mehr. Aufgeregt umkreisten sie den Schlitten, deuteten auf den Kadaver und redeten aufgeregt miteinander. Sie machten Bemerkungen über den ausgezehrten Leib, die heraussstehenden Rippen, den eingefallenen, einst so mächtigen Knochenbau. Das deuteten sie als schlechtes Omen. Es war bedenklich, so sagten sie, daß „Bruder Bär" Hunger gelitten hatte. Vielleicht hatte der Große Geist ihn gesandt, um die Menschen vor einer kommenden Hungersnot zu warnen.

Das war kein erfreulicher Gedanke, und ich gebe zu, daß es mir dabei kalt über den Rücken lief. Wynn schien kaum Notiz von dem kritischen Zungenschnalzen und dem allgemeinen Kopfschütteln zu nehmen, doch vermutlich machte er sich nun Vorwürfe, daß er den Kadaver in die Siedlung mitgebracht hatte. Eigentlich hatte er den Dorfbewohnern auf diese Weise nur zeigen wollen, daß der Bär alles andere als ein Geistwesen war.

Jetzt, da Wynn unversehrt zurückgekehrt und der Bär unschädlich gemacht worden war, begannen meine Gedanken wieder um Weihnachten zu kreisen. Sosehr ich mich auch bemühte, nicht daran zu denken, es half nichts. Ich hielt mich mit meiner Hausarbeit beschäftigt, um keine Zeit zum Trübsalblasen zu haben, doch auch das nützte nichts.

Zwei Tage vor Weihnachten kam Wynn schon am Vormittag nach Hause. Er fand meine Schüler und mich über unsere Schulbücher gebeugt. Er wirkte überrascht und entschuldigte sich für die Störung. Ich versicherte ihm, daß er uns gar nicht gestört hatte, und entließ meine Schüler heute etwas früher.

„Macht ihr denn keine Weihnachtsferien?" fragte Wynn erstaunt, nachdem die Schüler sich verabschiedet hatten.

„Aber natürlich", antwortete ich, als sei Weihnachten noch in weiter Ferne. Erst dann fiel mir ein, daß ich völlig vergessen hatte, den Schülern zu sagen, daß der Unterricht morgen, am vierundzwanzigsten Dezember, ausfallen würde. Nun, dann würden wir eben morgen auch Unterricht abhalten, dachte ich achzelzuckend.

Selbst bei der Arbeit wanderten meine Gedanken in die Heimat zurück. Sehnsüchtig dachte ich an die Weihnachtstage, die ich mit meinen Lieben in Toronto verbracht hatte. Ich konnte mir genau ausmalen, welche Vorbereitungen meine Mutter zur Zeit traf. Ich sah sie vor mir, wie sie über ihren Herd gebeugt stand und mit von der Wärme geröteten Wangen und weichen Lockensträhnen um das Gesicht ein Backblech mit würzigen Weihnachtsplätzchen nach dem anderen aus dem Backofen hervorholte. Ich sah Vater vor mir, wie er die hübsch gewachsene Tanne mit dem frischen Duft des Waldes zur Tür hereintrug. Dann schleppten Julie und ich und vielleicht auch Markus Schachteln voller Weihnachtsschmuck ins Zimmer und schmückten den Baum, daß es eine Pracht war.

Inzwischen brannten mir jedesmal längst die Tränen in den Augen, und ich nahm mir immer wieder vor, meine Gedanken zu zügeln, doch es dauerte nicht lange, da sah ich die hübsch eingewickelten, mit roten Seidenschleifen verschnürten Geschenke unter dem Baum vor mir. Ich dachte daran, wie die ganze Familie in unserem eleganten Eßzimmer mit gesenktem Kopf am Tisch saß, während Vater das Tischgebet sprach. Wenn er dann den großen

Truthahn tranchierte, plauderten und lachten wir voller Freude und Dankbarkeit für die fröhliche, selige Weihnachtszeit.

Wenn niemand herschaute, wischte ich mir verstohlen mit dem Schürzenzipfel über die Augen und zwang mich dazu, an etwas anderes zu denken. Auch Jonathan und Mary und die Kinder in Calgary kamen mir in den Sinn. Sie freuten sich gewiß schon unbändig auf Weihnachten. Ich sah das Haus vor mir, die Kinder mit ihren strahlenden Gesichtern, wie sie im Schein des Kaminfeuers dasaßen und der vertrauten und doch immer aufs neue bewegenden, wundersamen Weihnachtsgeschichte zuhörten. Wie sehnte ich mich nach ihnen allen!

Ich weinte. Ich betete. Ich kämpfte mit mir selbst. Mir war zumute, als würde ich dieses Weihnachtsfest nicht überleben. In meinem ganzen Leben hatte ich noch nie so entsetzlich an Heimweh gelitten.

„Reiß dich zusammen!" ermahnte ich mich immer wieder. „Du darfst dich nicht so gehenlassen! Bald ist alles vorbei, und dann geht es dir besser." Doch allmählich begann ich zu befürchten, meine Fassung vollkommen zu verlieren und in einen Weinkrampf auszubrechen. Ich wollte aber auf keinen Fall, daß Wynn sich um mich sorgte. Deshalb strengte ich mich um so mehr an.

Am 24. Dezember hielten wir wie gewöhnlich unseren Unterricht ab. Gegen Mittag entließ ich die Kinder und suchte mir eine Beschäftigung für den Nachmittag. Ich hatte keinerlei Zutaten für besondere Backwaren im Haus, keinerlei Geschenke, die ich hübsch einpacken könnte. So machte ich mir hier und da in der Küche zu schaffen und fühlte mich dabei unsagbar einsam und elend.

Bald würde Wynn nach Hause kommen. Dann war es offiziell Heiligabend. Ich schluckte, flüsterte ein Gebet und hoffte, nur ja nicht die Fassung zu verlieren. Mit einem Auge beobachtete ich die Uhr, mit dem anderen den

Eintopf, den ich zum Abendessen kochte, und wartete dabei auf das Geräusch herannahender Schritte.

Plötzlich hörte ich jemand im Laufschritt näherkommen. Nein, das klang nicht nach Wynn. Er kam niemals nach Hause gerannt. Auch Kip wußte das. Er war schon an der Tür, bevor ich mich auch nur umdrehen konnte.

Die Tür flog auf, und Susi stürzte außer Atem und ohne ihre Winterjacke in die Stube.

„Frau Lehrerin", keuchte sie, „Frau Lehrerin, kommen Sie schnell! Mama braucht Sie!"

Ich wartete nicht auf weitere Erklärungen, griff nach meiner Jacke und eilte zur Tür hinaus. Hastig schnallte ich mir die Schneeschuhe an und folgte Susi, die vor mir herrannte. Nur flüchtig kam mir in den Sinn, daß ich vergessen hatte, den Eintopf von der heißen Herdplatte zu nehmen.

Als wir die Hütte erreicht hatten, waren wir beide außer Atem. Susi stieß die Tür auf, und nachdem ich die Schneeschuhe abgeschnallt hatte, folgte ich ihr ins Innere. Eine trübe Lampe erhellte die Stube nur schwach, und der dichte Qualm von dem Kaminfeuer brannte mir so sehr in den Augen, daß ich kaum etwas erkennen konnte. Als sich meine Augen an die Dunkelheit gewöhnt hatten, sah ich, daß Susis Mutter nicht allein war. Eine Hebamme war bei ihr. Dann bemerkte ich den gleichen ungewöhnlichen Kräutergeruch, der mir auch in Nimmies Hütte bei Nonitas Geburt aufgefallen war.

Susis Mutter stöhnte und warf sich auf dem Bett hin und her. Die indianische Hebamme trat zu ihr und tröstete sie mit einem Singsang von mutmachenden Worten. Keine der beiden Frauen hatte mein Eintreten bemerkt.

„Was ist los?" fragte ich Susi flüsternd.

„Das Baby ist schon da, aber sie hat immer noch Schmerzen, ganz schlimme sogar", erklärte Susi mir bekümmert.

„Das Baby?"

„Ja. Hier."

Susi zeigte in eine Ecke der Stube. Dort lagen mehrere Tierfelle am Boden, und als ich näher hinschaute, regte sich ein winziges Wesen darauf. Ich sah Susi an. Die blanke Angst schaute ihr aus den Augen. Voll Mitleid zog ich sie an mich. Sie ließ es geschehen. Während ich das kleine Mädchen in den Armen hielt, fragte ich mich, wer von uns den Trost, die Nähe des anderen wohl am dringendsten brauchte. Wieder stiegen mir die Tränen in die Augen.

Die alte Hebamme wandte sich zu ihrer Kräuterarznei um. Erst jetzt bemerkte sie uns. Sie schien nicht überrascht zu sein.

„Nicht gut", sagte sie mit gedämpfter Stimme. „Nicht gut. Schmerzen sollten fort sein."

Mir wurde angst und bange. Ich wußte, daß Susi Hilfe von mir erwartete. Aber was konnte ich tun? Ich verstand nichts von Geburtshilfe. Hoffentlich würde es nun nicht noch mehr verwaiste Kinder im Dorf geben! Susi hatte vor einem halben Jahr ihren Vater durch einen Unfall auf dem Fluß verloren. Ich hoffte inständig, daß sie nicht auch noch ihre Mutter verlieren würde.

Während ich das schmale Mädchen in den Armen hielt und an das dachte, was auf sie zukommen könnte, waren plötzlich mein Heimweh und Selbstmitleid verschwunden. Ich hatte nur noch diese Familie im Sinn, diese Mutter, die dort auf dem Bett stöhnte und sich vor Schmerzen wand. Was konnten wir tun? Ich begann, für die Mutter zu beten.

Ein schwaches Wimmern aus der Ecke riß mich aus meinem Gebet. Das Baby war wach. Den einen Arm noch immer um Susi gelegt, gingen wir in die Ecke. Das Neugeborene war winzig; dichtes schwarzes, flaumiges Haar umrahmte sein Gesichtchen. Ich hob es hoch. In meinen Armen verstummte das Wimmern, doch Susi, die dicht neben mir stand, zitterte ununterbrochen.

„Wir müssen meinen Mann suchen", sagte ich zu ihr. „Inzwischen ist er vielleicht schon zu Hause, oder er könnte im Laden sein. Glaubst du, daß du ihn finden könntest?"

Sie nickte.

„Zieh dir aber diesmal deine Jacke und Handschuhe an!" ermahnte ich sie. „Draußen ist es kalt, und du darfst nicht krank werden. Ich bleibe hier bei deiner Mutter."

Sie befolgte meine Anweisungen, zog sich an und machte sich auf den Weg. Sicher rannte sie wieder, so schnell sie ihre Füße trugen.

Es dauerte nicht lange, bis Susi mit Wynn zurückkehrte. Er stellte keine Fragen, sondern trat unverzüglich ans Bett der Indianerin und untersuchte sie. Ich hielt noch immer das Baby in den Armen. Das winzige warme Körperchen strömte Zuversicht aus.

„Marga", sagte Wynn zu der Indianerin, „Marga, kannst du mich hören?"

Die Frau stöhnte nur.

„Sie jetzt schlafen", sagte die Hebamme. „Ausruhen."

„Nicht schlafen, noch lange nicht!" sagte Wynn. „Sie hat noch ein schönes Stück Arbeit vor sich. Sie muß ein Baby zur Welt bringen."

„Baby schon da", teilte die Hebamme ihm mit und deutete auf das Kind, das ich in den Armen hielt.

„Mag sein", sagte Wynn, „aber jetzt ist es Zeit, daß sein Bruder auch zur Welt kommt."

Zwillinge! Ich konnte es kaum fassen. Susi erging es wohl nicht anders.

„Was meint er, Frau Lehrerin?" fragte sie flüsternd.

„Deine Mutter bekommt zwei Kinder – Zwillinge", erklärte ich ihr.

„Wie kleine Bärenjungen?" flüsterte sie mit großen Augen.

Ich lachte leise.

„Ja, wie kleine Bärenjungen", wiederholte ich.

Als das zweite Kind geboren war und die beiden Säuglinge samt ihrer Mutter fachkundig versorgt worden waren, hatte es längst Mitternacht geschlagen. Heiligabend war vorüber. Wynn und ich gingen Arm in Arm durch den knirschenden Schnee nach Hause. Unser Atem flog uns in kleinen weißen Dampfstößen in der frostklaren Luft voraus. Über uns schien der Mond, und das Nordlicht warf seine Lichtsäulen über den Nachthimmel. Ich dachte an die Nacht vor langer, langer Zeit, in der am Heiligabend ein besonderes Kind geboren wurde, Jesus, der Heiland der Welt. Die Geburt eines Menschleins war ein immer neues Wunder, und an diesem Abend waren zwei Kinder zur Welt gekommen, und alle beide waren kerngesund und kräftig. In einem hatte Wynn sich allerdings geirrt: das zweite Kind war zu Susis großer Freude ein kleines Mädchen.

Ein unerwarteter Besucher

Der Weihnachtsfeiertag brachte zwar Heimweh mit sich, doch ich wurde nicht davon überwältigt. Wynn und ich verbrachten den Tag vor unserem Kaminfeuer. Unser Festessen bestand aus einem Wildbraten und Gemüse; zum Nachtisch gab es eine Blaubeertorte. Wir hatten uns vorgenommen, am Fluß spazierenzugehen, doch wegen des scharfen Frostwetters war nicht daran zu denken.

Nach dem Frühstück tauschten wir unsere Weihnachtsgeschenke aus. Es war zwar eine kärgliche Bescherung, doch jeder von uns hatte bei unserer Reise hierher ein paar Dinge, die zu künftigen Geschenken bestimmt waren, in seinem Gepäck versteckt. Nach zwei Weihnachtsfesten, unserem Hochzeitstag und Wynns Geburtstag waren jedoch meine geheimen Vorräte erschöpft. Ich wußte beim besten Willen nicht, was ich Wynn zu seinem nächsten Geburtstag schenken sollte. Während er sein neues Taschenmesser auspackte, überlegte ich immer noch. Vielleicht könnte ich bei einer der Indianerinnen etwas für ihn kaufen.

Über Wynns Geschenk jubelte ich: zwei Paar neue Strümpfe! Ich hatte meine Strümpfe samt und sonders schon unzählige Male gestopft – und dabei verabscheute ich gestopfte Strümpfe vom Grunde meines Herzens! Später erfuhr ich, daß Wynn die neuen Strümpfe mit Johns Herbstvorräten in Edmonton bestellt hatte.

Der Tag war lang. Außer uns zu unterhalten, gab es nicht viel zu tun. Wir hatten weder Spiele noch Musik, und das unfreundliche Wetter fesselte uns an unsere Hütte.

Während ich ein einfaches Abendessen aus Brot, kaltem Aufschnitt und dem Rest der Torte zubereitete, streckte Wynn sich auf dem Teppich vor dem Kamin aus. Als ich aus der Küche kam, war er schon eingeschlafen. Ich wußte, wie erschöpft er war. Seine Pflichten hatten ihn viel Zeit und Kraft gekostet. Nachdem er gestern nacht dem zweiten der beiden Zwillinge ans Licht der Welt geholfen hatte, war er von seinem zerkochten, angebrannten Eintopf weg zu einem kranken Kind gerufen worden.

Er hatte auch an Gewicht verloren. Das war mir bisher nicht aufgefallen, aber er wog deutlich weniger als zu der Zeit, als wir hier im Norden angekommen waren. Ich sah an mir selbst hinunter. Auch ich hatte ein paar Pfund abgenommen, was durchaus erklärlich war. Wir bewegten uns viel an der frischen Luft; außerdem aßen wir kaum Dinge, von denen man zunehmen konnte.

Ich betrachtete meine Hände. Es waren längst nicht mehr die gepflegten weichen Hände einer verwöhnten Städterin. Die Zeit hatte uns verändert, die Zeit und der Norden.

Ich wußte nicht recht, ob ich Wynn wecken oder weiterschlafen lassen sollte; unschlüssig saß ich da und betrachtete ihn.

Plötzlich sprang Kip auf und sah zur Tür. Den Kopf hielt er zur Seite geneigt und lauschte. Kam etwa jemand zu uns?

„Bitte, lieber Gott“, flehte ich, „hilf doch, daß Wynn heute nacht nicht wieder irgendwo gebraucht wird!“

Bis ich die Schritte hörte, war Kip längst an der Tür. Sein Gebell sagte mir, daß der Besucher ihm fremd sein mußte. Die meisten der Dorfbewohner begrüßte Kip mit einem munteren Schwanzwedeln.

Kips Gebell riß Wynn aus seinem Schlaf. Er setzte sich auf und warf mir einen um Verzeihung bittenden Blick zu.

„Entschuldige“, sagte er. „Ich muß ...“ Weiter kam er nicht.

Vor unserer Tür stampfte jemand mit den Füßen und klopfte dann energisch an.

Kips Gebell wurde lauter, und Wynn stand auf, um ihn in seine Ecke zu schicken. Widerwillig gehorchte er.

Wynn öffnete die Tür. Ein Mann kam nahezu in die Stube gefallen. Als erstes fiel mir seine Kleidung auf. Er trug die Uniform der Königlichen Berittenen Polizei.

Dann bemerkte ich das große Bündel in seinen Armen, hinter dem er hervorschaute. Sein Gesicht, von dem eisigen Wind gerötet, verzog sich zu einem breiten Lächeln.

„Sergeant Wynn Delaney?“ fragte er.

„Ja, der bin ich“, antwortete Wynn und ging einen Schritt auf ihn zu, um ihm die schwere Last abzunehmen und ihn mit einem Händeschütteln zu begrüßen. Der Mann schüttelte lachend den Kopf und zog das Paket vor Wynns ausgestreckten Händen zurück.

„Tut mir leid!“ sagte er. „Aber ich habe strengste Anweisung, dieses Paket an niemand anders als an Frau Elisabeth Delaney auszuhändigen.“ Er wandte sich an mich. „Sie sind Elisabeth Delaney?“

Vor Erstaunen muß ich ihn mit offenem Mund angestarrt haben.

„Ja ... ja, das bin ich“, stotterte ich.

Er überreichte mir das Paket, als sei er unsagbar erleichtert, es endlich loszuwerden. Dann strich er sich den Schnee von seinem Parka, streifte die Handschuhe ab und reichte Wynn die Hand.

„Carl Havens von der Königlichen Berittenen Polizei“, stellte er sich vor.

Mit dem Paket in den Händen stand ich da und starrte den jungen Polizisten mit großen Augen an. Wie hatte er nur unsere kleine Hütte im hohen Norden gefunden? Was führte ihn hierher? Und woher stammte das sonderbare Paket?

Wynn fand als erster die Sprache wieder.

„Herzlich willkommen bei uns im Norden, Carl! Wie wär's, wenn Sie erst mal ihren Anorak ablegten und uns dann ausführlich erzählten, was es mit Ihrem Besuch auf sich hat? Ich glaube, Elisabeth hat gerade frischen Kaffee gekocht."

So geschah es, daß Carl Havens uns bei einer Tasse Kaffee vor unserem Kaminfeuer berichtete, was ihn ausgerechnet am Weihnachtstag in diesen entlegenen Winkel Kanadas geführt hatte.

Er war in Calgary stationiert gewesen und hatte dort meine Schwester Julie in einer Gemeinde kennengelernt. Als er an einen neuen Posten im Norden berufen wurde, hatte meine Schwester ihn gebeten, ein Weihnachtspaket an uns mitzunehmen. Das erklärte den Besuch des jungen Polizisten. Seine Station lag nordöstlich von uns, und auf dem Weg dorthin hatte er das Paket voller Köstlichkeiten bei uns abgeliefert!

Ich konnte es kaum fassen. Es war wie im Märchen.

Die kleinen Geschenke von Jonathan und Mary, jedem der Kinder und besonders von Julie hätten mir den Weihnachtstag eigentlich verschönern sollen, und ich freute mich ja auch sehr über all die Liebesgaben. Doch zugleich wuchs auch das Heimweh. Bei jedem Gegenstand, den ich auspackte, liefen mir die Tränen über die Wangen. Die Männer zeigten sich verständnisvoll; sie ließen mich einfach weinen.

Später ging ich in die Küche und machte mehr belegte Brote. Unser Gast war so hungrig, als hätte er tagelang nichts mehr zu essen bekommen. Ich dachte an die beschwerliche Reise. Selbst im Sommer war es ein mühseliges Vorwärtskommen durch die Wildnis. In der eisigen Winterkälte mußte es geradezu eine Qual sein. Ich konnte mir nicht erklären, wie der junge Mountie nur durch den tiefen Schnee zu uns gefunden hatte.

„Ich reise mit ortskundigen Führern", beantwortete er

unsere Frage. „Sie sind drüben im Handelsdepot untergebracht. Dort übernachten wir und machen uns morgen früh wieder auf den Weg. Der Mann in dem Lager – Lain heißt er, nicht wahr? – hat mir erklärt, wo Sie zu finden wären, und selbstverständlich konnte ich nicht eher ruhen, bis ich das Paket abgeliefert hatte – und zwar pünktlich zu Weihnachten."

Er lächelte, und ich fragte mich insgeheim, welcher Art die Freundschaft wohl sein mochte, die ihn mit Julie verband. Er machte einen netten Eindruck und könnte sicher einen guten Einfluß auf sie ausüben.

Bei Kaffee und belegten Broten überhäufte ich ihn mit Fragen über die Familie und die neuesten Ereignisse in Calgary. Es tat so gut, etwas aus der zivilisierten Welt zu erfahren! Es war wie eine frische Brise.

Als Carl sich verabschiedete, war es schon spät. Seine Männer fragten gewiß schon nach seinem Verbleib, meinte er. Früh am nächsten Morgen sollte die Reise weitergehen.

Wynn lud ihn zum Frühstück am nächsten Morgen ein, doch er lehnte ab. Er würde mit seinen Männern frühstükken, sagte er. Wynn versprach, vor der Weiterreise schnell bei ihnen vorbeizuschauen. Danach war er auch schon so schnell im Schnee verschwunden, wie er gekommen war.

Es war ein seltsames Gefühl, der hochgewachsenen Gestalt nachzusehen, wie sie in der Dunkelheit verschwand.

„Wynn", fragte ich, „war er wirklich hier bei uns, oder habe ich das alles nur geträumt?"

Er deutete auf die Geschenke, die überall in unserer kleinen Hütte verstreut lagen.

„Sieht so aus, als wäre er tatsächlich hier gewesen, Betty."

Zum ersten Mal seit langer Zeit hatte mich mein Mann mit meinem Kosenamen angeredet. Ich kämpfte gegen die Tränen an. Dabei wußte ich nicht einmal, ob es Tränen der Freude oder des Kummers waren. Noch immer sehnte ich mich nach meinen Lieben. Die Geschenke waren zwar wahre Kostbarkeiten, aber sie konnten die Absender nicht ersetzen. Doch ich liebte auch meinen Mann sehr. Ja, meine Entscheidung blieb unverändert. Solange Wynn hier im Norden stationiert war, würde ich an seiner Seite bleiben.

Er nahm mich zärtlich in die Arme und küßte die Träne fort, die mir auf der Wange lag.

„Es war ein schweres Weihnachten für dich, nicht wahr?"

Ich nickte nur.

„Tut mir so leid, daß dich das Heimweh so sehr geplagt hat", fuhr er fort.

„Das hast du gemerkt?"

„Und ob."

„Dabei hatte ich mir solche Mühe gegeben, es vor dir zu verbergen."

Er schloß mich fester in die Arme.

„Das rechne ich dir hoch an, mein Liebes, obwohl ich deinen Kummer gern mit dir geteilt und mit dir darüber geredet hätte. Vielleicht hätte dir das ein wenig geholfen. Manchmal überfällt mich auch das Heimweh. Dann denke ich an daheim, an Mutter und daran, daß ich nicht bei ihr war, als Vater starb. Ich wünsche mir oft, daß ich dagewesen wäre. Oft befürchte ich, daß es bei Mutters Tod nicht anders sein wird. Deshalb bete ich jeden Tag: ‚Bitte, Gott, laß mich doch diesmal dabeisein!' Ist das kindisch? Ich meine, kannst du das verstehen?"

„Oh ja, sehr gut sogar", antwortete ich, die Arme fest um ihn geschlossen. Ich hatte in der Tat Verständnis. Auch Wynn hatte Angehörige, die er innig liebte. Es war nicht einfach für ihn, so fern von ihnen allen in dieser weltabgeschiedenen Gegend eingesetzt zu sein. Doch die Menschen hier brauchten ihn. Es war diese Verpflichtung, die ihn in seinem Beruf als Polizist hierher geführt hatte. Die gleiche Bereitschaft zum Dienst an den Menschen hier hatte ich auch in den Augen des anderen jungen Mounties, Carl Havens, gelesen. Auch er sah in seiner Arbeit mehr als nur einen Broterwerb. Es war eine Berufung. Wynn hatte sogar eine noch höhere Berufung zum Dienst im Auftrag Gottes. Und er erfüllte sie hier unter den Pelzjägern und Indianern.

Ich küßte meinen Mann, und mein Kuß war ein Versprechen: Solange er hier im Norden gebraucht wurde, wollte ich ihm mit meiner ungeteilten Liebe und Fürsorge zur Seite stehen.

Der Unterricht geht weiter

Am nächsten Morgen tauchte Jim Buck vor unserer Tür auf. Ich hatte eigentlich geplant, den Unterricht erst in ein oder zwei Tagen wiederaufzunehmen, doch entweder hatte Jim das nicht begriffen, oder er gab vor, es nicht begriffen zu haben.

„Ich zur Schule gekommen“, antwortete er auf meinen verwunderten Blick.

Ich schickte ihn nicht fort. Er trat ein und setzte sich an seinen Platz am Tisch. Ich brachte ihm ein paar Bücher, die er sich anschauen sollte, während ich die letzten Handgriffe in der Küche verrichtete.

Er vertiefte sich in die Bücher und beachtete mich nicht.

„Was ist mit Susi?“ fragte ich ihn nach einiger Zeit. „Wenn wir heute Unterricht abhalten, dann sollte sie doch eigentlich dabei sein. Und Wawasi auch. Was meinst du?“

„Sie noch kommen, vielleicht sie noch kommen“, meinte Jim aus Furcht davor, ich könnte es mir anders überlegen.

„Aber sie wissen ja gar nichts davon“, gab ich zu bedenken.

„Dann Sie einfach Glocke bängen.“ Damit war das Problem gelöst.

Ich schmunzelte und ging vor die Haustür, um „die Glocke zu bängen.“

Wenig später erschien Wawasi. In seine Jacke hatte er

sein heißgeliebtes Zeichenheft gesteckt. Voller Stolz zeigte er es mir. Jede Seite war mit Zeichnungen gefüllt. Er hatte seine Sache ausgezeichnet gemacht, und ich staunte erneut darüber, daß ein Kind in seinem Alter ohne jede Anleitung solch wunderhübsche und gelungene Kunstwerke anfertigen konnte.

Ich bedeutete ihm, sich an den Tisch zu setzen, und trug ihm auf, Zeichnungen zu ein paar neuen Wortkarten zu machen. Dann ließ ich mir von Jim eine Lektion aus der Fibel vorlesen. Er machte gute Fortschritte.

Der Vormittag verstrich, ohne daß Susi kam. Ich war besorgt, und nachdem die beiden Jungen nach Hause gegangen waren und ich mein Mittagessen verzehrt hatte, beschloß ich, bei ihr zu Hause nach dem Rechten zu sehen.

Marga, Susis Mutter, lag noch immer auf dem Bett in der Ecke. Ihre beiden Zwillinge hatte sie bei sich. Den Säuglingen schien es gut zu gehen, obwohl der eine aus voller Kehle schrie, während der andere süß und selig schlummerte.

In der Hütte herrschte Aufruhr. Ein älteres Ehepaar war im Begriff, hier einzuziehen. Die Frau sollte Marga und die Säuglinge versorgen, und da der ältere Mann ebenfalls pflegebedürftig war, hatte sie ihn der Einfachheit halber mitgebracht.

Susi war in den Wald geschickt worden, um Brennholz herbeizuschaffen, damit das Feuer nicht ausging. Ich dachte an den Holzvorrat neben der Hütte, die wir anfangs als Schulhaus benutzt hatten. Als wir den Unterricht von der Hütte in unser Haus verlegt hatten, waren die Dorfbewohner gekommen und hatten sich an den Vorräten bedient. Inzwischen war gewiß nicht mehr viel davon übrig.

Ich fragte mich im stillen, wo die beiden neuen Hausbewohner denn schlafen sollten. Der Platz war ohnehin schon knapp für die Familie, die hier wohnte. Zu Susi,

Marga und den beiden kleinen Jungen waren nun auch noch die neugeborenen Zwillinge gekommen.

Ich trat an das Bett, um mit Marga zu sprechen. Sie wirkte noch immer sehr schwach. Dennoch lächelte sie mir zu und deutete mit einem Kopfnicken auf die beiden Säuglinge.

„Zwei“, sagte sie, und ich erwiderte ihr Lächeln.

„Wie geht es Ihnen, Marga?“ erkundigte ich mich.

„Nicht gut“, sagte sie mit einem bekümmerten Kopfschütteln; dann erhellte sich ihre Miene. „Aber bald. Bald besser.“

„Ich schicke Ihnen meinen Mann, damit er nach Ihnen sieht. Vielleicht hat er eine Arznei, durch die Sie schneller zu Kräften kommen“, versprach ich und hoffte dabei inständig, daß Wynn ein Stärkungsmittel oder Vitamine zur Hand hatte.

„Das gut“, sagte sie. Ein paar Sekunden lag sie schweigend da; dann fuhr sie fort: „Susi hat Glocke gehört. Wollte kommen. Ich sie heute brauchen. Aber jetzt Frau zuviel hier. Susi vielleicht in großes Dorf zu anderer Familie gehen. Hier kein Platz mehr für sie.“

Marga schaute bekümmert vor sich.

„Wie meinen Sie das?“ fragte ich entsetzt.

„Kein Platz mehr für sie“, wiederholte Marga.

Ich sah mich um. Sie hatte recht. Es gab nicht genug Platz, um auch nur ein einziges zusätzliches Bett aufzustellen, und dennoch mußten irgendwie noch zwei weitere Erwachsene hier untergebracht werden.

Ohne lange zu überlegen, stieß ich hervor: „Ich habe Platz. Susi kann bei uns wohnen. Dann braucht sie nicht ins große Dorf umzuziehen, und sie kann Sie besuchen kommen und Brennholz beschaffen, und ...“

„Das gut“, nickte Marga. „Sie zu Ihnen gehen.“

Ich konnte es kaum erwarten, bis Susi mit dem Brennholz zurückkehrte, um ihr die gute Nachricht mitzuteilen. Sie sollte also bei uns wohnen, und sie konnte mit dem

Unterricht fortfahren! Ich freute mich unbändig. Außerdem würde sie nun weder ihr Heimatdorf noch ihre Familie verlassen müssen.

Susi nahm die Nachricht mit stiller Freude auf. Außer dem verhaltenen Leuchten in ihren Augen verriet mir nichts an ihr, daß sie mich überhaupt verstanden hatte.

Sie verabschiedete sich nicht von ihrer Mutter, doch ich bemerkte, wie die beiden einen kurzen Blick miteinander austauschten. Ich wußte, daß beide, Mutter und Tochter, einen Stich von Abschiedsschmerz verspürten, doch Susi würde ja in der Nähe bleiben, so daß sie jeden Tag daheim im Haushalt helfen und nach ihrer Mutter sehen konnte.

Wir machten uns auf den Weg. Susi trug ihr gesamtes Hab und Gut in einem winzigen Bündel. Ich fragte mich, wie ein Mensch, selbst ein kleines Mädchen, mit so erbärmlich wenigen Habseligkeiten auskommen konnte.

Als wir schweigend die Lichtung durchquerten, schien die Sonne hell von dem wolkenlosen Himmel herab. An einem solchen Tag mußte man sich in acht nehmen, um nicht schneeblind zu werden. Ich sah, wie Susi die Augen zukniff, und auch ich mußte unwillkürlich blinzeln.

Das würde eine Überraschung für Wynn werden, wenn er heute abend nach Hause kam, dachte ich. Ich bezweifelte keine Sekunde lang, daß er meinen Entschluß voll und ganz befürworten würde. Er würde notfalls das ganze Dorf in unserer Hütte unterbringen, wenn er den Leuten helfen könnte.

Kip begrüßte Susi mit einem munteren Schwanzwedeln. Vielleicht hatte er sie heute während des Unterrichts vermißt. Das Kind legte ihr kleines Bündel auf dem Fußboden ab und schlang ihre Arme um seinen Hals.

„Von jetzt an wohne ich hier bei dir, Silberschweif", begrüßte sie ihn.

Kip schien mit dieser Regelung der Dinge völlig einverstanden zu sein. Vor Begeisterung rannte er in der Stube wie wild hin und her.

Erst jetzt machte auch mein Herz einen Sprung. Von nun an würde die Hütte nicht mehr so einsam erscheinen, wenn Wynn nicht daheim war, dachte ich. Eine Kinderstimme würde sie erfüllen.

Susi

Mit Susi in unserer Hütte veränderte sich unser Alltag schlagartig. Noch vor kurzem war es still und ruhig bei uns gewesen, doch nun waren die Räume von Lachen und munterem Plaudern erfüllt. Susi war ein begabtes Kind, das von Herzen gern tollte und spielte. Kip war ihr Spielkamerad. Miteinander kugelten sich die beiden auf Teppich und Möbeln, so daß ich manchmal versucht war, sie zur Ordnung zu rufen, doch dann dachte ich wieder daran, wie still alles vor Susis Ankunft gewesen war und wie still es nach ihrem Weggang wieder sein würde. So ließ ich die beiden gewähren.

Susis Englischkenntnisse wurden von Tag zu Tag besser. Sie liebte meine Bücher. Immer wenn ich beschäftigt war, vertiefte sie sich in eins davon und versuchte, die Wörter zu entziffern. Sobald sie sah, daß ich mit meiner Hausarbeit fertig war, bettelte sie, ich möchte ihr vorlesen, was keiner großen Überredungskünste bedurfte, da ich das Vorlesen nicht weniger liebte als sie.

Ich achtete darauf, sie täglich für ein paar Stunden zu ihrer Mutter zu schicken. Während sie unterwegs war, beeilte ich mich mit meiner Hausarbeit, um nach ihrer Rückkehr Zeit für sie zu haben.

An manchen Tagen zog ich mich warm an und begleitete sie in den Wald, um ihr beim Brennholzsammeln zu helfen. Dazu nahmen wir stets Kip mit, der nach Herzenslust im Schnee umhertollte. Es tat uns allen gut, an die frische Luft zu kommen, und mit rosigen Wangen und leuchtenden Augen kehrten wir nach Hause zurück. Im

Wald gab es immer wieder etwas Neues, Fesselndes zu sehen.

Dabei vernachlässigten wir Susis Schulaufgaben keineswegs. Eher war das Gegenteil der Fall. Wir beide liebten das Abenteuer des Lernens. Susi erzählte mir viel Interessantes aus der Welt der Indianer und ich aus der Welt des Weißen Mannes. Sie war mir eine große Hilfe dabei, die Sitten und Bräuche ihres Stammes besser zu verstehen, und dazu brachte sie mir mehr von ihrer Sprache bei.

Wenn Susi auch oft über meine mißglückten Versuche, ein schwieriges Wort auszusprechen, lachte, so war sie mir doch eine eifrige kleine Lehrerin. Sie ließ mich das Wort so lange wiederholen, bis ich es richtig nachsprechen konnte. In meinen geheimen Träumen sah ich sie eines Tages am Pult eines Klassenzimmers sitzen und ihre Stammesgenossen unterrichten. Ich war davon überzeugt, daß Wynn und Nimmie recht hatten: eins oder zwei dieser herzigen Kinder könnten einmal dem gesamten Stamm die Tür zum Schulunterricht aufstoßen. Vielleicht sollte Susi mit ihrer ungewöhnlichen Auffassungsgabe und ihrer übersprudelnden Lebenslust der Schlüssel zu dieser Tür werden.

Auch Wynn hatte die Kleine ins Herz geschlossen. Anfangs verhielt sie sich ihm gegenüber sehr zurückhaltend. Seine angesehene Stellung als Vertreter des Gesetzes flößte ihr Ehrfurcht ein. Vielleicht mochte sie ihn gern, doch sie hielt sich zurück. Allein in ihren Augen war ein sanftes Lächeln zu sehen.

Kip dagegen war alles andere als schüchtern. Kaum hatte Wynn am Abend die Schwelle unserer Haustür überschritten, als der Hund ihn auch schon mit begeistertem Gebell und lustigem Schwanzwedeln begrüßte. Wynn durfte kaum seine Winterjacke ablegen, denn Kip erwartete sofort ein ausgelassenes Gerangel mit ihm. Dann nahm mein Mann den großen, silberfarbenen Hundekopf in seine Hände und vergrub sein Gesicht in Kips dichtem

Fell. Anschließend schaukelten die beiden hin und her, bis sie sich schließlich ausgelassen am Boden wälzten.

Susi hatte das Spiel der beiden anfangs voller Staunen verfolgt. Gewiß hatte sie noch nie in ihrem Leben einen Erwachsenen so fröhlich mit einem Hund spielen sehen. Manchmal warf Kip ihr einen Blick zu und winselte, als wolle er sie zum Mitspielen auffordern. Dann machte Susi schnell kehrt und eilte zu mir in die Küche und fragte, ob sie mir helfen könnte.

Wenn Kip genug getollt hatte, kam Wynn zu mir. Anfangs waren wir unsicher gewesen, wie wir uns in Susis Gegenwart verhalten sollten. Vermutlich waren Erwachsene, die einander mit einer Umarmung und einem Willkommenskuß begrüßten, ein ungewohnter Anblick für sie. Sollten wir um Susis willen darauf verzichten? Wir versuchten es einmal, doch wir vermißten unsere zärtliche Begrüßung so sehr, daß wir hofften, Susi würde sich an unsere Sitte gewöhnen. Wenn also Wynn an den Herd kam, um herauszufinden, was da im Kochtopf garte, umarmten und küßten wir uns, wie wir es seit jeher getan hatten.

Zuerst spürten wir Susis große schwarze Augen auf uns gerichtet, doch mit der Zeit schien sie auch das als Teil der sonderbaren Sitten in unserem Haus hinzunehmen.

Wynn ließ keinen Abend verstreichen, ohne die Kleine zu fragen, wie sie den Tag verbracht hatte. Anfangs antwortete sie schüchtern und zögernd, doch allmählich wurde sie zugänglicher. Die beiden benutzten sogar indianische Ausdrücke untereinander, die mir noch fremd waren. Wynn stellte ihr eine Frage in ihrer Stammessprache, und mit einem Augenzwinkern antwortete sie ihm. Dann brachen beide in ein fröhliches Lachen aus, und ich freute mich an ihren kleinen Späßen.

Susi beobachtete alles sehr genau. Wenn Wynn abends nach Hause kam und seine Winterjacke ablegte, zog er auch seine schweren Stiefel aus, um seine Hausschuhe anzuziehen. Zu diesem Zweck setzte er sich in den Sessel vor dem Kamin. Dann ging er auf Strümpfen in unser Schlafzimmer und holte sich seine Hausschuhe. Dieses Verfahren wiederholte sich Abend für Abend – bis Susi eines Abends für Abwechslung sorgte.

Wynn hatte sich erschöpft in seinen Sessel fallen lassen und zog an den Stiefelspitzen. Er gönnte seinem schmerzenden Rücken eine kurze Pause und stand dann auf, um ins Schlafzimmer zu gehen, doch Susi war ihm zuvorgekommen und reichte ihm seine Hausschuhe.

Wynn war überrascht, doch dann lächelte er sie dankbar an. Er streckte die Arme aus, doch nicht nach den Schuhen, sondern nach dem kleinen Mädchen. Liebevoll zog er sie an sich und schloß sie in die Arme. Susi ließ es geschehen.

Im stillen fragte ich mich bei diesem Anblick, ob Susi nicht soeben zum ersten Mal in ihrem Leben von einem Mann umarmt worden war. Ihr Vater war zweifellos ein vielbeschäftigter Trapper gewesen, der häufig unterwegs und es obendrein nicht gewohnt war, seine Liebe durch Zärtlichkeiten zum Ausdruck zu bringen, wenn auch niemand bestreiten konnte, daß die Indianer ihre Kinder innig liebten. Oft sah man sie mit ihren Kleinen spielen und lachen, die Augen vor Stolz und Freude funkelnd. Ich dachte oft, daß sie, wenn es nötig gewesen wäre, ohne zu zögern auch ihr Leben für sie geopfert hätten.

Nun wurde also Susi umarmt. Würde sie es verstehen?

„Dank' dir, mein Mädchen!" sagte Wynn gerade und fuhr mit ein paar Worten in ihrer indianischen Muttersprache fort. Susi kicherte. Wynn ließ sie los und zog sich die Hausschuhe an, wobei Susi jede seiner Bewegungen aufmerksam beobachtete.

„Da du mir den langen Weg zum Schlafzimmer erspart hast, bleibt uns vielleicht gerade noch Zeit für eine kurze Geschichte, bevor Elisabeth uns zum Essen ruft. Was meinst du?“ sagte Wynn und deutete mit einer Kopfbewegung auf den kleinen Bücherstapel.

Susis Lächeln wurde noch breiter, und eifrig zog sie ihr Lieblingsbuch aus dem Stapel hervor. Unauffällig schob ich das Essen um ein paar Minuten hinaus. Wynn hob die Kleine auf seine Knie, und wenig später waren beide in das Buch vertieft. Ich schaute zu. Tränen stiegen mir in die Augen. So sollte es sein, genauso wie jetzt. Das war es, was ich Wynn so gern schenken wollte: ein Kind, ein eigenes Kind, das er lieben und mit seiner Fürsorge umgeben und liebkosen konnte. Ich hatte immer schon gewußt, daß Wynn ein guter Vater sein würde. Damit hatte ich recht gehabt. Ich konnte es daran sehen, wie er mit Susi umging.

Wir waren nun eine richtige Familie: Wynn, Susi und ich. Unsere kleine Hütte war zu einem gemütlichen Heim für eine Familie geworden. Wir waren zwar glücklich miteinander gewesen, Wynn und ich, doch erst ein Kind konnte die Familie vollständig machen.

Ich betrachtete Wynn und das kleine Mädchen auf seinen Knien, wie sie ihre Blicke auf die Seiten des Buches geheftet hielten. Mein Herz war voller Dankbarkeit. Ich hatte Susi so lieb und wußte genau, daß sie diese Liebe erwiderte. Es hatte mir große Freude gemacht, mit ihr im Schnee zu tollen, Plätzchenteig zu rühren, sie handarbeiten zu lehren, ihr zu helfen, eine Stoffpuppe zu nähen – ach, es gab so viel Schönes, das wir in der kurzen Zeit seit ihrem Einzug bei uns gemeinsam unternommen hatten, und auch in Zukunft könnten wir noch vieles miteinander in Angriff nehmen.

Doch dann riß mich eine blitzartige Erkenntnis wieder auf den Boden der Wirklichkeit zurück.

Susi würde nicht mehr lange bei uns bleiben. Ich würde sie so gern behalten. Auch Wynn. Das wußte ich genau. Aber dann mußte ich mir sagen: „Sie gehört uns nicht.“ Ich wollte mich dagegen wehren. Susi gehörte einer anderen Familie. Daran ließ sich nicht rütteln, und selbst wenn es möglich gewesen wäre, hätte ich nichts daran ändern wollen. Die Kleine liebte ihre Familie, und ihre Familie liebte sie. Letztendlich gehörte sie zu ihrer Mutter und ihren Geschwistern.

Das würde ich mir täglich vor Augen halten müssen und alles vermeiden, was Susi die Rückkehr in ihre Hütte erschweren würde. Wenn ich sie wirklich liebte, durfte meine Liebe nicht eigensüchtig sein. Meine Liebe mußte sie vor meinen unrechtmäßigen Ansprüchen beschützen. So sonderbar das auch klingen mochte, so wußte ich doch, daß es so war. Andererseits war es so einfach vorzugeben, daß Susi mir gehörte; so einfach, ihr Leben zu steuern und eine Weiße anstelle einer Indianerin aus ihr zu machen.

Wir würden sie liebhaben. Beide, mein Mann und ich, würden nicht aufhören, sie liebzuhaben. Doch wir – besonders ich – mußten uns stets vor Augen halten, wer sie war und woher sie kam, ihr aber doch dabei helfen, die Welt um sie her zu erobern. Es würde nicht einfach werden, doch ich hatte die feste Absicht, es zu versuchen.

Eines Tages würde Susi wieder zu ihrer Familie zurückkehren. Das durfte ich niemals vergessen. Vielleicht würde ich bis dahin ein eigenes Kind erwarten. Wir würden Susi zwar sehr vermissen, doch das Wissen, daß ein kleines Wesen unterwegs war, um die Leere auszufüllen, würde alles einfacher machen.

Ich wartete, bis die Geschichte zu Ende war, und rief die beiden dann zum Essen. Wir neigten den Kopf zum Tischgebet, und Susi nahm Wynns und meine Hand, wie wir es gewohnt waren, wenn wir gemeinsam beteten.

Ich hielt die kleine Hand in meiner und sprach im stillen mein eigenes Gebet, während Wynn für unser Essen dankte. Ich betete für Susi, unser liebes kleines Mädchen. Sie würde mir immer wie eine Tochter sein, eine einzigartige Tochter, und dennoch die Tochter einer anderen Frau.

Ich betete um Rat und Weisheit für jeden Tag. Ich betete, daß Susi zu Jesus finden möge, ebenso ihre Mutter und ihre Geschwister. Denn sonst hatte Susi keine wirkliche Hoffnung auf eine gute Zukunft, wenn sie zu ihren Angehörigen zurückgekehrt war.

Während ich noch betete, begriff ich schlagartig, daß ich die ganze Familie einbeziehen mußte, wenn ich um Susis Wohlergehen besorgt war. Ich mußte mehr tun, als mich nur um Susi zu kümmern. Ich mußte mich auch anderen Menschen zuwenden. Dazu brauchte ich Gottes Hilfe und Führung.

Wynn und ich redeten an diesem Abend noch lange miteinander, nachdem Susi zu Bett gegangen war. Ich erzählte ihm von meinen neuen Erkenntnissen. Er zog mich dicht an sich und gab mir recht. Susis Welt war nicht unsere Welt. Wir mußten sie auf den Tag vorbereiten, an dem sie zu ihrer Familie zurückkehrte, wann immer das auch sein mochte.

Unser Alltag verlief von nun an anders, obgleich sich an unserem Zeitplan äußerlich nichts änderte. Susi und ich verbrachten viele Stunden miteinander. Ich ging stets mit ihr in den Wald zum Brennholzsammeln und half ihr, das Brennholz dann zu ihrer Hütte zu tragen. Während wir miteinander plauderten, bemühte ich mich, mehr über ihre Stammesgenossen in Erfahrung zu bringen. Bei ihr zu Hause nahm ich mir Zeit, mich mit ihrer Mutter und ihren Brüdern zu unterhalten. Dabei wagte ich es, die neuen Wörter, die ich von Susi gelernt hatte, anzuwenden. Hin und wieder ließ meine Aussprache offensichtlich sehr zu wünschen übrig, so daß Susi darüber lachte, doch dann korrigierte sie den Fehler, und ich sprach weiter.

Ich unterhielt mich sogar mit dem älteren Ehepaar und erzählte ihnen etwas von meinem Glauben. Ich wollte ihnen helfen, Jesus kennenzulernen. Sie hörten mir höflich zu, stellten jedoch keine weiteren Fragen, wie ich es mir erhofft und von Gott erbeten hatte.

Am Abend, wenn Wynn nach Hause kam, oft erschöpft nach der harten Arbeit des Tages, wurde er stets von Kip an der Tür begrüßt, doch nun ging auch Susi ihm immer häufiger entgegen. Manchmal gesellte sie sich sogar dazu, wenn Wynn ausgelassen mit Kip am Boden herumtollte. Dann, sobald er seine schweren Stiefel auszog, lief sie ins Schlafzimmer, um ihm seine Hausschuhe zu holen.

Ich achtete darauf, Wynn und Susi vor dem Abendessen genug Zeit zum Vorlesen zu lassen. Mit dem Buch setzten sie sich dann gemütlich in den Sessel. Sosehr Susi auch an mir hing, so ahnte ich doch, daß diese Momente mit Wynn für sie zu den kostbarsten des ganzen Tages gehörten.

Wir sprachen unser Tischgebet in ihrer Muttersprache. Dadurch wollten wir Susi begreiflich machen, daß wir nicht zu dem „Gott des Weißen Mannes" beteten. Dieser Gott wollte auch ihr Gott sein. Und auch wenn wir neben der kleinen Liege niederknieten, um vor dem Schlafengehen mit ihr zu beten, gebrauchten wir Worte, die Susi schon in der Wiege gelernt hatte.

Gemeinsam arbeiteten wir nun an ihrer Zukunft, wenn Susi sich dessen vielleicht auch nicht bewußt war. Wir umarmten sie und herzten sie, umgaben sie mit Liebe und Geborgenheit, doch es geschah in dem Wissen, daß wir sie und auch uns selbst auf den unvermeidlichen Tag vorbereiteten, an dem sich unsere Pfade wieder trennen und wir unsere eigenen Wege gehen mußten.

Ein neuer Frühling

Durch Susi war unser Alltag randvoll mit lohnenden Unternehmungen. Nach wie vor gab ich ihr und den beiden Dorfjungen Schulunterricht.

Susi war nun weitaus zugänglicher und gesprächiger als die übrigen Kinder in der Siedlung. Ich überlegte, ob es ihr wohl Schwierigkeiten bereiten würde, sich wieder unter die Dorfkinder einzureihen; manchmal sorgte ich mich sogar ein wenig um sie. Aus diesem Grund schlug ich ihr auch vor, täglich bei den ausgelassenen Spielen ihrer Kameraden im Freien mitzumachen.

Sie zögerte keinen Augenblick. Meine Beobachtungen sagten mir, daß sie ohne Probleme von den anderen Kindern wiederaufgenommen wurde.

Eines Tages hatte ich Susi zum Spielen nach draußen geschickt und mich dann entschlossen, ein paar Dinge im Laden zu besorgen. Auf diese Weise würde ich Gelegenheit haben, auf ein Weilchen bei Nimmie zum Tee hereinzuschauen. Wir trafen uns noch immer regelmäßig jede Woche zum Bibellesen, und Susi fehlte dabei nie. Mit großen Augen hörte sie zu. Sie hatte sich bald entschieden, ihr Herz diesem Jesus zu schenken, der sie so sehr geliebt hatte, daß er am Kreuz für sie gestorben war, und gemeinsam erklärten Nimmie und ich ihr das Evangelium und was es bedeutet, Jesus Christus nachzufolgen. Sie war ein herziges Kind mit einem einfachen, unerschütterlichen Glauben.

Heute jedoch freute ich mich darauf, mit Nimmie von Frau zu Frau zu sprechen. Schon verriet die Wölbung ihres

Leibes ihre Schwangerschaft. Ihre beiden Kinder würden mit nur geringem Altersunterschied miteinander aufwachsen. „Seltsam“, dachte ich, „Nimmie war viele Jahre lang verheiratet, ohne ein Kind zu bekommen, und jetzt wird sie innerhalb kurzer Zeit gleich zweimal Mutter.“ Ich lächelte vor mich hin. Vielleicht hatte Gott es ja ähnlich mit mir vor. Allerdings hoffte ich, daß ich nicht so lange wie Nimmie auf mein erstes Kind warten mußte.

Mein Weg führte mich an einer Gruppe von Kindern vorbei, die völlig in ihr Spiel versunken waren. Sie wandten sich nicht einmal nach mir um. Wie gebannt in eine Richtung schauend, saßen sie im Schnee. Erst jetzt entdeckte ich Susi. Sie stand vor der Gruppe und hielt eine der alten Wortkarten in der Hand, die ich ihr zum Spielen geschenkt hatte. Susi war die Lehrerin, und die Kinder waren die Schüler. Erstaunt blieb ich stehen. Ich konnte kaum meinen Augen trauen.

„Was steht hier?“ hörte ich sie in ihrer klaren Kinderstimme fragen.

Viele Hände meldeten sich eifrig zu Wort. Susi zeigte auf ein kleines Mädchen.

„Fisch“, antwortete die Kleine.

„Richtig!“ Susi strahlte. „Fisch.“

Ich schüttelte ungläubig den Kopf. Warum kamen sie nicht zum Unterricht zu mir, wenn sie sich doch hier um Susi geschart hatten? Dann mußte ich leise lachen. Hatte Nimmie es nicht von vornherein prophezeit? „Unterrichte ein einziges Kind, und es wird sein Wissen an seine Spielkameraden weitergeben.“ Hier hatte Susi im Spiel etwas erreicht, zu dem ich nicht in der Lage gewesen war.

„Ich muß ihr unbedingt mehr Karten zustecken“, nahm ich mir vor und eilte dann weiter zu Nimmies Hütte. Ich konnte es kaum erwarten, ihr von dieser wunderbaren Beobachtung zu erzählen!

In diesem Jahr hatte ich den Frühling nicht mit der gleichen Ungeduld wie im Vorjahre herbeigesehnt. Daher war ich überrascht, als Wynn eines Abends meinte: „Das Eis im Fluß wird wohl bald brechen, scheint mir. Die Männer hier rechnen mit einem wahren Schauspiel wegen des strengen Winterfrosts. Sie sagen, daß man von der Anhöhe östlich vom Dorf eine ungehinderte Aussicht auf den Fluß hat. Würdest du's dir gern anschauen?"

Erstaunt starrte ich meinen Mann an. Dann wurde mir plötzlich klar, wie wenig Schnee nur noch um das Dorf her lag. Die Indianerinnen hatten begonnen, die Wiesen in der Umgebung nach den ersten frischen Kräutern für ihre Kochtöpfe zu durchsuchen. Ich hatte dem wenig Beachtung geschenkt, da ich von früh bis spät vollauf beschäftigt war.

Susi hüpfte schon begeistert auf und ab und klatschte in die Hände.

„Selbstverständlich", antwortete ich. „Aber warum ausgerechnet in diesem Jahr? Warum verläuft es diesmal anders als sonst?"

„Der Frost war strenger, deshalb ist der Fluß tiefer gefroren. Einige Männer sorgen sich um die Fische, wo das Wasser nicht so tief ist."

Mir war nicht einmal aufgefallen, daß der Winter kälter als der vorige gewesen war.

„Das Tauwetter ist plötzlich hereingebrochen", fuhr Wynn fort. „Hast du nicht gesehen, wie schnell der Schnee geschmolzen ist? Es könnte in diesem Jahr zu Überschwemmungen kommen."

Mit dem Kochtopf in der Hand blieb ich auf dem Weg in die Küche stehen. Meine Augen weiteten sich.

„Besteht etwa ..." Ich unterbrach mich und warf einen Blick auf Susi. Dem Mädchen entging kein einziges Wort unseres Gesprächs. Wynn hatte meine Frage schon erraten.

„Nein, für unser Dorf besteht keine Gefahr. Es liegt hoch genug, aber ein paar von den Dörfern flußabwärts könnten von Hochwasser betroffen werden."

Ich stand noch immer mit meinem Kochtopf in der Hand da.

„Kann man nicht etwas unternehmen, um das zu verhindern?“ fragte ich Wynn.

„John und ich nehmen morgen ein paar Männer mit, um die Lage zu begutachten. Ein paar der Familien werden wir vielleicht auf höhergelegene Lichtungen evakuieren müssen. Unter den älteren Leuten gibt es einige, die sich noch an die letzte große Überschwemmung vor sechsundzwanzig Jahren erinnern. Damals ist ein Dorf fast vollständig von den Fluten fortgerissen worden. Diejenigen, die sich noch daran erinnern, werden sicher nicht lange zögern und den übrigen mit gutem Beispiel vorangehen, wenn es darum geht, ihre Hütten zu verlassen.“

Dann wechselte Wynn unvermittelt das Thema.

„Wir wollen uns nicht unnötig den Kopf zerbrechen“, sagte er gelassen. „Susi, möchtest du gern sehen, wie das Eis im Fluß bricht?“

Sie antwortete mit einem indianischen Wort, das geballte Vorfreude beinhaltet. Wynn lachte und strich ihr über das pechschwarze Haar.

„Damit ist alles entschieden“, sagte er. „Wir gehen auf die Anhöhe.“

„Wann? Wann denn?“ drängte Susi und sprang dabei vor Aufregung hin und her.

„Ich weiß noch nicht genau. Zwei Männer behalten den Fluß im Auge. Sie geben uns Bescheid, sobald es losgeht.“

„Aber woher wissen sie das denn?“ Susi stellte die Frage, die auch mir auf der Zunge gelegen hatte. Wynn lachte.

„Hm, genau kann ich dir das auch nicht sagen. Ich weiß nur, daß sie anscheinend stets recht haben. Sie halten Ausschau nach ganz bestimmten Anzeichen und horchen am Fluß auf verdächtige Geräusche. Sie irren sich nie.“

„Und sagen sie uns auch ganz bestimmt Bescheid?" Susi wollte sich ihrer Sache vollkommen sicher sein.

Wynn nickte.

„Rechtzeitig?" Die Kleine ließ nicht locker. „Rechtzeitig genug, daß wir auf den Hügel klettern können?"

Wynn mußte über ihre Ungeduld schmunzeln.

„Und ob!" versprach er.

Ich trug meinen Kochtopf in die Küche und stellte ihn auf die Herdplatte. Dann schob ich frisches Brennholz nach und ging zu Wynn zurück.

„Ich hatte eigentlich noch mit ein paar Schneestürmen gerechnet", gestand ich. „Wenn ich ehrlich bin, habe ich es nicht gewagt, mich schon auf den Frühling zu freuen."

„Ich will zwar nicht ausschließen, daß es noch schneien könnte", erwiderte er, „aber wenn es tatsächlich Schnee geben sollte, bleibt er gewiß nicht lange liegen. Ja, der Frühling ist endgültig da."

Ich wollte den Tisch decken, doch Susi hatte schon die Teller, Tassen und Bestecke darauf verteilt. Ich dankte ihr und strich ihr anerkennend über den Kopf.

„Susi", sagte ich dann, „würdest du dir gern einen eigenen kleinen Garten anlegen?"

Sie sah mich mit leuchtenden Augen an.

„Und ob!" rief sie. „So wie Frau John?"

So wurde Nimmie von den Kindern am Ort genannt.

„Ja, so wie Frau John."

„Manchmal dürfen wir von ihren Früchten essen", erzählte mir Susi. „Aber nur, wenn wir ihr versprechen, nichts aus ihrem Garten zu stehlen."

Ja, Nimmie war es gewohnt, die Dinge beim Namen zu nennen. Bei ihr gab es keine Weißtüncherei durch mildere Ausdrücke.

„Indianer stehlen nicht", fuhr Susi ernst fort, „weil wir alles miteinander teilen. Aber aus Höflichkeit muß man vorher fragen. Wenn die Leute nicht herschauen, und wir nehmen uns etwas und verstecken's, dann ist das Stehlen."

„Stimmt“, gab ich ihr abwesend recht.

„Und der Weiße Mann mag keine Diebe“, fuhr Susi fort, wobei sie Wynn einen flüchtigen Blick zuwarf. „Der sperrt sie nämlich ein.“

Sie wußte, daß Wynn derjenige war, der in der hiesigen Gegend das „Einsperren“ besorgte.

Wynn schaute von seinen Stiefeln auf, die er soeben auszog.

„Wir sperren keine Kinder ein“, sagte er mit Bestimmtheit.

„Wirklich nicht?“ Ob ihre Stimme Erleichterung oder bange Zweifel ausdrückte, wußte ich nicht zu sagen.

„Nein, das tun wir nicht!“ Wynn wurde energisch. Ich wußte, daß er sich oft darüber ärgerte, von den Erwachsenen als Schwarzer Mann dargestellt zu werden, der die Kinder einsperrt, wenn sie ungehorsam waren.

Susi stand schweigend da. Plötzlich huschte ein spitzbübisches Lächeln über ihr Gesicht.

„Warte nur, bis ich das den anderen Kindern erzähle!“ sagte sie kichernd. „Wir können uns alles erlauben, ohne eingesperrt ...“

Doch Wynn ließ sie nicht ausreden. Er hatte längst begriffen, daß Susi einen Scherz mit ihm treiben wollte. Er warf seinen schweren Stiefel in die Ecke und jagte, den einen Fuß im Stiefel, den anderen im Strumpf, hinter dem Mädchen her. Susi rannte kreischend los, doch vor lauter Lachen kam sie nicht schnell genug vorwärts. Unsere Stube war ohnehin ziemlich eng, so daß Wynn sie schon nach einer Runde um den Tisch zu fassen bekam. Kip konnte nicht widerstehen und mischte sich ein. Ich stand vor dem Herd und schaute dem Getümmel zu. Dabei konnte ich nur hoffen, daß das wilde Rufen und Gebell nicht bis ins Dorf drang. Unsere Nachbarn hätten sich gewiß gefragt, was in aller Welt nur bei uns vor sich ging.

„Genug jetzt!“ rief ich nach einigen Minuten und bedeutete Kip, wieder in seine Ecke zu gehen.

„Wir hören am besten auf, Susi“, sagte Wynn lachend, „sonst schickt Elisabeth uns am Ende auch noch in die Ecke.“

Susi war von dem Gerangel noch ganz außer Atem. Eine Zeitlang schwieg sie, während Wynn ihr wieder auf die Beine half und sie auf ihre Liege brachte.

Dann wandte sie sich mit großen, fragenden Augen an ihn.

„Es stimmt also wirklich nicht? Du sperrst keine Kinder ein, so daß sie ihre Eltern nie, nie wiedersehen?“

„Richtig, Susi. Wir sperren keine Kinder ein.“

„Was tust du denn, wenn sie böse waren?“

„Wir reden mit den Müttern und Vätern und sagen ihnen, sie sollen ihren Kindern helfen, artig zu sein. Dann sprechen wir mit den Kindern und erklären ihnen, wie gefährlich es ist, wenn man ständig Böses tut. Wir möchten doch nicht, daß aus unartigen Kindern böse Erwachsene werden. Das wäre sehr traurig. Weißt du, es macht keinen Spaß, jemanden einzusperren. Aber manchmal ist es nötig, daß wir Erwachsene einsperren, die schlimme Dinge getan haben und sich nicht ändern wollen, damit sie anderen Menschen keinen Schaden zufügen können.“

Susi dachte über das Gehörte nach. Dann nickte sie sehr ernst.

„Du bist so wie Jesus“, sagte sie dann versonnen.

Wynn zog die Stirn in Falten.

„Wie bitte?“

„Du bist so wie Jesus“, sagte Susi nun bestimmter. „Der mag es auch nicht, wenn Leute Böses tun. Und er hat’s nicht gern, wenn er sie fortschicken muß, ich meine von seinem Himmel. Aber im Himmel wär’s gar nicht schön, wenn böse Leute hineindürften.“

Wynn sagte nichts, aber in seinen Augen schimmerte es verräterisch, als er mit der Hand über den kleinen, kohlschwarzen Schopf fuhr, bevor Susi ihm seine Hausschuhe aus dem Schlafzimmer holte.

Es war ein klarer, sonniger Tag, und selbst ich mußte mir trotz aller Zweifel eingestehen, daß der Frühling nun unwiderruflich eingekehrt war. Ich freute mich schon jetzt auf das Gemüse aus meinem Küchengarten. Ich liebte die Sommermonate in dieser wunderschönen Landschaft. Wenn es doch nur eine Möglichkeit gäbe, um den Schwärmen von Moskitos und Stechfliegen irgendwie zu entrinnen! Doch nicht einmal die Qualen, die sie mir bereiten würden, konnten meine Vorfreude auf die warmen, sonnenhellen Sommertage trüben.

Auf der Anhöhe östlich des Dorfes warteten wir auf das Schauspiel des aufbrechenden Flusses. Die Kinder spielten, und die Erwachsenen plauderten miteinander. John und Wynn und ihre beiden Begleiter hatten festgestellt, daß zwei Dörfer in der Gefahr standen, überflutet zu werden. Sie hatten mit den Dorfbewohnern gesprochen und sie gedrängt, das Notwendigste mitzunehmen und sich auf höhergelegenes Gelände zu flüchten. Einige der Dorfbewohner hatten diesen Rat befolgt. Andere hatten behauptet, hoch genug zu wohnen, um den Fluten zu entrinnen. Wynn hatte sein Bestes getan, um sie zu überzeugen, daß es sicherer wäre, ihre Hütten zu verlassen, doch ein paar der Familien hatten sich geweigert. Schließlich hatte Wynn keine andere Möglichkeit mehr gesehen, als ihnen vor seiner Weiterreise das Versprechen abzunehmen, einen Wachposten aufzustellen, der den Fluß im Auge behalten sollte.

So warteten wir auf der Hügelkuppe auf den Moment, an dem der Fluß sein schweres Winterkleid abwerfen und sich von der starren Eishülle befreien würde.

Ein Lächeln spielte um meine Lippen. Es war, als hätten wir allesamt dieses Ereignis als Vorwand benutzt, um dem Einerlei im Dorf zu entkommen und da oben ein kleines Fest zu feiern. Manche hatten sogar einen Picknickkorb mitgebracht.

Um mich her herrschte ein munteres Stimmengewirr.

Die Rufe der Kinder durchbrachen die Stille der Natur. Jeder genoß den Ausflug aus ganzem Herzen.

„Daran sieht man eigentlich, wie sehr uns eine Abwechslung fehlt“, dachte ich im stillen. „Allesamt haben wir uns nicht gescheut, über drei Kilometer weit auf einen Hügel zu steigen, nur um mitzuerleben, wie das Flußeis aufbricht!“

Und dann wurde es plötzlich seltsam still. Die Blicke aller richteten sich auf den Fluß. Stimmen verstummten mitten im Satz; Worte blieben ungesagt.

Ich hätte es nie für möglich gehalten, daß unser ruhiger, friedlicher Fluß sich so wild gebärden könnte. Vor unseren Augen bäumte er sich ungestüm auf. Sein plötzlicher Ausbruch überraschte und erschreckte mich zugleich.

Ein dumpfes Stöhnen wurde zu einem Donnergetöse, und dann zerriß ein lautes Krachen die Luft. Riesige Eisbrocken wurden meterhoch in die Luft geschleudert. Ein Schieben und Knirschen, und dann peitschten Schaum und rasende Fluten auf die Ufer zu. Stumm vor Staunen schaute ich zu.

Wasser und Eisbrocken wälzten sich schäumend voran, als seien sie die Überbringer einer Rachebotschaft.

Sprudelnd raste das Wasser auf die scharfe Flußbiegung zu. Dort schien es plötzlich stillzustehen, um wie ein sterbender Riese verzweifelt zum Schlag auszuholen. Plötzlich ein Schrei. Ein zweiter, und bald herrschte helles Entsetzen unter den Menschen um mich her. Ich konnte nicht verstehen, was sie einander zuriefen, und schaute wieder auf den Fluß. Die Eisblöcke türmten sich immer höher in der Biegung auf, so daß sich das Wasser wütend hinter dem Damm aufstaute.

Ich sah mich nach Wynn um und dann nach Susi.

Susi stand mit Kip bei einer Gruppe von Dorfkindern. Auch ihre Blicke waren auf die Flußbiegung geheftet. Im Flußbett stieg das Wasser immer höher und strömte dann als graue, sprudelnde Flut seitlich des Eiswalls vorbei.

Erst jetzt entdeckte ich Wynn. Er hob die Hand, um zu den Dorfbewohnern zu sprechen. Die Menschenmenge wurde ruhiger, und nur das Rauschen des Flusses und das Knirschen des Eises aus dem Tal waren zu hören.

„Die Frauen und Kinder bleiben hier!" ordnete Wynn an.

Ich blickte mich bange um. Nimmie kam gerade auf mich zu.

„Was meint er nur damit?" fragte ich sie verwirrt.

„Der Fluß", sagte sie nur. Eine Spur von Angst bebte in ihrer Stimme. „Er hat sich an der Biegung gestaut."

Ehe ich etwas darauf erwidern konnte, fuhr Nimmie fort:

„Das ist schon einmal passiert. Damals ist das ganze Dorf fortgeschwemmt worden."

„Nein!" rief ich entsetzt und schlug die Hände vors Gesicht, während ich mir ausmalte, wie unser gemütliches Häuschen unter der Flut von Wasser und Eis begraben wurde.

Nimmie legte den Arm um mich. Erst jetzt bemerkte ich, daß Susi sich dicht an mich gedrängt hatte. „Susis Mutter ist noch in ihrer Hütte!" fuhr es mir blitzartig durch den Kopf. Sie war noch zu schwach, um an der Wanderung auf die Anhöhe teilzunehmen. Bei ihr waren die Zwillingskinder, der Junge und das Mädchen und das ältere Ehepaar, das bei ihr wohnte.

Ich zog Susi an mich. Vergessen war unsere Hütte mit allem, was Wynn und mir darin so viel bedeutete. Ich dachte nur noch an Susis Familie und die anderen Dorfbewohner, die sich womöglich noch in ihren Hütten aufhielten.

Männer stürzten bergab auf das Dorf zu. Voller Entsetzen machte ich mir klar, daß das Dorf nur drei Kilometer entfernt war. Wieviel Zeit hatten sie noch? Plötzlich sah ich, daß andere Männer in die entgegengesetzte Richtung liefen, geradewegs auf den angestauten Fluß zu.

„Was ...?“ begann ich hilflos, und Nimmie antwortete: „Sie wollen versuchen, die Eisbarriere zu sprengen.“

„Aber wie denn?“ stotterte ich. Auf einmal sah ich, daß Wynn vor den Männern her zum Fluß rannte.

„O mein Gott, nein! Bitte nicht das!“ Ich vergrub das Gesicht in den Händen und sank zu Boden. Susi zog ich mit mir.

Ich begann, am ganzen Körper zu zittern. Was konnten ein paar Männer schon gegen diese riesigen Eisbrocken ausrichten? „O Gott, o mein Gott!“ stöhnte ich nur. Zu mehr war ich nicht fähig.

Und dann klopfte jemand sachte auf meine Schulter. Ich rang um meine Fassung, um antworten zu können. Es war Susi. Auch ihr Gesicht war bleich, und die Angst stand ihr in den Augen.

„Wir müssen beten“, flüsterte sie. „Schnell! Wir müssen beten, bevor sie den Fluß erreichen. Bevor ...“ Ihr Kinn bebte. „Ich will nicht, daß der Fluß noch einen Vater tötet“, fuhr sie fort. Da fiel mir das tragische Unglück ein, bei dem Susis Vater unter das Flußeis geraten war, als er sein Hundegespann und die im ganzen Winter erbeuteten Felle retten wollte, um seine Familie ernähren zu können.

Ich zog Susi an mich. Nun wurde auch sie von Schluchzen geschüttelt.

„Lieber himmlischer Vater“, betete ich flehentlich, „bitte, bitte laß sie doch zurückkommen!“ Dann wurde ich ruhiger. „Bewahre uns, o Gott. Bewahre einen jeden von uns. Bewahre die Männer, die zum Fluß gerannt sind. Beschütze du sie! Sei mit Wynn. Und sei auch mit den Männern, die ins Dorf gelaufen sind. Hilf ihnen, die Menschen dort noch rechtzeitig in Sicherheit zu bringen. Amen.“

Ich wollte Susi erneut an mich ziehen, doch sie wehrte ab. Statt dessen begann sie, in ihrer Muttersprache zu beten. Sie flehte den Gott an, der alle Dinge erschaffen und seinen Sohn Jesus Christus in die Welt gesandt hatte, das

Flußwasser vom Eis zu befreien, damit es abfließen konnte, anstatt vom Eis aufgestaut zu werden. Sie erinnerte Gott daran, daß Wynn keine Kinder einsperrte, sondern daß er sie nur lehren wollte, zu guten Menschen heranzuwachsen, weiter nichts. Und dann sagte sie Gott, daß sie ihn liebhatte und daß sie ihr Leben lang ihr Bestes tun wolle, um ein guter Mensch zu werden, damit sie nicht eingesperrt oder aus dem Himmel fortgeschickt werden müßte. Schließlich schloß sie ihr Gebet mit einem „Amen".

Als Susi verstummt war, wagte ich kaum, die Augen wieder aufzuschlagen. Doch ich mußte ja meinen Blick wieder auf den Fluß richten. Die Männer waren gerade am Fuß des Hügels angekommen. Das aufgestaute Wasser war inzwischen noch viel höher gestiegen und brodelte wie in einem Hexenkessel. Wütend warf es sich gegen den Eiswall. Ich konnte mir nicht vorstellen, wie in aller Welt die Männer etwas gegen diese Staumauer ausrichten könnten. In meinem Herzen betete ich, daß es ihnen doch gelingen möge und sie sich in Sicherheit bringen könnten, bevor der Fluß sie mit sich fortriß.

Aus der Entfernung konnte ich Wynn unter den laufenden Gestalten nicht entdecken. Plötzlich sah ich, wie einer der Männer den Arm hob. Ich wußte, daß es Wynn war. Er versammelte die Männer um sich und gab ihnen Anweisungen. Erst jetzt bemerkte ich, daß viele von ihnen ein Gewehr bei sich trugen.

„Sie werden Schüsse in die Eisblöcke abfeuern", sagte Nimmie. Ein wenig mutlos fügte sie hinzu: „Es hat noch nie geklappt, aber etwas anderes bleibt ihnen nicht mehr übrig."

Nun gingen sie weiter. Sie standen am Rand der tosenden Fluten. Auf Kommando hoben sie allesamt zugleich die Gewehre. Drohende Stille. Dann hörte ich Susi flüstern: „Jetzt, Herr Jesus!" Eine gewaltige Explosion folgte. Eisstücke stoben in alle Himmelsrichtungen.

Einen Moment herrschte Stille; dann brach ein Jubelgeschrei los. Der Fluß durchbrach den Wall. Noch immer überflutete das Wasser die Ufer zu beiden Seiten; noch immer tobte und schäumte es, doch es bewegte sich flußabwärts in seiner Bahn. Der Fluß war frei.

Überwältigt zog ich Susi an mich. Sie schien nicht im geringsten überrascht zu sein. Ich hielt sie in den Armen und wiegte sie hin und her, während mir die Tränen ungehindert über die Wangen rollten.

„Er hat's getan, Susi! Gott hat unser Gebet erhört!" jubelte ich.

Die Dorfbewohner machten sich auf den Heimweg. Aufgeregte, frohe Stimmen trug der Wind zu uns herüber.

Mit immer noch zitternden Knien stand ich wieder auf und zog auch Susi hoch.

„Komm, Susi!" sagte ich und umarmte sie nochmals. „Komm, wir gehen nach Hause. Unser Dorf ist in Sicherheit. Nein, halt! Wir suchen Wynn und gehen alle zusammen nach Hause."

Doch Susi blieb stehen.

„Was ist?" fragte ich erstaunt.

„Du hast doch gesagt", begann sie zögernd, „du hast doch gesagt, daß wir ihm immer danken sollen."

Susi hatte recht, und gemeinsam dankten wir Gott aus tiefstem Herzen.

Eine unverhoffte Wende

Wie Wynn befürchtet hatte, waren die beiden Dörfer flußabwärts vom Hochwasser überschwemmt worden. Doch weil er die Bewohner gedrängt hatte, ihre Hütten zu verlassen und sich auf die Hügel zu flüchten, war niemand ums Leben gekommen, und der Schaden an ihrem Besitz war nur geringfügig. Ich glaube, wir alle atmeten erleichtert auf, als das Hochwasser endlich zurückging und der Fluß wieder friedlich in seinem Bett dahinströmte.

Als der Sommer ins Land zog, war Susis Mutter kräftiger geworden. Sie konnte sich inzwischen hin und wieder draußen im Freien aufhalten und in der Sonne sitzen. Die Zwillinge gediehen prächtig und entwickelten sich zu zwei munteren Kleinkindern. Susi spielte für ihr Leben gern mit ihnen und trug oft einen der beiden mit sich herum. Sie wohnte auch weiterhin bei uns, da die Hütte ihrer Mutter überfüllt war. Die ältere Frau versorgte Marga und die Kinder nach wie vor.

Susi und ich legten unseren Küchengarten an und beobachteten voller Spannung, wie die ersten zarten Spitzen erschienen, um dann der warmen Sonne entgegenzuwachsen. Wir jäteten das Unkraut und schleppten Wasser herbei, wenn es einmal nicht genug geregnet hatte. Alles gedieh vortrefflich, und fast jeden Tag erkundigte sich Susi, wann wir endlich unser erstes Gemüse aus dem Garten kochen könnten.

Nimmies Baby war ein gesunder Junge, und Johns Vaterstolz kannte keine Grenzen. Auch Nimmie war überglücklich.

„Jetzt habe ich eine kleine Kräutersammlerin und einen Jäger dazu", erklärte sie strahlend.

Ich beneidete Nimmie ein wenig, hätte sie jedoch noch weitaus mehr beneidet, wenn ich Susi nicht um mich gehabt hätte.

Marga, ihre Mutter, besuchte ich noch immer so oft, wie ich es wagen konnte, ohne allzu aufdringlich zu erscheinen. Ich brachte ihr allerhand Kleinigkeiten mit, plauderte mit ihr über ihre Familie, berichtete ihr von Susis und meinen gemeinsamen Erlebnissen und half beim Herbeiholen von Brennholz und Wasser. Doch in erster Linie suchte ich günstige Gelegenheiten, um ihr mehr über Gott und seine große Liebe zu erzählen. Nach und nach sah ich kleine Funken von Interesse in ihren Augen aufleuchten.

Nimmie versprach, mir zu helfen. Gemeinsam beteten wir für Susis Familie, und auch Nimmie stattete Marga von nun an häufiger einen Besuch ab, um ihr zu erzählen, wie Gott ihr Tag für Tag beistand. Auch Nimmie war stets darauf bedacht, Marga zu versichern, daß Gott nicht nur für den Weißen Mann sorgt, sondern daß seine Liebe auch den Indianern gilt.

Mitte Juni stellten wir den Unterricht ein und beraumten die Sommerferien an. Die Kinder hatten während der Sommermonate zuviel Arbeit, um Zeit für die Schule zu haben. Auch ich hatte alle Hände voll zu tun. Wawasi kam noch immer zu mir, um mir seine Zeichnungen zu zeigen und mit flehendem Blick ein neues Heft zu erbitten, wenn er das vorige mit Zeichnungen gefüllt hatte.

Jim Buck war in letzter Zeit nicht mehr erschienen. Er war von den älteren Jungen in der Siedlung gehänselt worden, weil er zur Schule ging. Das Ganze tat mir unendlich leid. Jim hatte einen messerscharfen Verstand, der unbedingt geschult werden mußte, doch würde er es wagen, nach den Sommerferien wieder zum Unterricht zu kommen? Würde er den Spott der anderen Kinder in Kauf nehmen, um weiterzulernen?

Wieder feierten Wynn und ich einen Hochzeitstag. Ich konnte es kaum fassen, daß wir nun schon zwei Jahre verheiratet waren. Zugleich fand ich, daß die junge Frau, die damals, vor zwei Jahren, in der kleinen Kirche in Calgary vor dem Altar gestanden hatte, doch recht unbedarft und ahnungslos gewesen war. Seit jenem Tag vor zwei Jahren hatte ich in vieler Hinsicht mehr Lebenserfahrung gewonnen.

Wie ein bunter Schmetterling flatterte Susi durch die hellen Sommertage. Aus ihren wenigen Kleidern war sie herausgewachsen, so daß ich ihr ein paar neue anfertigen mußte. Dabei achtete ich darauf, die Kleider genauso schmucklos wie die der anderen Dorfmädchen zu nähen. Am liebsten hätte ich meine Pflegetochter ja etwas herausgeputzt und ihr hübsche Kleidchen genäht wie die der kleinen Kathleen, doch um Susis willen unterließ ich es. Nicht daß ich fürchtete, so etwas würde ihr nicht gefallen; ganz im Gegenteil. Ich wollte vermeiden, daß ihr die Spitzen und Samtbänder so viel Spaß bereiteten, daß es ihr in Zukunft schwerfallen würde, sich wieder an die einfache Dorfkluft zu gewöhnen.

Ja, was mochte die Zukunft für Susi bergen? Zur Zeit sah alles vielversprechend aus. Marga ging es viel besser, wofür ich dankbar war, doch sie war bei weitem noch nicht kräftig genug, um sich und ihre Familie selbst zu versorgen. Insgeheim prüfte ich mich, ob ich nicht etwa aus selbstsüchtigen Gründen froh darüber war.

Wynn unternahm einige ausgedehnte Streifzüge durch die Wildnis, um ein paar Trapper aufzusuchen, für die er verantwortlich war, die aber während des Winters nur unter größten Schwierigkeiten zu erreichen waren. Wenn er über Nacht fort war, hatte ich nur noch mehr Grund, für Susis Anwesenheit dankbar zu sein. Ich lag jetzt nachts nicht mehr wach und sorgte mich um Wynn oder fuhr wegen des kleinsten Geräusches im Haus erschrokken auf.

Doch gerade als ich der Zukunft voller Zuversicht entgegensehen wollte, brach eine Welt für mich zusammen.

Susi war im Garten, um frischen Salat für unser Mittagessen zu holen. Da hörte ich Schritte vor der Tür. Zuerst vermutete ich, es sei Susi oder Kip, doch dann wurde mir klar, daß die Schritte zu schwerfällig für das flinke Mädchen oder den leichtfüßigen Hund waren. Von der Teekanne, die ich soeben mit heißem Wasser gefüllt hatte, schaute ich zur Tür.

Es war die alte Frau, die bei Susis Mutter wohnte. Sie schlurfte herein, erwiderte jedoch mein Lächeln nicht und setzte sich auch nicht auf den Stuhl, auf dem sie gewöhnlich saß. Statt dessen stieß sie hervor: „Wo Susi?"

Ich stellte die Teekanne ab. Kalte Angst griff nach meinem Herzen. War Marga etwas zugestoßen?

Endlich zwang ich mich, gefaßt zu fragen: „Ist Marga etwas passiert?"

„Marga gut", antwortete die Frau.

„Und die Familie?"

„Gut."

Ich war erleichtert. Es handelte sich also doch nicht um einen ernsten Zwischenfall, wie ich befürchtet hatte. Gewiß wollte sie Susi nur zu einer Besorgung nach Hause holen.

„Ich schicke Susi, sobald sie kommt. Es wird nicht lange dauern."

Ich war mir nicht sicher, wieviel die alte Frau begriffen hatte. Sie sprach nur ein paar Brocken Englisch. Also wiederholte ich das Gesagte in ihrer Stammessprache, so gut es ging, wobei ich heftig gestikulierte. Mühsam humpelte sie zur Tür hinaus. Ich sah ihr nach und fragte mich im stillen, wie diese Greisin es nur fertigbrachte, eine kranke Frau, ein kleines Zwillingspaar, zwei lebhafte Jungen und einen altersschwachen Mann zu versorgen.

Es dauerte nicht lange, da kam Susi zur Tür hereingehüpft. Kip folgte ihr wie gewöhnlich auf den Fersen. Ihre

Wangen waren gerötet, und ihre Augen leuchteten. Kaum hatte sie die Stube betreten, als sie herausplatzte: „Bald können wir Möhren essen. Sie sind schon fast groß genug!"

Ich sah sie prüfend an. Ob sie etwa ein paar Pflänzchen aus der Erde gerissen hatte, um sie zu begutachten und anschließend wieder in die Erde zu stecken? Sie konnte es ja fast nicht erwarten, bis das Gemüse endlich geerntet werden konnte. Bevor ich sie jedoch fragen konnte, sah sie mich kopfschüttelnd an.

„Diesmal hab' ich keine einzige Möhre rausgezogen", sagte sie. „Ich hab' nur ein bißchen von der Erde weggekratzt, so, siehst du?"

Mit einem wackelnden Zeigefinger zeigte sie mir, wie sie sich einen Einblick in den Fortschritt der Natur verschafft hatte.

„Und dann hab' ich die Erde gleich wieder zurückgeschoben", beeilte sie sich, zu ihrer Entlastung hinzuzufügen.

Gegen meinen Willen mußte ich schmunzeln. Ich verstand ihre Ungeduld nur allzu gut. Auch ich war versucht gewesen, das Gemüse unter der Erde zu untersuchen.

„Beeil dich und wasch dir die Hände, Liebling!" sagte ich zu Susi. „Deine Mutter möchte, daß du zu ihr kommst."

„Jetzt?"

„Ja. Ich habe der alten Frau gesagt, daß ich dich gleich auf den Weg schicken würde. Zuerst ißt du aber zu Mittag. Vielleicht wollen sie dir eine Arbeit auftragen, die dich ein Weilchen beschäftigt hält, und mit leerem Magen sollst du mir nicht losziehen."

Susi lief ans Waschbecken, während ich den Salat zubereitete und unsere Teller auf den Tisch stellte. Es würde zwar eine hastig eingenommene Mahlzeit werden, doch wenigstens mußte Susi nicht hungrig weggehen.

Wir beteten gemeinsam und ließen uns unser Mittagessen schmecken. Danach schickte ich Susi nach Hause. Kip ging mit ihr zur Tür.

„Ich meine, du solltest Kip diesmal hierlassen", sagte ich. „Er wird dir womöglich im Weg sein."

Sowohl Kip als auch Susi warfen mir einen flehenden Blick zu, doch ich blieb standhaft.

„Es wird bestimmt nicht lange dauern", tröstete ich sie.

Susi nahm Kip zum Abschied in die Arme und versprach ihm, bald wiederzukommen. Dann hüpfte sie zur Tür hinaus und zog die Tür, wie sie es von uns gelernt hatte, sorgfältig hinter sich ins Schloß. Kip zog sich winselnd auf seinen Teppich vor dem Kamin zurück.

Susi kam viel früher zurück, als ich erwartet hatte. Mit ausdruckslosem Gesicht betrat sie das Haus. Ohne ein Wort trat sie an ihr Bett und breitete die kleine Decke darauf aus, die sie von daheim mitgebracht hatte.

„Warum das lange Gesicht?" fragte ich sie im Scherz. „Hast du etwa befürchtet, so früh wiederzukommen, daß du mir am Ende noch beim Abtrocknen helfen mußt?" Susi trocknete nicht gern Geschirr ab. Das Spülen dagegen machte ihr stets Spaß. Sie spielte gern in dem warmen Seifenwasser. Es hätte ihr nichts ausgemacht, den ganzen Nachmittag die gleichen paar Teller zu spülen.

Ich erwartete ein Lächeln, doch statt dessen sah ich, wie ein stilles kleines Mädchen ihre wenigen Kleider und Wäschestücke zusammenfaltete und in der Mitte der Decke sorgfältig aufschichtete.

„Was machst du denn da?" fragte ich erstaunt. Als sie nicht antwortete, fuhr ich fort: „Ist deine Mutter wieder so gesund, daß sie ihre Familie nun allein versorgen kann? Zieht die alte Frau bei euch aus?"

Susi schüttelte nur den Kopf.

„Wir fortgehen", sagte sie in dem gebrochenen Englisch, das sie bei ihrem Einzug bei uns gesprochen hatte, bevor sie die Sprache zu beherrschen gelernt hatte.

„Fortgehen? Aber wohin denn?"

„Zu großes Dorf. Auf andere Seite von Fluß."

„Was sagst du da?" Ich konnte sie nur wortlos anstarren und hoffen, daß ich mich verhört hatte.

„Großes Dorf. Sie mit Wagen gekommen. Holen uns alle. Bringen uns zu anderes Haus."

„Aber das muß ein Mißverständnis sein!" entgegnete ich und wischte mir die feuchten Hände an der Schürze ab.

„Nein", sagte Susi mutlos.

Ich verlor keine Zeit, sondern machte mich sofort auf den Weg zur Siedlung und steuerte auf die Hütte am Rande des Dorfplatzes zu. Dabei hoffte ich inständig, daß es sich um einen Irrtum handelte.

Susi hatte recht gehabt. Vor ihrer Hütte stand ein Planwagen. Zwei Männer beluden ihn gerade mit den wenigen Kochtöpfen und Decken, die Marga ihr eigen nannte. Sie schaute ihnen von ihrem Stuhl aus lächelnd zu.

„Siehst du", sagte sie in ihrer Stammessprache zu mir, als sie mich kommen sah, „es hat geklappt. Ich habe gebetet, und sie sind gekommen. Meine Brüder sind hier, um mich und meine Familie zu holen. Wir wohnen jetzt bei unserem Vater im großen Dorf."

Es war deutlich zu sehen, wie sehr sich Marga über den Umzug freute. „Aber was wird aus Susi? Und aus mir?" fuhr es mir durch den Sinn. Ich war nicht darauf vorbereitet, sie so bald schon wieder abgeben zu müssen. Und Wynn? Er war gerade unterwegs und würde ihr nicht einmal Lebewohl sagen können! Die Gedanken überschlugen sich in meinem Kopf. Wer würde Wynn die Hausschuhe holen? Wem sollte er vorlesen? Ich wollte Marga widersprechen, brachte jedoch kein Wort heraus. Schließlich stieß ich hervor: „Ich werde für dich beten. Für dich und deine Familie."

Ihre Augen leuchteten.

„Sie haben Kirche in großes Dorf", erzählte sie mir. „Das hat er gesagt." Sie deutete mit einer Kopfbewegung auf den einen der beiden Männer, die soeben das letzte Kochgeschirr im Wagen verstauten. Nun waren sie fast zur Abfahrt bereit.

„Ich hole Susi“, sagte ich leise und machte mich eilig auf den Rückweg.

Susi weinte nicht. Vielleicht wäre es leichter für uns beide gewesen, wenn sie geweint hätte. Doch sie schaute mich nur aus ihren dunklen Augen traurig an. Der Schmerz und die Verwirrung brachen mir beinahe das Herz. Liebevoll schloß ich das Mädchen in die Arme.

„Ich werde dich so sehr vermissen, Susi, so sehr! Ich habe dich doch so lieb! Ach, ich ...“ Es hatte keinen Zweck, meine Worte machten alles nur noch schwerer. „Sie warten auf dich“, brachte ich schließlich hervor.

Oh, warum war nur Wynn jetzt nicht da? Vielleicht hätte er allem ein Ende machen oder den Umzug wenigstens eine Weile hinausschieben können, damit wir alles in Ruhe hätten überlegen können. Doch er war nicht da, und selbst wenn er jetzt hier gewesen wäre, hätte er nichts unternehmen können. Das wußte ich im Grunde nur zu genau.

Kip winselte. Er spürte, daß etwas Ungewöhnliches vor sich ging. Susi zog ihn an sich und vergrub eine Hand in seinem dichten Fell, während sie mit der anderen ihr kleines Bündel mit ihren Habseligkeiten umklammert hielt. Noch immer weinte sie nicht. Sie hielt Kip einen Moment lang umarmt und kam dann zu mir, um mir die Ärmchen um den Hals zu schlingen. Sie sagte nichts, sondern schmiegte sich nur an mich. Dann ging sie zur Tür.

Gerade wollte sie die Tür hinter sich schließen, als ihr noch etwas einfiel. Sie machte einen Schritt auf mich zu und sah mich aus großen, fragenden Augen an.

„Ich hab' die Kleider mitgenommen. War das Stehlen?“

„Aber nein, natürlich nicht! Ich habe sie doch extra für dich genäht.“

Erneut wandte sie sich zum Gehen, um mir dann noch

etwas Wichtiges sagen zu wollen. Sie holte tief Luft, sah mir in die Augen und senkte den Blick.

„Ich fast gestohlen", gestand sie. „Als du fort warst, ich fast das Buch in mein Bündel getan."

Sie hob den Kopf und sah mich um Verzeihung bittend an.

„Herr Wynn sperrt keine Kinder ein. Er hätte mich nicht ins Gefängnis gesperrt. Aber Jesus, der wär' traurig gewesen. Der mag keine Stehler in seinem Himmel. Da hab' ich das Buch liegenlassen."

Wieder wandte sie sich zur Tür.

„Warte! Susi, warte!" rief ich und lief zu meinem kleinen Bücherstapel. Ich zog die drei Bücher hervor, die Susi von allen am liebsten gelesen hatte.

„Nimm diese hier mit!" sagte ich und steckte sie in eine freie Ecke ihres Bündels. „Ich möchte, daß du nicht mit dem Lesen aufhörst. Du sollst an uns denken, wenn du die Geschichten liest. Und an die schöne Zeit, die wir hier miteinander verbracht haben."

Nun glitzerte es in ihren Augen, doch sie hielt die Tränen zurück.

„Ja, ich denke an euch", nickte sie.

Dann war sie fort. Die Tür hatte sie sorgfältig hinter sich ins Schloß gezogen. Noch einmal schob sie sie ein Stück weit wieder auf und steckte den Kopf durch den Türspalt.

„Ich hab' Dankeschön vergessen", sagte sie verlegen. Dann zog sie zum letzten Mal die Tür hinter sich zu.

Ich stand da und starrte zur Tür. Sie blieb endgültig geschlossen. Kip winselte und drängte sich an mich. Er bettelte darum, mit Susi ins Freie zu dürfen, und ein paar Sekunden überlegte ich, ob ich ihn nicht laufen lassen sollte, damit er, unser Silberschweif, auf Susi aufpaßte und sie beschützte, doch ich wußte, wie unvernünftig das gewesen wäre.

Und dann ließ ich meinen Tränen freien Lauf. Sie war

fort! Mit einem Schlag, ohne jede Vorwarnung war sie auf und davon, unsere kleine Susi. Fort mit ihrer Familie, zurück in die Welt der Indianer. Würde sie jemals die Gelegenheit haben, all das zu verwirklichen, was ich mir für sie erträumt hatte? Würde sie jemals am Lehrerpult eines Schulhauses sitzen? Würde sie gut versorgt werden? Würde ihr kindlicher Glaube an Gott reifen und wachsen? All diese Fragen gingen mir durch den Kopf, doch das einzige, das ich durch meine Tränen hindurch hervorbrachte, war: „Jetzt kann sie nicht einmal mehr ihre Möhren kosten!“

Nachwehen

Die Stille um mich her war fast nicht zu ertragen. Tag für Tag bemühte ich mich nach Kräften, mich mit dem Leben ohne Susi abzufinden. Wynn kehrte von seiner Rundreise zurück. Er verstand meine Gefühle und hielt mich fest, während ich an seinem Hals weinte. Ich glaube, auch er vergoß ein paar Tränen über den Verlust unserer lieben Susi.

„Wir wußten doch, daß wir sie wieder hergeben müßten“, erinnerte er mich und sich.

Ich schneuzte mich geräuschvoll.

„Ja, schon, aber doch nicht so schlagartig und so endgültig!“

Wynn sah mich fragend an.

„Ich dachte immer, daß Susi wieder in ihre Hütte hier im Dorf ziehen würde“, erklärte ich. „Ich hätte mir doch niemals träumen lassen, daß Marga so weit fort mit ihr wegzieht, so daß wir sie wahrscheinlich nie im Leben wiedersehen. Ich dachte, sie würde einfach wieder nach Hause gehen und uns ab und zu besuchen und zur Schule kommen, und dann hätten wir zusammen im Garten gearbeitet, und …“

Wynn gebot Einhalt.

„Das haben wir alle gedacht“, bestätigte er. „Keiner von uns hat geahnt, daß Marga Verwandte im großen Dorf hat.“ Er schwieg einen Moment und fuhr dann fort: „So ist es aber am besten für Marga und ihre Familie. Kannst du das einsehen, Liebling? Auf diese Weise können sie allesamt besser versorgt werden. Vielleicht kann

Marga dort endlich wieder zu Kräften kommen. Die alte Frau hat sich viel Mühe gegeben, aber sie ist ja selbst hochbetagt. Sie hatte viel zuviel Arbeit und nicht genug Kraft, um alles zu bewältigen. Ich glaube nicht, daß sie sich gut ernährt haben. Ich ...“

Diesmal fiel ich Wynn ins Wort.

„Das weiß ich alles. Es tut mir auch nicht um Margas willen leid; auch nicht wegen ihrer Familie. So ist es am besten für sie, und ich habe auch oft gebetet, daß alles so kommen sollte, wie es für sie am besten ist. Auch für Susi wollte ich das Beste. Darum weine ich ja auch gar nicht. Ich weine – wegen mir selbst.“ Und erneut strömten mir die Tränen über das Gesicht.

Endlich gelang es Wynn, mich soweit wieder zu beruhigen, daß ich meiner Arbeit nachgehen konnte, doch ich vermißte Susi nach wie vor sehr.

Wenn ich die Stille im Haus nicht mehr ertragen konnte, flüchtete ich mich in den Garten. Dort gediehen die Pflanzen prächtig. Susi wäre stolz auf ihr Beet gewesen. Trotz der Angriffe von Stechfliegen und Moskitos riß ich gewissenhaft das Unkraut aus. Wenn die lästigen Insekten mir allzusehr zusetzten, zog ich mich wieder in mein stilles Heim zurück.

Auch Kip vermißte Susi. Ständig schien er zu wachen und zu lauschen, den Kopf zur Seite geneigt und die Ohren steil aufrecht gestellt. Doch Susi kam nicht wieder.

Bald tanzten die Blätter im Wind, und Wildgänse zogen hoch über uns hinweg nach Süden. Ich schaffte das Gemüse aus unserem Garten ins Haus. Auch die Erzeugnisse aus Susis Garten erntete ich und verteilte sie unter einigen Dorfbewohnern, die ihre besonderen Freunde gewesen waren. Die Männer im Dorf trafen Vorbereitungen für die Wintermonate draußen in ihren Fallenrevieren. Ich schlug den Schulgong und begann wieder mit dem Unterricht. Diesmal kamen fünf Schüler. Vielleicht hatten sie durch Susis „Spielschule“ Spaß an der Sache gefunden.

Wir hatten bald eine geregelte Zeiteinteilung gefunden, und ich war dankbar für all die Arbeit, womit der Tag ausgefüllt war. Dennoch dachte ich oft an Susi. Auch an Marga. Hatte ich genug für sie getan? Genug gesagt? Wußte Susi, wie man seinen christlichen Glauben in die Tat umsetzt? Hatte ihre Mutter begriffen, worum es Gott mit seinem Heilsplan ging? Hatte ich ihr deutlich gemacht, daß die Liebe Gottes auch ihr galt? Hatte ich wirklich alles getan, was ich sollte und konnte? Zweifel wühlten in mir. Ich betete ohne Unterlaß für die Familie.

Und dann sprach Gott eines Tages zu mir, als ich betete.

„Meinst du denn, ich wüßte nicht genau, wo sie alle sind?" schien er mich sanft zu ermahnen. „Meinst du, ich hätte sie im Stich gelassen? Weißt du denn nicht, daß ich sie wie meinen Augapfel behüte und daß meine Liebe nicht geringer als deine ist? Und weißt du nicht, daß ich durch den Heiligen Geist zu ihnen sprechen kann, selbst wenn du nicht da bist?"

Ich war beschämt. Natürlich hatte ich all das gewußt. Margas Errettung hing nicht von mir ab. Susis Fortschritte im Glauben hingen nicht von mir ab. Alles war von vornherein allein Gottes Wirken gewesen. Ihr Wohnort hatte nichts damit zu tun. Nun befahl ich sie endgültig Gott an und legte meine Schuldgefühle und meine Ängste vor ihm ab.

Noch immer fühlte ich mich einsam, doch der Schmerz wurde allmählich erträglicher. Ich besuchte Nimmie und einige der anderen Frauen im Dorf ein wenig häufiger, um mir die stillen Stunden zu Hause zu verkürzen. Viele der Frauen kamen wieder zum Tee zu mir. So langsam sich die Herbsttage auch dahinschleppten, der Kalender zeigte an, daß das Leben weiterging.

Inmitten unseres ersten Schneegestöbers tauchten eines Tages plötzlich zwei Indianer zu Pferd vor unserer Hütte auf. Kip hatte mir die Besucher schon durch sein Gebell angekündigt, und ich sah zum Fenster hinaus.

Einer der beiden Männer sprang von seinem Pferd, reichte dem anderen Mann die Zügel und stapfte auf unser Haus zu.

Laut hämmerte er an unsere Tür. Kip brach in ein entrüstetes Kläffen aus, so daß ich ihn in seine Ecke schicken mußte. Als ich die Tür öffnete, griff der Mann in seine Lederjacke und zog ein zusammengefaltetes Stück Papier hervor. Ohne ein Wort händigte er es mir aus, machte auf dem Absatz kehrt und schwang sich wieder in seinen Sattel. Verwundert starrte ich den beiden nach, bis sie im Schneegestöber verschwunden waren.

Der eisige Wind wehte die Schneeflocken in unsere Stube, während ich noch an der offenen Tür stand. Kip winselte, und ich besann mich wieder auf das Papier in meiner Hand.

Schnell schloß ich die Tür und trat an den Tisch, die Augen auf das sonderbare Ding geheftet, das ich da in der Hand hielt. Es war ein Brief, einfach nur ein Brief, geschrieben auf einem Blatt Papier, das aus einem Schulheft herausgerissen war. Anrede und Adresse fehlten. Ich drehte den Brief um und suchte nach dem Absender. Die Zeilen waren mit „Susi“ unterzeichnet.

Mein Herz schlug schneller, als ich zu lesen begann. Susis Druckschrift hatte Fortschritte gemacht. Sie hatte nicht vergessen, was sie gelernt hatte. Gierig verschlang ich jede Zeile, jedes Wort:

„Wie gehts dir. mir gehts gut. meine Mutter auch gut. wir haben eine Kirche hier. meine Mutter geht auch dahin. da gefälts uns gut. es gipt auch eine Schule hier. viele Jungs und mädchen gehen hin. die Lererin ist net aber nicht so liep wie du. meine Mutter ist schon gesunder. sie läst ausrichten Dankeschön für alles. das hat sie vergessen selbst zu sagen. ich vermisse dich und Kip und Herrn Wynn. ist mein Garten schön geworden? Susi.“

Ich las den Brief dreimal, bevor ich in Tränen ausbrach. Susi war wohlauf! Sie ging zur Schule und sogar auch in die Kirche. Eine leise Stimme schien mich zu erinnern: „Siehst du, wie ich für sie sorge?“ Voll Dankbarkeit senkte ich den Kopf.

Wenn der Schneesturm auch heftiger wurde und an den Fensterläden riß und zerrte, so konnte mich das heute nicht stören; ich war glücklich und zufrieden. Gott sorgte aufs beste für unsere liebe kleine Susi.

Kälte, Sturm und Krankheit

Es wurde Weihnachten. Der Weihnachtstag war kalt und stürmisch; Wynn und ich blieben zu Hause vor dem Kamin und hofften, daß er nicht zu einem Notfall gerufen würde. Der Tag verging, ohne daß er das Haus verlassen mußte, wofür wir sehr dankbar waren.

Der nächste Tag war nicht weniger kalt und stürmisch als der vorherige, doch diesmal wurde Wynns Hilfe gebraucht. Ein älterer Mann war beim Holzholen im Sturm gestürzt und hatte sich die Hüfte gebrochen. Wynn konnte nicht viel für ihn tun, außer ihn mit Schmerzmitteln versorgen und ihn bequem betten.

Wynn schlug den Angehörigen vor, den Mann ins Krankenhaus nach Edmonton zu transportieren, doch das wollten sie nicht einmal in Erwägung ziehen. Ich kämpfte mich durch den Schneesturm zu ihnen vor, um ihnen einen Topf mit heißer Suppe zu bringen, worüber sie sich aufrichtig zu freuen schienen.

Ich beschloß, meinen Gang in die Siedlung als Gelegenheit zu einer kleinen Stippvisite bei meiner Freundin zu benutzen. Nimmie war vollauf mit ihren beiden Kindern beschäftigt. Nonita war ein fröhliches kleines Mädchen mit einem Engelsgesichtchen, das stets zu einem Lächeln bereit war. Sie konnte schon laufen und sich durch ihr Kinderplappern verständlich machen.

John jun., von seinen Eltern liebevoll „Sohnemann“ genannt, war weder so munter aufgelegt noch so pausbäkkig wie seine Schwester. Er war von Anfang an ein kleiner Schreihals gewesen und wollte einfach nicht recht an Gewicht zunehmen. Auch jetzt, als ich an der Tür herzlich begrüßt wurde, brüllte er aus Leibeskräften. Nimmie trug den Kleinen bei ihrer Hausarbeit meist auf dem Rücken oder auf dem Arm mit sich herum.

Bei meinem Anblick erhellte sich Nimmies Gesicht.

„Elisabeth! Was in aller Welt führt dich bei diesem Wetter zu uns?" erkundigte sie sich.

„Ich habe den Millers etwas Suppe gebracht und wollte auf dem Weg kurz bei dir hereinschauen."

„Das freut mich aber", sagte Nimmie. „Mir hat nämlich jemand gefehlt, mit dem ich plaudern kann." Sie lächelte ein wenig kläglich und reichte mir den schreienden Sohnemann.

„Er ist heute unausstehlich. Ich glaube, er bekommt Zähne. Bei Nonita hat es damit nie Schwierigkeiten gegeben. Sie war so ein zufriedenes Kind, aber bei Sohnemann weiß ich mir manchmal keinen Rat mehr!"

Ich ging mit dem Kleinen in der Stube auf und ab und klopfte ihm beruhigend auf den Rücken. Er sah erschöpft aus, doch er konnte einfach nicht einschlafen. Auch Nonita wollte beachtet werden und holte ihr Lieblingsbuch hervor, um mir die Bilder darin zu zeigen. Plappernd zeigte sie auf die Seiten, und ich versuchte, ihr zu antworten, während ich auf dem Holzfußboden hin und her ging.

Der Säugling war gerade eingeschlafen, als Nimmie zum Tee bat. Ich wagte es nicht, Sohnemann hinzulegen, weil ich befürchtete, ihn dadurch wieder aufzuwecken. So hielt ich ihn an meine Schulter und trank meinen Tee dabei.

Nimmie wirkte ein wenig bleich. Ich fragte sie, ob sie etwa krank sei, doch sie lächelte nur vielsagend.

„Schon wieder?" fragte ich entgeistert.

Sie nickte nur.

Die kleine Nonita strengte sich an, auf den Schoß ihrer Mutter zu klettern, und Nimmie schob ihren Stuhl zurück, um das Mädchen hochzuheben.

„Ich habe meine Kinder sehr lieb“, sagte Nimmie, „und ich freue mich, daß wieder eins unterwegs ist, aber diesmal fühle ich mich ausgesprochen elend. Ich hoffe, daß das bald vorübergeht. Es fällt mir schwer, diese zwei Plagegeister zu versorgen, wenn mir so übel ist. Besonders bei dem Geschrei, das Sohnemann ständig veranstaltet.“

Nimmie tat mir leid. Ich hätte mich gern erboten, den Kleinen für ein paar Tage zu mir nach Hause zu nehmen, wenn Nimmie ihn nicht gestillt hätte.

„Ich könnte Nonita nehmen, wenn dir damit geholfen wäre“, bot ich ihr an.

„Nonita ist mir keine Last“, antwortete Nimmie und strich dabei der Kleinen auf ihrem Schoß liebevoll über den Kopf.

So kam es, daß ich während der harten Wintermonate Januar und Februar fast täglich durch den Schnee zu Nimmie stapfte, um ihr beim Wäschewaschen, Geschirrspülen und Kinderhüten zu helfen.

Oft war Nimmie gezwungen, im Bett zu bleiben. Dann nahm sie gewöhnlich Sohnemann mit ins Bett, weil er, an seine Mutter geschmiegt, besser zu schlafen schien. Während die beiden sich ausruhten, verrichtete ich Nimmies Arbeit und spielte mit Nonita. Die Kleine war ein herziges Kind, und ich machte mich jeden Tag voller Vorfreude auf den Weg zu meinem neuen Arbeitsplatz.

Beim Abendbrot berichtete ich Wynn all die lustigen Dinge, die Nonita den Tag über gesagt und getan hatte. Gemeinsam lachten wir über diese Drolligkeiten.

Der Umgang mit Nimmies Kindern verminderte nicht meinen Wunsch nach einem eigenen Kind, im Gegenteil, er wurde nur um so brennender. Tag für Tag erflehte ich mir von Gott das Kind, nach dem ich mich so sehr sehnte. Mein Herz wurde immer schwerer. Nun hatte ich schon so lange um ein Kind gebetet, doch Gott hatte mir meine Bitte noch immer nicht erfüllt.

Der erste Märztag brachte einen heftigen Sturm mit sich. Der Wind pfiff um unsere Hütte, so daß Wynn nicht einmal versuchte, nach draußen zu gehen. In dem dichten Schneetreiben konnte man kaum die Hand vor den Augen erkennen.

Ich sorgte mich um Nimmie, doch mein Mann erinnerte mich daran, daß John heute wegen des Wetters nicht im Laden gebraucht würde, so daß er Nimmie zu Hause mit den Kindern helfen könnte. Obwohl ich wußte, daß er recht hatte, vermißte ich meinen täglichen Gang in die Siedlung. Ob Nonita wohl fragen würde, wo Tante Betty heute nur blieb?

Der Sturm wütete nun schon seit vier Tagen. Ich fürchtete ernstlich, daß wir bei lebendigem Leib unter der Schneedecke begraben würden, wenn es nicht endlich zu schneien aufhörte. Was sollte nur aus den Dorfbewohnern werden, die sich Tag für Tag mit Brennholz versorgen mußten? Womit heizten sie ihre Hütten? Auch Wynn war um sie besorgt, und trotz des heftigen Sturms beschloß er, in der Siedlung nach dem Rechten zu sehen.

Ich ließ ihn nur ungern gehen. Der Wind heulte und pfiff unablässig, und ich befürchtete, daß er sich in dem dichten Schneetreiben verirren könnte. Er nahm Kip mit und befestigte eine Leine an seinem Halsband. Auch sein Gewehr nahm er mit für den Fall, daß er im Schnee die Orientierung verlieren sollte und ein paar Schüsse in die Luft abfeuern mußte, auf die ich dann mit seiner leichteren Pistole antworten sollte.

Es erschien mir wie eine halbe Ewigkeit, bis mein Mann zurückkehrte. Er brachte schlechte Nachrichten aus dem Dorf mit. Viele Menschen kauerten zu mehreren unter sämtlichen Fellen und Decken, die sie auftreiben konnten. Zwei ältere Frauen waren schon an Erfrierungen gestorben. In manchen Hütten war das Feuer erloschen, und da die Bewohner ohne Feuer kein Essen zubereiten konnten, wurden sie zusehends schwächer.

Wynn beschloß, mit seinem Hundegespann die Bedürftigsten im Dorf mit Brennholz zu versorgen. Er bat mich, meinen größten Kessel hervorzuholen und Suppe oder Eintopf zu kochen, den er den hungrigen Menschen bringen konnte.

Ich beeilte mich, seiner Bitte nachzukommen. Dabei konnte ich kaum an etwas anderes als an Wynns Sicherheit denken. Es war gewagt, unter solchen Witterungsverhältnissen nach draußen zu gehen. Das wußten wir beide sehr genau, doch Wynns Gang in die Siedlung war unvermeidlich.

Es dauerte nicht lange, bis ich ihn und die vor Protest kläffenden Hunde vor der Hütte hörte. Ich wußte, daß Wynn etwas von unserem Wintervorrat an Brennholz auf den Schlitten lud, um damit in mehreren Hütten im Dorf Feuer zu machen. Wenn die Indianer es doch nur lernen wollten, sich im Herbst einen Holzvorrat anzulegen und diesen neben ihrer Haustür aufzuschichten! Doch das betrachteten sie als nutzlose Arbeit. In dem Dickicht rings um das Dorf war ja genug Holz, das sie nur aufzulesen brauchten, so dachten sie. Ich schob ein paar zusätzliche Scheite in die Ofenkammer, damit der Eintopf schneller garte.

Sobald das Essen fertig war, zog ich mich warm an und begleitete Wynn ins Dorf. Es dauerte eine Weile, bis ich ihn davon überzeugt hatte, daß das notwendig war, doch schließlich gab er nach. Den Kochtopf mit dem Essen trugen wir zwischen uns.

Wynn hatte recht. Einige der Dorfbewohner waren am Rande der Verzweiflung. Während mein Mann in jeder Hütte ein Feuer machte, schöpfte ich etwas von dem Eintopf in einen Behälter und schob diesen auf die Herdplatte, um das Essen warm zu halten. Sobald der Raum etwas wärmer wurde, krochen die Bewohner unter ihren Decken hervor und scharten sich um das Feuer, um zu essen.

Auf unserem Weg von Hütte zu Hütte waren wir jedesmal dankbar, wenn wir Menschen vorfanden, die sich selbst versorgt hatten. Als wir alle Familien aufgesucht hatten, brachte Wynn mich wieder nach Hause, um dann nochmals allein loszuziehen. Er mußte noch die Leichname fortschaffen. In unseren Breiten konnte erst im Frühjahr das eigentliche Begräbnis stattfinden.

Endlich ließ der Sturm nach, und ich atmete erleichtert auf. Meine Freude sollte jedoch nur von kurzer Dauer sein. Unter den von Hunger und Kälte geschwächten Dorfbewohnern brach eine Krankheit aus, die zur Epidemie wurde und wie ein loderndes Feuer um sich griff. Oft war Wynn rund um die Uhr im Einsatz. Alle Arznei, die er zur Verfügung hatte, teilte er aus und schickte dann einen Boten los, um Nachschub zu holen.

Ich kochte kesselweise Suppen und Eintopf und verteilte das Essen unter den Schwächsten im Dorf. Wer zu schwach zum essen war, wurde gefüttert. Der Besuch der Hütten wurde für mich zum Alptraum, da sie die übelsten Gerüche ausströmten. Es gab ja keinerlei sanitäre Einrichtungen, und für die ohnehin geschwächten Leute war es zu kalt, um ihre Notdurft im Freien zu verrichten.

Oft mußte ich vor einer Hütte stehenbleiben und mich durch ein verzweifeltes Gebet auf das vorbereiten, was mich im Innern erwartete. Es war unmöglich, die Hütten zu reinigen, obgleich wir uns die größte Mühe gaben, denn bald war alles wieder genauso schmutzig wie zuvor. Oft war ich froh über den Mundschutz, den Wynn mir gegeben hatte. Wenn er den üblen Geruch auch nicht vollkommen fernhielt, so linderte er ihn doch ein wenig, so daß ich meine Arbeit verrichten konnte, ohne mich übergeben zu müssen.

Die wenigen Dorfbewohner, die gesund blieben, halfen uns bei der Krankenpflege. Ich weiß nicht, was wir ohne John getan hätten. Treu und zuverlässig war er stets zur Stelle und schaffte Lebensmittel aus seinem Laden,

Holz und Wasser herbei. Doch schließlich wurden auch Nimmie und ihre Kinder krank, so daß John zu Hause gebraucht wurde.

Ich besuchte Nimmie oft. Sie war so krank, daß ich das Schlimmste befürchtete. Sie erlitt eine Fehlgeburt und verlor ihr ungeborenes Kind, doch tapfer kämpfte sie um ihr eigenes Leben. Beide Kinder waren krank. Ich sorgte mich um den schwachen, kränklichen Sohnemann. Sein zartes Körperchen würde die schwere Erkrankung gewiß nicht überstehen, dachte ich bekümmert.

Doch dann war es die herzige kleine Nonita, die wir verloren. Ich hätte tagelang nur weinen können, wenn ich nicht so dringend gebraucht worden wäre. So konnte ich nur still um sie trauern. Nimmies kleine Kräutersammlerin, ihr kleiner Sonnenschein war nicht mehr!

Als die Epidemie endlich abflaute, waren ihr neun Bewohner der Siedlung zum Opfer gefallen. Wir übrigen waren zu erschöpft, zu ausgelaugt, um lange zu trauern. Die Leichname wurden in Decken gewickelt und in einem Schuppen untergebracht, der zu dem Handelslager gehörte. Nur für die kleine Nonita zimmerte John in vielen Stunden harter Arbeit einen kleinen Sarg, in dem sie zur letzten Ruhe gebettet wurde. Wieder mußten wir mit dem Begräbnis bis zum Frühjahr warten.

Mit kummervollem Herzen versuchten wir, einander zu trösten. Nimmie verrichtete tapfer ihre tägliche Arbeit, doch ihre Hütte wirkte seltsam leer. Sie hatte sich darauf gefreut, drei Kinder um sich zu haben, doch nun war ihr nur eines geblieben. Das fröhliche Lachen und Plappern der kleinen Nonita war nur noch eine Erinnerung. Ich glaube, Nimmie war sogar dankbar für Sohnemanns unablässiges Geschrei, gab es ihr doch einen Vorwand, ihn ständig herumzutragen. In dieser schweren Zeit brauchte Nimmie nichts so dringend wie ein Kind in ihren Armen.

Sommer 1914

Als der Frühling in diesem Jahr seinen Einzug hielt, begrüßte ich das neue Leben überall wie gute Freunde: die winzigen Blattknospen, das erste Vogelgezwitscher, die warmen Sonnenstrahlen. Ich zeichnete mir einen Plan für meinen Garten auf.

In diesem Jahr war unser Schulunterricht zuerst wegen des Sturms und dann wegen der Epidemie ausgefallen. Nahezu drei kostbare Monate hatten wir verloren. Aus diesem Grund schob ich den Beginn der Sommerferien ein wenig hinaus. Die Dorfbewohner gaben ihre Einwilligung dazu – wahrscheinlich aus Dankbarkeit mir gegenüber, wie ich vermutete. Ich bemühte mich, ihr Wohlwollen nicht zu mißbrauchen, und versprach ihnen, die Kinder aus dem Unterricht zu entlassen, sobald sie daheim gebraucht würden.

So war es Mitte Juli, als wir unseren Unterricht bis zum Herbst unterbrachen. Auch ich hatte die Ferien nötig. Im Januar und Februar hatte ich nach dem Vormittagsunterricht Nimmie täglich mit ihren Kindern geholfen. In den Wochen danach hatte ich kranke Dorfbewohner gepflegt und anschließend versucht, die versäumten Lektionen in der Schule aufzuholen. Nach alledem war ich ziemlich erschöpft. Kein Wunder, daß ich kein Kind erwartete, dachte ich im stillen. Mein Körper war einfach zu überfordert. Dennoch lastete der unerfüllte Wunsch nach Kindersegen schwer auf mir.

Ich tat mein Bestes, um meine Gefühle nicht zu zeigen, doch das war nicht einfach, besonders wenn ich durch die

Siedlung ging und dabei so vielen schwangeren Frauen begegnete. Warum schien ich die einzige in der ganzen Gegend zu sein, der es versagt war, ein Kind zur Welt zu bringen?

An einem wunderschönen warmen Sommertag beschloß ich, mir einen Picknickkorb zu packen und mit Kip einen langen Spaziergang am Flußufer zu unternehmen. Wynn war unterwegs, und ich fühlte mich rastlos und einsam. Gerade hatte ich meine belegten Brote eingepackt, als ich ein leises Klopfen an der Tür hörte. Mit leuchtenden Augen und geröteten Wangen trat Nimmie ein. Seit Monaten hatte sie nicht mehr so ausgeglichen und erholt ausgesehen.

„Weißt du was?", sagte sie, und ohne mich zu Wort kommen zu lassen, platzte sie mit ihrer Neuigkeit heraus: „Wir bekommen wieder ein Baby!"

Ich freute mich für Nimmie, freute mich aufrichtig für sie, doch zugleich ging mir wieder ein Stich durchs Herz. Nun erging es mir schon wieder wie so manches Mal zuvor: ich sollte mich mit einer anderen Frau über etwas freuen, nach dem ich mich selbst aus tiefstem Herzen sehnte, das mir jedoch versagt geblieben war.

Trotzdem gelang mir ein Lächeln, und ich fiel Nimmie um den Hals. Den Picknickkorb schob ich beiseite und schickte mich an, Tee für uns zu kochen.

„Ich kann nicht bleiben", sagte Nimmie. „Ich habe Sohnemann bei John gelassen. Der kleine Lausbub reißt uns noch alles aus den Regalen. Er fängt an zu laufen. Da ist nichts vor ihm sicher. Ich wollte dir einfach Bescheid sagen. Ich weiß, daß du fast genauso wie ich um Nonita getrauert hast. Es war schwer, sie hergeben zu müssen, Elisabeth. Ich habe oft gedacht, daß ich's niemals verwinden könnte. Und nun schickt Gott uns wieder ein Kind! Ich kann es ja kaum erwarten, bis es kommt! Dieses Baby wird Nonita nicht ersetzen können, aber es wird eine große Leere in meinem Herzen ausfüllen."

Zum ersten Mal hatte Nimmie mir gegenüber den Verlust ihrer Tochter erwähnt. Ich wußte, wie groß der Schmerz gewesen war. Dabei hatte sie sich unendliche Mühe gegeben, tapfer zu bleiben. Und nun sollte die Leere, wie sie gesagt hatte, bald wieder ausgefüllt werden.

Doch was war mit der Leere in meinem Herzen? Ich wandte mich ab, weil Nimmie meine feuchten Augen und meine bebenden Lippen nicht sehen sollte.

„Kannst du wirklich nicht zum Tee bleiben?" brachte ich schließlich hervor.

„Ich muß schnellstens wieder nach Hause."

Sie nahm mich rasch noch einmal in die Arme, und ich lächelte und sagte ihr, wie sehr ich mich für sie freute. Dann machte sie sich auch schon wieder auf den Heimweg.

Die Lust zu einem Spaziergang am Fluß war mir vergangen. Statt dessen flüchtete ich mich in mein Schlafzimmer, sobald Nimmie sich verabschiedet hatte, und ließ meinen Tränen freien Lauf. Ich weinte lange, bevor ich wieder klar denken und meine wirren Gedanken zum Beten sammeln konnte. Mein Herz war noch immer schwer, als ich mich endlich vom Bett erhob und mir das verschwollene Gesicht wusch.

Anschließend ging ich mit Kip in den Garten. Ich hatte erst vor kurzem noch gründlich Unkraut gejätet, doch nun kroch ich auf den Knien umher und suchte nach winzigen Überresten von Unkraut, das ich unwirsch aus dem Boden riß.

Als ich ins Haus zurückging, hatte ich meine Niedergeschlagenheit noch immer nicht überwunden. Ich bereitete dasselbe eintönige Abendbrot zu, das ich schon seit Ewigkeiten auf den Tisch brachte, schien es mir. Dieselben Stechfliegen und Moskitos drangen durch die kleinsten Ritzen hindurch ins Haus, um mich zu quälen. Der blaue Himmel hatte sich überzogen. Es schien Regen zu geben. Wynn hatte sich verspätet, und das Essen stand unangetastet auf der Herdplatte und wurde zusehends trokkener und ungenießbarer. Mit aller Kraft rang ich um meine Fassung.

Als Wynn endlich nach Hause kam, wie gewöhnlich mit Kip umhertollte und mich dann begrüßte, verhielt ich mich unbeteiligt und kühl.

„Stimmt etwas nicht?“ fragte er, und ich packte den erstbesten Grund meiner üblen Laune beim Schopf.

„Wieso ist dir der Hund wichtiger als ich?“

Wynn schaute überrascht auf.

„Was willst du denn damit sagen? Wann ist mir der Hund je wichtiger gewesen als du?“

„Jetzt zum Beispiel. Immer! Du begrüßt ihn immer zuerst, bevor du mir einen Kuß gibst.“

Das war ein lächerlicher Vorwand. Ich hatte noch nie ernsthaft darüber nachgedacht, doch nun kam mir dieser Gedanke sehr gelegen.

Wynn brauchte einen Moment, bevor er antwortete. Sanft und ohne jeden Vorwurf in der Stimme rechtfertigte er sich: „Er läßt mich ja nicht ins Haus, bis ich mit ihm getollt habe. Er wartet immer an der Tür auf mich, und ...“

„Und ich nicht“, unterbrach ich ihn. „Das wolltest du doch sagen. Der Hund hält größere Stücke auf dich als deine Frau.“

Ein schmerzlicher Ausdruck huschte über Wynns Gesicht, doch er ließ sich nicht aus der Fassung bringen.

„Es tut mir leid, daß ich mich verspätet habe, Elisabeth. Ich weiß, daß ich dir damit den ganzen Abend verdorben habe.“

Ich fuhr auf dem Absatz herum.

„Ist mir doch egal, ob diese abgestandenen Kartoffeln und Möhren knochenhart und trocken werden. Und wie kalt und ...“ Ich brach in Tränen aus und stürzte ins Schlafzimmer.

Ich hörte, wie Wynn sich sein Abendessen ausschöpfte, wie Kip um eine Kostprobe davon bettelte und Wynn ihn ermahnte, nicht bei Tisch zu betteln. Ich hörte, wie der Hund sich geräuschvoll auf seinem Teppich vor dem Kamin niederließ. Dann hörte ich, wie Wynn den Tisch abräumte und leise das Geschirr abwusch. Noch immer kam er nicht zu mir ins Schlafzimmer. Statt dessen machte er einen Spaziergang mit Kip.

Sie kehrten zurück, und ich hörte, wie der Sessel knarrte, als Wynn sich darauf setzte. Ich hörte seine Stiefel zu Boden fallen, erst den einen, dann den anderen, und wußte, daß er sich einen gemütlichen Abend zu Hause erhoffte.

„Jetzt wird er sich gleich seine Hausschuhe holen", dachte ich und drehte mich zur Wand, um das Gesicht in meinem Arm zu vergraben.

Wynn kam tatsächlich ins Schlafzimmer, doch er suchte nicht einmal nach seinen Hausschuhen. Er nahm mich einfach in die Arme und zog mich fest an sich. Dabei sagte er kein Wort und stellte keine Fragen; er hielt mich nur umarmt und ließ mich weinen.

Endlich versiegten meine Tränen. Wynn küßte mein tränenfeuchtes Gesicht.

„Willst du mir nicht sagen, was los ist?"

„Ich habe mich albern benommen", murmelte ich an seiner Schulter. „Es macht mir wirklich nichts aus, wenn Kip ..."

„Nein, nicht das. Ich meine die Laus, die dir über die Leber gelaufen ist."

Ich wußte nicht recht, was ich antworten sollte.

„Das Abendessen?" fragte ich, um Zeit zu gewinnen.

„Elisabeth", sagte Wynn, „die Sache mit dem Hund tut mir leid, und es tut mir auch leid, daß ich zu spät zum Essen gekommen bin. Aber ich glaube nicht, daß das der wahre Grund ist. Irgend etwas macht dir nun schon seit Tagen zu schaffen. Ich hatte gehofft, du würdest dich dazu entschließen, mich ins Vertrauen zu ziehen, aber das hast du nicht getan. Sollen wir jetzt darüber reden?"

Er hatte es also doch bemerkt.

„Der Winter war wohl einfach zu hart, und ..."

Wynn wartete darauf, daß ich weitersprach, doch ich blieb stumm. Schließlich kam er mir zu Hilfe.

„Und du hast eine Erholung nötig?"

„Ja, so etwas Ähnliches. Ich ..."

Das Schweigen lastete schwer auf uns. Nach einigen Minuten sagte Wynn langsam und überlegt: „Das kann ich gut verstehen, Elisabeth. Ich will sehen, was ich arrangieren kann."

Ich fuhr auf.

„Wieso? Was?" fragte ich.

„Eine Reise für dich – zurück nach Calgary für ein ..."

„Ich will gar nicht nach Calgary zurück. Wie kommst du nur darauf?"

„Dann eben nach Toronto."

„Wynn, ich will gar nicht fort von hier. Nirgendwohin will ich. Das ist es ja gar nicht."

„Nicht?"

Der arme Wynn! Nun hatte ich ihn vollends in die Irre geführt. Ich sah in sein sorgenvolles Gesicht und schüttelte dann langsam den Kopf.

„Was ist es dann?" wollte er wissen.

„Ein Baby."

„Ein Baby? Bekommst du etwa ... ?"

„Nein!" unterbrach ich ihn. Erneut stürzten mir die Tränen aus den Augen. „Das ist es ja gerade! Ich möchte so gern ein Kind haben, und ... und jetzt sind wir schon drei Jahre verheiratet, und ich habe noch immer keins ..." Ich stockte und warf mich an seine Brust, um dort fassungslos zu weinen.

An diesem Abend redeten und beteten wir bis tief in die Nacht hinein. Auch Wynn hatte sich eine eigene Familie gewünscht und oft darum gebetet. Er war überzeugt, daß ich eine gute Mutter sein würde, und jedesmal, wenn er mich mit einem Kind hatte spielen sehen, war er traurig gewesen, daß das Kind in meinen Armen nicht unser eigenes war.

„Ich meine trotz allem, du solltest für ein paar Wochen verreisen", sagte er. „Du mußt einen Arzt in der Stadt konsultieren. Vielleicht kann er helfen. Ich kann bestimmt etwas in die Wege leiten."

„Wynn", sagte ich, „ich möchte nicht mit irgendwelchen Fremden reisen. Nicht, wenn du nicht mitkommen kannst."

„Ich würde dich auch nicht mit irgendwelchen Fremden losschicken", entgegnete er. „Es könnte eine Weile dauern, bis ich alles vorbereitet habe, aber ich will mein Bestes tun. Ab und zu reisen berittene Polizisten durch unser Gebiet. Will mal sehen, was ich in Erfahrung bringen kann."

Das Herz war mir zwar nicht viel leichter, doch ich war froh, meinen Kummer mit Wynn geteilt zu haben. Er würde dafür sorgen, daß mir geholfen würde. Vielleicht war die Lösung gar nicht mehr so fern.

Warten

Der Herbst schien mir in diesem Jahr früher als gewöhnlich ins Land zu ziehen. Das mag daran gelegen haben, daß ich noch lange warten mußte, bis ich nach Calgary reisen konnte. Der Winter konnte von einem Tag auf den anderen hereinbrechen und lange andauern. Deshalb durfte ich es nicht riskieren, auf meiner Rückreise von einem Schneesturm überrascht zu werden. So blieb mir nichts anderes übrig, als bis zum nächsten Frühjahr zu warten.

Schweren Herzens erntete ich mein Gartengemüse und begann wieder mit dem Schulunterricht.

Nun hatte ich sieben Schüler, die recht regelmäßig kamen. Wawasi war unter ihnen, um zu zeichnen, doch inzwischen brachte er auch seine jüngeren Geschwister mit. Jim Buck, mein begabtester Schüler, versäumte fast nie die Schule. Selbst das Hänseln der älteren Dorfjungen konnte ihn nicht vom Unterricht abhalten. Zwei Mädchen und ein Junge waren neu dazugekommen. Jetzt hatte ich eine richtige Schule. Die Kinder machten gute Fortschritte im Lernen, und ich war stolz auf sie. Als wir uns eingearbeitet hatten, hob sich die schwere Last ein wenig von meinem Herzen. Was mich bekümmerte, war der Mangel an Material, um die Schüler weiter zu fördern. Ständig mußte ich mir notdürftig helfen. Wawasis künstlerisches Talent kam mir dabei sehr zustatten.

Oft mußte ich an Susi denken. Sie fehlte mir noch immer. Wir hatten gehört, daß es ihr und ihrer Familie gut ging. Ihre Mutter war inzwischen wieder genesen und konnte ihre Kinder nun selbst versorgen. Ich freute mich für sie alle.

Die baldige Ankunft von Johns Warenkarawane für den Winter sorgte für allerhand Vorfreude und Aufregung, besonders bei Wynn und mir. Die hochbeladenen Planwagen aus der Stadt bedeuteten Briefe und Neuigkeiten aus der zivilisierten Welt.

Manche Neuigkeiten von dort waren in diesem Jahr leider sehr betrüblich. Der Weltkrieg war ausgebrochen. In unserem entlegenen Winkel Nordkanadas erschien uns das unfaßbar. Wir vertieften uns in die mehrere Wochen alten Tageszeitungen, die man uns geschickt hatte, und versuchten, die weltweiten politischen Wirren zu begreifen.

Der Krieg jenseits des Atlantiks betraf uns im Grunde genommen nicht persönlich, doch in gewisser Hinsicht tat er es doch, denn es gibt kein menschliches Leiden auf der Welt, das andere Menschenherzen unberührt läßt. Auch in anderer Hinsicht machte der Krieg uns Sorgen: England war an den Kämpfen beteiligt, und auch Kanada würde hinzugezogen werden, wenn das notwendig werden sollte.

Ich dachte an meinen jüngeren Bruder Markus und hoffte inständig, daß der Krieg bald zu Ende sein möge. Markus war fast alt genug, um Soldat zu werden, und ich befürchtete, daß er das erwog, wenn die Kämpfe länger andauerten.

Die meisten persönlichen Nachrichten waren erfreulich. Julie stand kurz vor ihrer Hochzeit. Nein, sie heiratete nicht etwa den jungen Polizisten; dieser war nur ein Bekannter gewesen. Ein junger Pfarrer aus Calgary hatte ihr Herz und ihre Hand gewonnen. Ganze Seiten ihres Briefes waren von einer Beschreibung ihres Verlobten gefüllt, den sie glühend verehrte und liebte. Ich war zwar enttäuscht darüber, Julies großen Tag nicht miterleben zu können, doch um ihretwillen freute ich mich mit ihr.

Jonathans und Marys Familie ging es prächtig. Kathleen

hatte mir ganz allein einen Brief geschrieben, in dem sie mir von der Schule und ihrem Kätzchen namens Charlie erzählte. William war schon fast ein junger Mann und interessierte sich für Sport, besonders für Fußball. Aus Sarah war unter Marys Anleitung eine geschickte kleine Schneiderin geworden. Außerdem übte sie sich im Geigenspiel. Die kleine Elisabeth kam bald in die Schule; sie erinnerte ihre Eltern und Geschwister ständig daran, daß sie nun ein großes Mädchen war.

Wynns Mutter dagegen ging es nicht gut. Ich sah die Kummerfalte auf seiner Stirn, als er diesen Abschnitt des Briefes las. Mary fügte jedoch hinzu, daß die alte Dame sich ein wenig von ihrer letzten Krise erholt zu haben schien.

Kaum waren die Planwagen mit den Wintervorräten und der Post abgeladen worden, als der Winter auch schon von Nordwesten her bei uns einfiel. Wir alle bereiteten uns auf das mühsame Leben der kommenden Monate vor. Die Männer zogen in ihre Fallenreviere, die Frauen holten ihre Nähkörbe hervor, und die Kinder nahmen jede Gelegenheit zum Spielen wahr, die sich ihnen neben ihrer Arbeit als Wasser- und Brennholzbeschaffer bot. Für meine Schüler wurden keine Ausnahmen gemacht; auch sie mußten ihren Pflichten nachkommen, sobald der Unterricht beendet war. Aus diesem Grund gab ich ihnen niemals Schulaufgaben auf. Ihre Fortschritte im Lernen waren daher auf die kurzen Stunden am Vormittag begrenzt.

In diesem Jahr hatten wir herrliches Weihnachtswetter. Die Luft war zwar klirrend kalt, doch es war windstill und der Himmel klar. Wir beschlossen, einen Spaziergang im Schnee zu machen. An der Tür stellte Kip sich uns in den Weg. Er wedelte aufgeregt mit dem Schwanz, als habe er einen ganz besonderen Spaß gewittert. Um keinen Preis wollte er im Haus zurückgelassen werden.

Ich packte uns kein Mittagessen ein. Es wäre uns unweigerlich steinhart gefroren, und an einem solch kalten

Tag hätte ein gefrorenes Butterbrot nicht allzu gut geschmeckt.

Wir zogen uns warm an und schnallten uns die Schneeschuhe an. Ich bin überzeugt, daß jeder Dorfbewohner uns für närrisch gehalten hätte, weil wir uns durch den tiefen Schnee auf den Weg machten, obwohl wir weder Holz noch Wasser brauchten.

Es war ein herrlicher Spaziergang. Unterwegs sahen wir mehrere Rehe und bewunderten sie in ihrer Anmut. Da wir keinen Bedarf an frischem Fleisch hatten, drohte ihnen keine Gefahr von uns. Der Biberteich war fast völlig zugefroren. Nur ein kleines Loch war frei vom Eis. Irgendwie gelang es den Bibern, es stets offenzuhalten. Wir sahen zwar keine Biber, doch es war deutlich zu erkennen, daß sie unlängst hier gewirkt hatten. Ein paar junge Pappeln waren frisch gefällt, und die verräterischen Spuren mit den seitlichen Schlenkern waren noch im Schnee zu sehen.

Als wir unsere Hütte wieder erreicht hatten, war es draußen noch kälter geworden. Die Wärme von den beiden Feuerstellen tat wohl, und wir hängten unsere Mäntel wieder an den Haken. Ich kochte uns heiße Schokolade und schnitt ein frisches Brot in Scheiben. Dann machten wir es uns damit auf dem Teppich vor dem Feuer gemütlich und lasen einander vor.

Es war rundherum ein schönes Weihnachten. Wieder mußte ich denken, wieviel schöner es wäre, wenn wir ein kleines Krabbelkind zwischen uns auf dem Teppich sitzen hätten, doch ich schob den Gedanken beiseite. Diese gemeinsamen Stunden wollte ich uns nicht verderben. Ich nahm wir vor, geduldig zu warten. Bis zum Frühjahr war es nun nicht mehr lange, dann würde mein Mann für eine Reisegelegenheit sorgen, damit ich in der Stadt einen Arzt konsultieren konnte.

An einem windigen Märznachmittag kam Kleines Reh zum Tee zu mir. Sie war schon seit längerer Zeit nicht mehr zu Besuch gekommen, und als ich sie jetzt sah, wurde mir der Grund klar. Sie war hochschwanger. Wenn sie es auch nicht sagte, so hatten sie Rastlosigkeit und Langeweile aus ihrer Hütte getrieben. Wir unterhielten uns in ihrer Stammessprache, die zu meinem Vorteil einen recht einfachen Satzbau hat. Hin und wieder war ich zwar um einen bestimmten Begriff verlegen, doch im großen und ganzen konnten wir uns recht gut miteinander verständigen.

„Wie bald – dein Baby?“ fragte ich sie.

„Bald, sehr bald. Schon zu lange“, war die Antwort.

„Wie viele Kinder jetzt?“ fragte ich.

Sie hielt einc Hand mit ausgestreckten Fingern in die Luft wie ein Kind.

„Fünf mit diesem. Zwei tot, zwei geblieben, und dieses.“

Ich verstand. Sie hatte zwei Kinder verloren, zwei waren zu Hause und eines noch nicht geboren.

„Ich freue mich für dich“, sagte ich lächelnd.

Sie schaute ein wenig skeptisch drein.

„Magst du Kinder?“ fragte sie.

„Oh, ich liebe Kinder“, antwortete ich aus ganzem Herzen.

„Warum hast du dann keine?“ Die Frage war unverblümt und wißbegierig, und Kleines Reh schaute mich aus ihren schwarzen Augen forschend an.

Bestürzt suchte ich nach Worten. Was sollte ich ihr nur antworten? Wie lauteten die indianischen Begriffe, mit denen ich ihr erklären konnte, daß Gott mir in seinem unerforschlichen Ratschluß kein Kind zugedacht hatte – jedenfalls bis jetzt noch nicht? Daß ich einen Arzt in der Stadt konsultieren mußte, um zu erfahren, welche Ursache meine Kinderlosigkeit hatte. Was sollte ich tun? Ich überlegte noch, als Kleines Reh weitersprach.

„Wenn wir kein Baby bekommen, gehen wir zu Große Frau. Sie hat Medizin. Dann kommt Baby.“

Ich muß sie mit großen Augen und aufgerissenem Mund angestarrt haben. Hatten die Indianer tatsächlich eine Arznei, die bei Kinderlosigkeit half?

„Und hilft das auch wirklich?“ fragte ich in meiner Verwunderung auf Englisch und wiederholte dann meine Frage in der Stammessprache.

„Ja, gut sogar“, sagte sie mit Nachdruck. „Du nimmst Medizin, bezahlst das Geld an Große Frau und bekommst Baby. Ganz einfach.“ Sie fuhr mit der Hand durch die Luft, um zu unterstreichen, wie einfach alles in Wirklichkeit sei.

In meinem Kopf überschlugen sich die Gedanken. Gewiß konnte es nicht schaden, Große Frau etwas von ihrer Arznei abzukaufen. Wenn es nicht funktionieren sollte, hatte ich nicht viel verloren. Wahrscheinlich handelte es sich um besondere Kräuter. Die Indianer verstanden sich darauf, wirksame Kräuterarzneien gegen allerlei Beschwerden zuzubereiten. Ich würde mich bei Nimmie danach erkundigen.

Nun konnte ich es kaum erwarten, daß Kleines Reh ihren Tee austrank und sich wieder auf den Heimweg machte. Ich wollte schnurstracks meine Freundin aufsuchen, um sie nach Große Frau und deren Arznei zu fragen. Als ich dann endlich das Warenlager erreicht hatte, bemühte ich mich, keinen allzu eifrigen Eindruck zu erwecken. Ganz beiläufig, so fand ich, brachte ich die Sprache auf die Kräuterheilkunde der Indianer, ein Gebiet, auf dem Nimmie sich blendend auskannte. Dann erwähnte ich wie zufällig: „Ach, übrigens war Kleines Reh heute zum Tee bei mir, und sie hat erzählt, daß Große Frau ein Mittelchen gegen Kinderlosigkeit hat.“

Mit pochendem Herzen wartete ich auf Nimmies Antwort, doch sie blieb stumm.

„Stimmt das eigentlich?“ fragte ich weiter.

„Teils.“

„Was meinst du damit?“

„Zu der Arznei gehört auch ein kleines Ritual."
„Was denn für ein Ritual?"
„Ein Lied, eine Art Sprechgesang."
„Kennst du die Worte?"
„Ich glaube, niemand außer Große Frau kennt sie."

Ich wollte ihr noch mehr Fragen stellen, doch in dem Moment erwischte Sohnemann den Teller mit den Plätzchen und warf ihn zu Boden, bevor wir ihn auffangen konnten. Nimmie schickte ihn in die Ecke und machte sich daran, die Scherben aufzusammeln, als sich ihr Gesicht plötzlich seltsam verzerrte.

„Was ist?" fragte ich besorgt und hoffte, daß sie sich nicht verletzt hatte.

Mühsam richtete sie sich wieder auf.

„Seit heute mittag kommen und gehen die Schmerzen unablässig. Ich glaube, es ist an der Zeit, Elisabeth."

Ich vergeudete keine weitere Zeit mit Fragen, sondern lief durch die Seitentür in den Laden. John machte sich auf den Weg, um die Hebamme zu holen, und ich eilte zurück und half Nimmie ins Bett.

„Ich nehme Sohnemann mit zu uns, sobald John und die Hebamme hier sind", schlug ich vor.

Die Hebamme war eine der beiden am Ort. Als sie mit John eintraf, erkannte ich sie als Große Frau. Mit gewichtigen Handbewegungen machte sie sich ans Werk. Ich sah zu, wie sie Nimmie bequem bettete. Dabei redete sie mit ihr in einem wohltuenden, melodischen Singsang. War es das, was Nimmie mit dem „kleinen Ritual" gemeint hatte? Das alte, von Falten zerfurchte Gesicht schien völlig ausdruckslos zu sein.

Ich zog den kleinen Sohnemann warm an und verabschiedete mich von Nimmie. Ich hoffte, daß es nicht lange dauern würde, bis wir gute Nachrichten erhielten. Insgeheim vermutete ich, daß Nimmie sich wohl eine kleine Kräutersammlerin erhoffte, doch ich erwähnte nichts davon.

Wir hatten gerade unser Abendessen beendet, als John freudestrahlend ankam, um Sohnemann abzuholen.

„Noch ein Junge!" sagte er stolz. „Alexander heißt er." Ich fragte mich, ob Nimmie seine Freude wohl teilte. Dann kam ich zu dem Schluß, daß sie bestimmt genauso glücklich war wie ihr Mann. Sie würde das Kind, das Gott ihr geschenkt hatte, ohne Vorbehalte willkommen heißen.

Wie sehr ich Nimmie um ihren neugeborenen Sohn beneidete! Ich hatte keine Gelegenheit gehabt, sie zu fragen, ob sie die Wunderarznei von Große Frau ausprobiert hatte, als sie so lange Jahre auf Nachwuchs wartete. Ich wollte sie fragen, doch zugleich zögerte ich. Irgend etwas an dem Ganzen machte mich mißtrauisch. Doch andererseits konnte es gewiß auch nicht schaden.

Versuchung

Während der nächsten Tage konnte ich kaum an etwas anderes als an Große Frau und deren Arznei denken. Wäre es nicht wunderbar, wenn mir hier am Ort geholfen werden könnte, ohne daß ich eigens zu diesem Zweck nach Calgary reisen und Wynn allein zurücklassen mußte? Ich wollte mit ihm darüber sprechen, doch irgend etwas hielt mich zurück. Es erschien so selbstverständlich, so naheliegend, zu Große Frau zu gehen. Doch sonderbarerweise war mir jedesmal, wenn ich mich dazu entschlossen hatte, gar nicht wohl bei der Sache.

Nimmie und ihren kleinen Säugling besuchte ich häufig. Alexander war ein goldiger, kerngesunder Junge, der mit jedem Tag an Gewicht zunahm. Seine pausbäckigen Wangen hatten Grübchen, und er machte einen zufriedenen Eindruck. Aus dunklen Äuglein sah er mich an, und seine winzigen Fäustchen nestelten an meinem Kleid, wenn ich ihn auf dem Arm trug. Ich hatte ihn fast wie ein eigenes Kind ins Herz geschlossen.

Dabei mußte ich oft an die herzige kleine Nonita denken, und das Herz wurde mir schwer. War es möglich, daß die Siedlung eines Tages erneut von Fieber heimgesucht und auch das Leben dieses kleinen Kindes fordern würde? Ob Nimmie jemals solche Gedanken in den Sinn kamen? Vielleicht sollte ich froh sein, keine Kinder zu haben. Ich würde es niemals verwinden, ein Kind zur Welt zu bringen und es dann wieder zu verlieren. Etwas Schlimmeres konnte ich mir nicht vorstellen.

Doch Nimmie sprach niemals von Angst. Täglich dankte sie Gott für ihr Baby und dafür, daß Sohnemanns

Gesundheit kräftiger geworden war. Noch immer wirkte er zart für sein Alter, doch er war lebhaft und längst nicht mehr so ein kränklicher Schreihals wie früher.

Ich fand nie den Mut, Nimmie zu fragen, ob sie je Große Frau aufgesucht hatte. Es erschien mir einfach nicht angemessen und zu aufdringlich, ihr eine derart persönliche Frage zu stellen.

Statt dessen erkundigte ich mich bei ihr, was sie von Große Frau als Hebamme hielt.

„Ich habe John gesagt, daß Kantuk mir lieber wäre, aber wenn sie gerade anderweitig beschäftigt sein sollte, dann hätte ich auch nichts gegen Große Frau einzuwenden."

Später erfuhr ich, daß Kantuk an dem Abend, als John sie holen wollte, Kleines Reh bei der Niederkunft geholfen hatte, die ebenfalls einen Jungen zur Welt brachte. So hatte die Siedlung an diesem Tag gleich zwei tapfere Krieger dazubekommen.

Nimmies Antwort hatte mir nicht die Auskunft gegeben, die ich mir erhofft hatte, weshalb ich weiterfragte.

„Wie kommt es, daß Kantuk besser ist als Große Frau?"

„Ich habe nicht behauptet, daß sie besser ist", entgegnete Nimmie.

„Was hast du dann damit sagen wollen?"

„Ich weiß nicht, wie ich's dir erklären soll", antwortete Nimmie. „Vielleicht könnte man's so ausdrücken: Kantuk ist ‚neu', aber Große Frau geht nach der alten Weise vor."

Das klang irgendwie einleuchtend, doch ich hatte noch immer nicht die geringste Vorstellung davon, was Nimmie meinte.

Bei den ersten Anzeichen des Frühlings würde Wynn nach einer Möglichkeit suchen, wie ich am besten nach Calgary reisen könnte. Wenn ich also Große Frau tatsächlich einen Besuch abstatten wollte, wurde es höchste Zeit dazu.

Ich erwog, meinen ganzen Mut zusammenzunehmen und allein zu ihr zu gehen, ohne Wynn einzuweihen. Wenn die Arznei erfolglos bleiben sollte, würde ich die einzige sein, die enttäuscht war. Doch eine mahnende Stimme warnte mich. Wynn hatte ein Recht darauf, von meinen Plänen zu erfahren. Eines Abends, nachdem wir zu Bett gegangen waren, brachte ich die Sprache darauf. Es fiel mir leichter, im Dunkeln dieses Thema anzuschneiden, weil er dann mein Gesicht nicht sehen konnte.

„Kleines Reh war neulich bei mir zum Tee", begann ich, „und dabei erwähnte sie, daß es im Dorf eine Frau gibt, die eine besondere Kräuterarznei hat für ... für Frauen, die ... die ..." Ich geriet ins Stocken. „Ich meine, für kinderlose Frauen", brachte ich schließlich hervor.

Wynn antwortete nicht, obwohl ich wußte, daß er jedes Wort gehört hatte.

„Sie sagt, vielen Frauen im Dorf sei schon dadurch geholfen worden."

„Wer ist diese Frau?" fragte Wynn.

„Eine von den beiden Hebammen."

Bevor ich ihren Namen nennen konnte, sagte Wynn: „Große Frau, nicht wahr?"

„Ja. Du weißt also über sie Bescheid?"

„Nein, aber ich bin nicht überrascht."

„Was meinst du damit?"

„Für Geld verspricht Große Frau dir das Blaue vom Himmel herunter."

Wynns Bemerkung ärgerte mich ein wenig. Lohnte es sich etwa nicht, für ein Kind ein wenig Geld auszugeben?

„Die Ärzte in der Stadt wollen schließlich auch bezahlt werden", erinnerte ich ihn.

„Die sind ja auch richtige Mediziner, keine Geisterbeschwörer."

„Ist Große Frau denn eine Geisterbeschwörerin?" fragte ich entsetzt.

„Wußtest du das nicht? Sie betreibt allerhand Zauberei. Wir bemühen uns, ihr das Handwerk zu legen, aber völlig verhindern können wir's nicht."

Ich sank in mein Kissen zurück. In meiner Verzweiflung hätte ich mich um ein Haar einer Zauberin anvertraut. Ich hatte mir eingeredet, daß mir ein kleiner Singsang bestimmt nicht schaden könnte. Dennoch wußte ich im Grunde meines Herzens, daß Zauberei und Beschwörungen falsch, ja eine große Sünde sind. Kein Wunder, daß mir so unwohl bei dem Gedanken gewesen war! Und plötzlich wurde mir zu meinem großen Kummer bewußt, daß ich in all den Tagen und Wochen, in denen ich erwogen hatte, Große Frau aufzusuchen, kein einziges Mal um Gottes Führung und Weisung in dieser Sache gebetet hatte. Wenn ich gebetet hätte, hätte ich Klarheit gewonnen. Doch trotz meiner Unwissenheit und meines Starrsinns hatte Gott mich davor bewahrt, einen großen Fehler zu machen.

Reumütig schloß ich die Augen und bat den Herrn um Vergebung. Von nun an würde ich nicht mehr versuchen, die Dinge selbst in die Hand zu nehmen, sondern alles Gott überlassen. Und wenn ich wirklich einen Arzt in der Stadt aufsuchen sollte, dann würde ich Wynn alle Vorkehrungen treffen lassen.

Schließlich erzählte ich meinem Mann von meiner Verzweiflung, von der verlockenden Aussicht auf eine schnelle, einfache Lösung, von meinem Zögern und auch meiner tiefen Dankbarkeit dafür, vor einer folgenschweren Sünde bewahrt worden zu sein.

Dienstpflicht

Der Frühling ließ sich Zeit mit seinem Einzug. Kaum hatte ich auf wärmeres Wetter zu hoffen gewagt, als es aufs neue schneite. Die Sonne hatte noch nichts gegen die hohen Schneewehen ausrichten können, und die Eiszapfen an den Dachvorsprüngen wurden immer länger.

In diesem Jahr erwartete ich den Frühling mit besonderer Ungeduld, weil er ja eine Reise nach Calgary mit sich bringen würde. Ich freute mich schon sehr darauf, meine Angehörigen und Freunde wiederzusehen. Bei jedem neuen Schneefall seufzte ich enttäuscht.

Eines Nachmittags, als das Dorf wieder in dichtes Schneegestöber eingehüllt war, kam Wynn mit einem ärgerlichen Ausdruck im Gesicht nach Hause. Etwas Ernstes mußte sich ereignet haben. Er spielte nicht erst mit Kip, sondern schob ihn unwirsch beiseite, um zu mir zu kommen.

Er gab mir einen Kuß und sagte dann aufgebracht: „Stell dir vor, Elisabeth, ich habe gerade erfahren, daß irgend jemand unseren Indianern Whisky verkauft. Ich weiß nicht, wer es ist und ob es sich um einen oder mehrere Männer handelt, aber ich muß der Sache auf den Grund gehen."

Er gab mir noch einen Kuß und machte sich dann daran, seine Ausrüstung einzupacken. Ich folgte ihm, ohne zu wissen, was ich sagen oder tun sollte. Er traf weitaus sorgfältigere Vorbereitungen als gewöhnlich.

„Wie lange wirst du unterwegs sein?" brachte ich schließlich hervor.

„Das weiß ich nicht. Ich würde dir gern versprechen, in ein oder zwei Tagen wieder zu Hause zu sein, aber, ehrlich gesagt, habe ich nicht die geringste Vorstellung davon, wie lange das Unternehmen dauern wird."

„Nimmst du dir ein paar Männer mit?"

„Nein, ich gehe allein."

„Aber warum denn? Du könntest vielleicht Hilfe brauchen. Der Gauner könnte gefährlich sein."

„Das stimmt. Deshalb gehe ich ja allein. Bei solchen Unternehmungen kann ich nicht von anderen verlangen, mitzumachen. Das ist Sache des Gesetzesvertreters."

Seine Worte erschreckten mich. Auch seine Ausrüstung ließ mich erschaudern. Noch nie hatte Wynn eine solche Sorgfalt darauf verwendet. Er machte sich eine Liste, die er doppelt und dreifach überprüfte, um sich zu vergewissern, daß er nichts vergessen hatte. Mit bangem Blick musterte ich den großen Vorrat an Munition, die er in seinen Rucksack steckte. Rechnete er etwa damit, sie samt und sonders zu verfeuern? Waren Whiskyschmuggler wirklich so gefährlich? Wenn ich es mir aber recht überlegte, hatte ich einige Geschichten gehört, die die Skrupellosigkeit dieser Schurken bestätigten.

„Was kann ich denn nur tun?" fragte ich ratlos. „Möchtest du etwas essen, bevor du dich auf den Weg machst?"

Wynn lächelte abwesend.

„Das wäre nicht schlecht", sagte er. „Etwas Heißes würde mir guttun."

Sofort ging ich in die Küche. Das Herdfeuer brannte, und es dauerte nicht lange, bis ich eine heiße Mahlzeit und eine Kanne starken Tee bereit hatte.

Als Wynn aus seiner Dienststube kam, war alles fertig. Er bemerkte, daß nur ein Teller auf dem Tisch stand.

„Leistest du mir denn keine Gesellschaft?" wollte er wissen.

„Nein, ich ... ich habe wirklich keinen Hunger. Es ist ja auch erst drei Uhr."

„Wie wär's dann mit einer Tasse Tee?"

„Er ist mir zu stark."

„Du könntest ihn dir mit Wasser verdünnen."

Ich schüttelte den Kopf. Mir war einfach nicht nach Essen oder Trinken zumute. Die Kehle war mir wie zugeschnürt.

Wynn sah mir forschend ins Gesicht, doch er sagte nichts mehr.

„Soll ich in der Zwischenzeit etwas tun, während du fort bist?" fragte ich und fühlte mich jetzt schon hilflos und einsam.

„Gib nur gut auf dich acht! Ich habe John Bescheid gegeben, er wird nach dem Rechten sehen. Wenn du etwas brauchen solltest, wende dich an ihn."

Viel zu schnell hatte Wynn seine Mahlzeit beendet und schob seinen Stuhl zurück.

„Ich spanne die Hunde im Dorf an", sagte er. „Dann hole ich mein Gepäck. Würdest du Kip im Auge behalten? Ich möchte nicht, daß er sich draußen mit den Schlittenhunden anlegt."

Ich nickte und räumte den Tisch ab.

Wynn blieb nicht lange aus. Das Kläffen und Jaulen der Hunde hörte ich schon von weitem. Ich fragte mich im stillen, ob sie wohl denselben Gedanken hatten wie ich, nämlich daß dies eine sonderbare Tageszeit für eine Ausfahrt durch den Schnee war. Ich hatte überlegt, ob ich Wynn dazu überreden sollte, bis zum Morgen mit dem Aufbruch zu warten, doch ich tat es nicht. Wenn er die Sache nicht für so dringend gehalten hätte, wäre es ihm bestimmt lieber gewesen, die Nacht zu Hause zu verbringen und morgen in aller Frühe aufzubrechen.

Wynn brauchte nicht lange zum Packen. Ich half ihm, ein paar Ausrüstungsteile zur Tür zu tragen. Das Aufladen mußte Wynn selbst besorgen, da er genau wissen wollte, wo jedes Ding zu finden war.

Ich war fest dazu entschlossen, beim Abschied nicht in

Tränen auszubrechen, doch das fiel mir unendlich schwer. Immer wieder sagte ich mir, daß Wynn heute schließlich nicht zum erstenmal auf eine gefährliche Reise ging und daß er stets wohlbehalten zurückgekehrt war.

Wir beteten gemeinsam, bevor er aufbrach, wie wir es immer getan hatten, und befahlen einander Gottes Schutz und Fürsorge an. Kurz darauf hörte ich, wie Wynn die Schlittenhunde antrieb.

Ich trat weder an die Tür noch an das Fenster, weil ich ihm nicht nachschauen wollte, bis er im Schneegestöber untergetaucht war. Statt dessen ging ich ins Schlafzimmer, um in der Stille zu beten.

Ich muß gestehen, daß ich beim Beten ein paar Tränen vergoß, doch als ich das Schlafzimmer wieder verließ, hatte ich Frieden im Herzen und den Entschluß gefaßt, die Tage ohne Wynn auszunutzen, anstatt sie zu vergeuden.

Als erstes holte ich meinen großen Kochtopf hervor. Ich hatte gehört, daß eins der älteren Ehepaare in der Siedlung erkrankt war. Ich wollte ihnen etwas Nahrhaftes zu essen bringen.

Als ich von meinem Krankenbesuch zurückkehrte, war es schon dunkel. Wie dankbar war ich für die Wärme in meiner Hütte und für Kip, der mich an der Tür begrüßte! Ich versuchte, mit ihm zu spielen, wie Wynn es beim Heimkommen stets tat, doch irgendwie wollte es mir nicht recht gelingen, und Kip wich verstört zurück.

Danach machte ich mir einen Teller Eintopf zurecht und setzte mich auf den Stuhl vor dem Kamin. Doch es wollte mir nicht recht schmecken. Schließlich schob ich meine Reste in Kips Hundenapf.

Wenn ich doch nur wüßte, wie lange Wynn dazu brauchen würde, um den Whiskyschmuggler aufzuspüren und gefangenzunehmen! Ich hoffte, daß es sich nicht um mehrere Schurken handelte.

Nachdem ich ein paar von Wynns Socken und einen Riß

in meinem Unterkleid gestopft hatte, nahm ich ein abgegriffenes Buch zur Hand. Ich hatte es schon so oft gelesen, daß ich es fast Wort für Wort auswendig kannte, doch nun konnte ich mich einfach nicht recht darauf konzentrieren. Also beschloß ich, zeitig zu Bett zu gehen. Vielleicht würde die Nacht schnell vergehen.

Doch meine Hoffnung wurde enttäuscht. Ich lag lange wach und lauschte auf den Sturm. Der Wind war heftiger geworden. Ach, wo und wie würde wohl Wynn diese kalte Winternacht verbringen?

Auch Kip war rastlos. Unablässig ging er zwischen dem Teppich vor dem Kamin und meinem Bett hin und her. Ich wollte aufstehen und die Schlafzimmertür schließen, doch dann machte ich mir klar, daß er auf diese Weise nur vor der Tür sitzen und winseln würde, was noch viel unerträglicher wäre.

Endlich dämmerte der Morgen, doch der neue Tag war nicht viel besser. Nach Schulschluß ging ich zu Nimmie, um ihr mit den Kindern zu helfen. Im Grunde genommen brauchte sie meine Hilfe gar nicht; sie hatte alles in schönster Ordnung, doch mir zu Gefallen ließ sie mich ein paar Handgriffe verrichten.

Durch ein erneutes Schneegestöber stapfte ich schließlich wieder nach Hause. Würde es denn nie zu schneien aufhören?

Kip begrüßte mich an der Tür. Ich machte mir ein Abendbrot zurecht und fütterte auch ihn. Dabei fragte ich mich, wie ich nur den endlos langen Abend verbringen sollte.

Die Tage seit Wynns Abreise erschienen mir wie eine Ewigkeit, doch der Kalender an der Wand sagte mir, daß es erst sechs Tage waren.

John war es, der mir die Meldung überbrachte. Als ich ihn mit langen Schritten auf die Hütte zukommen sah, fing ich an zu zittern. Brachte er mir eine schlimme Nachricht? Seine Schritte waren so zielstrebig.

Doch als ich die Tür öffnete, stand ein Lächeln auf seinem Gesicht.

„Ein indianischer Trapper war gerade bei mir im Laden und sagte, daß Wynn auf dem Rückweg sei. Ich dachte, das freut dich sicher."

Erleichtert dankte ich ihm. Wynn kam also endlich nach Hause!

„Hat er gesagt, wie lange es noch dauert?" fragte ich.

„Dürfte in zwei Stunden hier sein. Er bringt einen Gefangenen mit. Hat mir ausrichten lassen, die Zelle herzurichten."

Ein Gefangener! Wynn hatte also den Schurken aufgespürt.

John machte sich wieder auf den Weg, und ich bereitete eine Mahlzeit vor. Plötzlich spürte ich, daß ich hungrig war, und auch Wynn würde gewiß einen Bärenhunger mitbringen.

Nach knapp zwei Stunden hörte ich von der Siedlung her ein Hundegespann. An dem Gebell des Leithundes Fleck erkannte ich, daß es Wynns Gespann war. Ich sah zum Fenster hinaus, doch zuvor mußte ich die Eisblumen von der Glasscheibe abkratzen, um etwas erkennen zu können.

Vor dem Handelsdepot machte ich Wynns hochgewachsene Gestalt aus. Nachdem er den Hunden „Sitz!" befohlen hatte, führte er einen Mann in das Gebäude. Ich wußte, daß er das Gespann versorgen würde, bevor er nach Hause kam, so daß es noch eine Weile dauern würde, bis er hier eintraf.

Das Herz schlug mir bis zum Hals. Die Zeit war mir so lang geworden, und ich war überglücklich, Wynn jetzt wohlbehalten wiederzuhaben! Am liebsten hätte ich meinen Parka vom Haken gerissen und wäre ihm entgegengelaufen, doch ich wußte, daß er noch ein paar Dinge zu erledigen hatte, bevor er zum Essen und zur wohlverdienten Rast nach Hause kommen konnte.

In Wirklichkeit dauerte es wahrscheinlich nicht sehr lange, bis Wynn alle Formalitäten erledigt hatte, doch mir wurde das Warten sehr lang. Endlich sah ich, wie Kip von seinem Platz vor dem Kamin aufstand und sich mit der Schnauze an die Tür drängte. Wynn war also unterwegs.

Diesmal wartete ich nicht am Herd, um Kip die erste Begrüßung zu überlassen. Ich lief zur Tür und warf sie auf, und bevor Wynn die Hütte betreten konnte, lag ich schon in seinen Armen.

Er sah sehr abgespannt und erschöpft aus. Ich zog ihn in die Stube und half ihm, die Fellhandschuhe und den Parka auszuziehen. Dabei sagte ich ihm ein ums andere Mal, wie froh und dankbar ich war, ihn wohlbehalten wieder daheim zu haben. Kip bedeutete ihm mit seinem fröhlichen Kläffen und seinem wedelnden Schwanz das gleiche.

Erst als Wynn zu seinem Sessel ging, um sich die schweren Stiefel auszuziehen, bemerkte ich, daß er hinkte.

„Was ist geschehen?“ fragte ich erschrocken.

„Mir fehlt nichts“, antwortete er. „Nur keine Sorge!“

„Aber du hinkst ja!“

„Ein wenig.“

„Ist es dein Fuß oder dein Bein?“

„Das Bein.“

„Wynn“, sagte ich nachdrücklich, „was ist passiert?“

„Wie wär’s, wenn wir erst einmal zu Abend essen, und dann erzähle ich dir alles“, antwortete er. „Ich habe nämlich einen Mordshunger.“

Ich eilte an den Herd und tischte unser Essen auf. Dabei nahm ich mir vor, Wynn keine weiteren Fragen zu stellen, bis er gegessen hatte.

Ich erfuhr zwar nicht alles, doch was ich hörte, ließ mich erschaudern.

Wynn hatte seine Suche bei der Hütte eines Trappers begonnen, der dem Schmuggler angeblich Whisky abgekauft hatte. Wynn hatte einen nüchternen Indianer vorgefunden, der mit aufgestütztem Kinn ratlos in seiner Hütte saß. Überall auf dem Boden verstreut hatten leere Flaschen gelegen. Es gab Anzeichen dafür, daß ihm der Alkohol gar nicht gut bekommen war.

„Fort!“ hatte er gestöhnt. „Alles fort! Alle meine Winterfelle sind weg!“ Wie es sich herausstellte, hatte er ein paar von seinen Fellen gegen Whisky eingetauscht, und als er zu betrunken war, um sich zu verteidigen, hatte der skrupellose Händler ihm alle seine erbeuteten Felle gestohlen und sich damit aus dem Staub gemacht.

Wynn war der heißen Spur gefolgt. Er hatte einen zweiten Trapper gefunden, dem es ähnlich wie dem ersten ergangen war. Wynn war weitergezogen. Bald hatte er einen dritten gefunden. Dieser Mann war noch im Vollrausch. Da wußte Wynn, daß er dem Täter dicht auf den Fersen war. Weil er den Indianer jedoch nicht im Stich lassen konnte, bis dieser nüchtern genug war, um sich selbst zu versorgen, verlor er Zeit. Das Wetter war jedoch noch so kalt, daß ein Mensch, der sich nicht selbst helfen konnte, erfroren wäre. Wegen des Zeitverlusts mußte Wynn sein Hundegespann zur Eile antreiben.

In der nächsten Hütte, die er aufsuchte, war ihm klar geworden, mit was für einem Mann er es zu tun hatte. Der Trapper hatte sich allem Anschein nach geweigert, seine Felle für Whisky herzugeben. Wynn hatte ihn mit einem Schuß durchs Herz tot aufgefunden. Seine Felle waren verschwunden.

Nun wußte Wynn, daß er nicht nur einem Dieb, sondern auch einem Mörder auf der Spur war. Dieser Mann schreckte vor nichts zurück. Er mußte ihm unbedingt das Handwerk legen, bevor noch mehr Menschenleben gefährdet wurden.

Wynn hatte die Hunde durch die Nacht hindurch zur Eile angetrieben, um den Abstand zwischen sich und dem Verbrecher aufzuholen. Der Sturm hatte sich inzwischen gelegt, und der Mond schien gerade hell genug, daß Wynn sich orientieren konnte.

Am Morgen hatte er eine Rast eingelegt, eher um der Hunde willen als für sich selbst, und dann hatte er sich wieder auf den Weg gemacht.

Gegen Mittag am nächsten Tag hatte er den Gangster endlich eingeholt. Der Mann hatte sich ein kleines Feuer gemacht, um sein Essen und heißen Tee zu kochen. Wynn hatte sich vorsichtig genähert. Die Hunde hatte er hinter einem Hügel im Schnee zurückgelassen.

Als Wynn sich dicht an das Lager des Mannes vorgearbeitet hatte, rief er ihn an. Er sagte ihm, wer er war und daß er gekommen sei, um ihn abzuführen.

Der Kerl rief zurück: „Sie haben mich also erwischt, Sergeant. Ich sehe ein, daß mein Spielchen aus ist. Aber lassen Sie mich wenigstens noch meinen Tee austrinken, damit ich ein bißchen auftauen kann, bevor Sie mich ins Kittchen bringen!“

Wynn kam in die Lichtung und ging langsam auf den Mann zu. Er hatte ihn fast erreicht, als der Verbrecher blitzschnell eine Pistole hervorzog und abdrückte. Der Schuß verfehlte sein Ziel nur um wenige Zentimeter. Doch Wynn stürzte in den Schnee.

Von seinem Versteck hinter einer Schneewehe aus beobachtete Wynn den Verbrecher. Aus Furcht, er könnte einen Fluchtversuch machen, wagte Wynn es nicht, ihn aus den Augen zu lassen. Der Mann blieb jedoch dicht an seinem Feuer sitzen. Er schien sich frech darauf zu verlassen, daß ein Mountie nur aus Notwehr Gebrauch von seiner Waffe macht.

Die Sonne ging unter, und voll und klar stieg der Mond am Himmel herauf. Der Mann feuerte gerade genug Schüsse auf Wynn ab, um ihn in Schach zu halten. Die ganze Nacht lang lauerten sie einander im Schnee auf, wobei der Schmuggler den Vorteil seines Lagerfeuers hatte.

Im Morgengrauen, bevor die Sonne wieder aufging,

hatte es den Anschein, als führe der Mann ein neues Täuschungsmanöver im Schilde. Wynn beschloß, ihm kurzerhand zuvorzukommen. Hinter Schneewehen und Tannenstämmen schlich er sich geräuschlos an die linke Seite des Mannes heran.

Der Plan gelang. Wynn konnte dem nichtsahnenden Mann die Pistole aus der Hand schlagen, als dieser sich gerade drohend zu ihm umwandte. Es lief jedoch nicht ohne einen Preis ab: die Pistole des Verbrechers ging los und traf Wynn ins rechte Bein. Die Kugel verursachte eine heftig schmerzende Fleischwunde.

Wynn erzählte mir nicht viel darüber, was danach geschehen war, doch irgendwie war es ihm gelungen, den Schwarzhändler in Handschellen abzuführen und ihn dazu zu zwingen, ihm die Namen der Trapper zu nennen, die er bestohlen hatte.

Außer denen, die Wynn schon aufgesucht hatte, waren es noch zwei andere. Mit dem Verbrecher voraus machte Wynn sich auf den Weg zu ihnen. In der ersten Hütte fanden sie einen wutentbrannten Indianer vor, der sich schon selbst in den Wäldern auf die Suche nach dem Schmuggler gemacht hatte. Wynn versicherte ihm, daß der Schurke seine gerechte Strafe empfangen würde, und schickte ihn los, um einen weiteren Trapper zu Hilfe zu holen. Gemeinsam wollten sie alle gestohlenen Felle in das Dorf bringen, wo das Beutegut ihren rechtmäßigen Besitzern wieder ausgehändigt werden sollte.

Danach suchte Wynn mit dem Gefangenen die Hütte des letzten Opfers auf. Es war, wie Wynn befürchtet hatte: der Trapper war in seinem betrunkenen Zustand nicht dazu fähig gewesen, das Feuer in Gang zu halten, und war in der eisigen Kälte erfroren.

Wynn schnürte auch seinen Leichnam mit dem anderen Toten auf den Schlitten und machte sich mit dem gefesselten Gefangenen auf den Rückweg zum Dorf.

Nun war der Mann in der Gefängniszelle des Handelsdepots hinter Schloß und Riegel. Wynn erklärte, daß er die Nacht zu Hause verbringen und den Mann am nächsten Morgen nach Edmonton bringen würde.

Ich widersprach heftig. Wynn war kaum in der Verfassung, so bald erneut aufzubrechen, doch er winkte ab.

„Elisabeth", sagte er, „dieser Mann ist gefährlich. In all den Jahren meines Dienstes ist mir noch nie ein so kaltblütiger, unberechenbarer Schurke begegnet. Er schreckt vor nichts zurück."

Damit hatte er gewiß recht, doch das vermehrte nur meine Furcht.

Wynn ließ es jedoch zu, daß ich seine Schußwunde versorgte. Ich befürchtete, sie könnte sich entzünden, doch er goß etwas von einer Medizin darauf, die ihn vor Schmerz auffahren ließ, und versicherte mir, daß alles gut verheilen würde. Doch als er am nächsten Morgen loszog, nahm er mehr von der Medizin mit auf den Weg. Ich wußte nicht recht, ob das ein gutes oder schlechtes Zeichen war.

Ich sorgte mich sehr um Wynns Sicherheit. Der Gangster hatte schon unter Beweis gestellt, wie wenig Achtung er vor dem Leben eines anderen Menschen hatte. Was sollte ihn davon abhalten, den Mann umzubringen, der ihn an das Gefängnis ausliefern wollte? Gewiß würde er nichts unversucht lassen, um der Strafe für seine Verbrechen zu entgehen. Und mein Mann war nicht nur unausgeruht, sondern auch verletzt. Würde er dem gefährlichen Verbrecher gewachsen sein?

Ich verbrachte einen unruhigen Tag und eine schlaflose Nacht und betete unablässig für Wynn. Ich war froh, als der Morgen endlich dämmerte und ich aufstehen konnte, um mich abzulenken. An diesem Morgen läutete ich den Schulgong etwas früher als gewöhnlich. Die Kinder würden mir die Stille und Leere in der Hütte für eine Weile vertreiben.

Ich hatte mich auf viele schlaflose Nächte und sorgenschwere Tage gefaßt gemacht, doch zu meiner großen Erleichterung kam Wynn am nächsten Abend schon zurück. Er war auf zwei Polizisten gestoßen, die von Edmonton aus losgeschickt worden waren, um bei der Verfolgung des Verbrechers zu helfen.

Ich war überglücklich, meinen Mann wohlbehalten wieder daheim zu haben, und froh darüber, daß er mit seinem verletzten Bein nicht bis nach Edmonton reisen mußte. Der Truppenführer hatte ihm nahegelegt, sich zur Genesung ein paar Tage Bettruhe zu gönnen, und Wynn befolgte diesen Rat – wenigstens zwei Tage lang. Dann stand er auf und machte sich wieder an die Arbeit. Er hatte nicht nur seine Eintragungen, sondern auch eine Reihe von anderen Aufgaben zu erledigen. Bald tat er wieder seine gewohnte Pflicht unter den Dorfbewohnern, und sein Hinken war kaum noch zu bemerken.

Zurück nach Calgary

Die beiden Trapper, die die gestohlenen Felle eingesammelt hatten, brachten sie ins Handelsdepot, und Wynn beaufsichtigte das Sortieren der Felle. Ich konnte mir nicht erklären, woran die Männer ihr Eigentum erkannten, und fragte Wynn danach.

„Die Trapper erkennen ihre Felle auf Anhieb", erläuterte Wynn. „Kleine Flecken oder Löcher oder Verfärbungen. Sie irren sich nie."

Die Felle der toten Trapper wurden vom Handelsdepot in Geld für die Hinterbliebenen eingelöst. Wynn erzählte mir, daß John ihnen einen großzügigen Preis gewährt hatte.

Alle Trapper des Dorfes kehrten nach Hause zurück, und nun wußte ich, daß es endgültig Frühling geworden war.

Wir beendeten den Unterricht für dieses Schuljahr, und ich machte mich wieder an meine Gartenarbeit. Es tat gut, die warme, dunkle Erde zwischen den Händen zu fühlen und die ersten Pflänzchen sprießen zu sehen. Einige der Frauen im Dorf hatten die Vorzüge eines Gemüsegartens erkannt, und Nimmie und ich halfen ihnen gern dabei, sich einen eigenen Garten anzulegen.

Wieder war ein warmer, sonniger Sommertag hereingebrochen, als Wynn schon am Vormittag nach Hause kam.

„Hast du deine Koffer gepackt?" fragte er schmunzelnd. Verwundert starrte ich ihn an.

Ich wußte, daß Wynn noch immer eine Reisegelegenheit für mich nach Edmonton und von dort nach Calgary suchte. Einerseits hatte ich die Reise kaum erwarten können, doch bei seinen Worten wurde mir nun plötzlich ein wenig seltsam zumute.

„Wie meinst du das?“ fragte ich ihn.

„Ich habe von einer Truppe gehört, die bald losreisen soll, und ich habe gleich einen Boten losgeschickt, um sie zu bitten, hier bei uns vorbeizukommen.“

Ich antwortete nicht.

„Wenn sie tatsächlich kommen, dürften sie morgen irgendwann im Laufe des Tages bei uns eintreffen. Sie werden bestimmt hier übernachten wollen und dann früh am Donnerstag morgen weiterreisen“, fuhr Wynn fort.

Donnerstag morgen? Reisefieber und tausend Ängste erfüllten mich zugleich. Würde ich es wirklich übers Herz bringen, Wynn für mehrere Wochen allein zu lassen, ohne während der ganzen Zeit auch nur ein einziges Wort mit ihm wechseln zu können?

Er zog mich an sich.

„Ich werde dich vermissen, Liebling“, sagte er. Er schien es für selbstverständlich zu halten, daß ich die Reise machen würde.

Ich schnüffelte ein wenig.

„Wer fährt denn mit mir?“ fragte ich und hoffte dabei fast, es handle sich um jemanden, dessen Begleitung ich aus triftigen Gründen ablehnen könnte.

„Ein paar Männer von der Polizei. Die Namen weiß ich nicht.“

Männer von der Polizei! Diese Begleitung konnte ich unmöglich ausschlagen, wenn sie sich tatsächlich erbieten sollten, mich mitzunehmen.

„Bist du ganz sicher, daß sie eine Frau mitnehmen würden?“

„Ich denke schon. Wir von der Polizei tun unser möglichstes, einander zu helfen. Ich gebe dir ein kleines Zelt mit auf den Weg. Es wird ihnen nichts ausmachen, es am Abend für dich aufzuschlagen.“

Ich seufzte.

„Dann werde ich mich wohl am besten fertigmachen", sagte ich zögernd.

„Ja, das wirst du wohl müssen", antwortete Wynn, küßte mich auf die Nasenspitze und ging wieder an seine Arbeit.

Plötzlich geriet ich in helle Aufregung. Ich holte meine gesamte Garderobe hervor und stellte fest, daß ich für die Reise absolut nichts Passendes anzuziehen hatte. Was sollte ich nur tun? Ich hatte weder die Zeit noch den Stoff, um mir etwas zu nähen.

„Hoffentlich sieht mich niemand, bis ich irgendwo ein Geschäft gefunden und ein paar Einkäufe gemacht habe", dachte ich verzweifelt.

Dennoch war ich längst nicht so sehr um meine Reisevorbereitungen wie um Wynn besorgt. Ich wusch seine Wäsche, obwohl ich das erst vor ein paar Tagen getan hatte. Ich backte frisches Brot, Plätzchen und einen Kuchen. Schließlich kochte ich ein Eintopfgericht und füllte es in Einkochgläser, damit er es sich nach Bedarf aufwärmen konnte.

Fieberhaft arbeitete ich den ganzen Nachmittag und den nächsten Tag über, bis vom Dorf her lautstarkes Hundegebell zu hören war.

Ich lief ans Fenster und stellte fest, daß die Besucher eingetroffen waren. Die Männer reisten mit einem Planwagen und zwei ausgezehrten, knochigen Pferden, denen der lange Winter arg zugesetzt zu haben schien.

Von meinem Fenster aus konnte ich die Uniformstreifen der Polizisten erkennen. Ich sah, wie John die Hand hob und in die Richtung unserer Hütte deutete. Dann setzte sich der Planwagen in Bewegung.

Ich hatte kein Heu für die Pferde, doch ich wies die Männer an, sie hinter unserer Hütte grasen zu lassen, vorausgesetzt, daß sie sich nicht an meinem Gemüse vergriffen. Der kleinere der beiden Männer schmunzelte belustigt über meine Bemerkung und schickte sich dann an, die Pferde zu versorgen.

Ich lud die beiden Männer ein, zu einer Tasse Kaffee und frischem Brot ins Haus zu kommen, und sie schienen keine Einwände dagegen zu haben. Als Wynn nach Hause kam, saßen sie noch immer am Tisch. Er hatte von ihrer Ankunft gehört und war auf dem schnellsten Weg gekommen, um alle Einzelheiten der Reise mit ihnen zu besprechen und Neuigkeiten in Erfahrung zu bringen.

„Was führt Sie denn raus nach Edmonton?“ erkundigte er sich. „Besondere Dienstbefehle?“

„Nein“, antwortete der größere der beiden. Harold Lovess war sein Name. „Der Krieg.“

„Ist der Krieg denn immer noch nicht zu Ende?“ fragte Wynn. „Ich hatte gehofft, daß sich die Wogen inzwischen längst geglättet hätten.“

„Das haben wir wohl alle gehofft, aber so ist es nicht“, sagte der kleinere der beiden Männer, der sich als Theodor James vorgestellt hatte. „Den Berichten zufolge, die wir gehört haben, könnte es noch eine ganze Weile weitergehen.“

„Und Sie melden sich als Freiwillige?“

„Wir tun halt, was wir können“, sagte James.

Wieder fiel mir Markus ein. Wenn dieser entsetzliche Krieg noch länger andauern sollte, würde auch er an die Front ziehen? Mir wurde angst und bange bei diesem Gedanken.

Während die Männer sich noch unterhielten, ging ich nach draußen und nahm Wynns Wäsche von der Leine, um sie zu bügeln. Ich wollte ohnehin nichts mehr über den Krieg hören.

Wynn zeigte seinen beiden Kollegen die Siedlung, und ich kochte indessen unser Abendessen. Ich war erleichtert, die beiden Fremden aus dem Weg zu haben, doch dann kam es mir in den Sinn, daß es während der nächsten Tage wohl umgekehrt zugehen würde: ich würde diejenige sein, die ihnen „im Weg“ sein würde. Wie mochten sie ihrerseits wohl darüber denken?

Wie Wynn vermutet hatte, blieben die Männer über Nacht. Sie lehnten unser Angebot ab, auf dem Fußboden unserer Wohnstube zu übernachten, und breiteten ihre Schlafsäcke statt dessen im Freien unter den hohen Tannen aus. Vielleicht ahnten sie, daß Wynn und ich diese Zeit für uns allein brauchten. Es gab so viel, das wir einander sagen wollten, doch Worte erschienen plötzlich leer und bedeutungslos. Wir unterhielten uns noch bis tief in die Nacht hinein, doch ich kann mich an nichts wirklich Wichtiges erinnern, das wir besprochen hätten.

Viel zu früh dämmerte der Morgen. Die Männer drangen darauf, zeitig aufzubrechen, und ich hatte mir vorgenommen, ihnen möglichst wenig zur Last zu fallen. Wynn hielt mich lange umarmt, bevor wir zu den Männern nach draußen gingen, doch es erschien mir dennoch zu kurz. Wann würde ich ihn wiedersehen? Ein letztes Mal blickte ich in sein Gesicht. Er gab den Männern einen Brief an das Hauptquartier mit, in dem er darum bat, daß die nächste Truppe, die in unsere Richtung reiste, mich in Calgary abholen und auf der Rückreise begleiten sollte. Wir wußten nicht, ob das innerhalb von Tagen, Wochen oder mehreren Monaten geschehen würde.

Die Reise durch die Wildnis war nicht allzu beschwerlich. Das mag daran gelegen haben, daß ich diesmal besser vorbereitet war und wußte, was mich erwartete. Dennoch zählte ich die Tage, bis wir Edmonton erreicht haben würden.

Die Männer waren nicht sehr gesprächig. Sie unterhielten sich nicht einmal miteinander. Alle beide waren sie wohl an Schweigen gewöhnt.

Ich bemühte mich, ihnen so oft wie möglich zur Hand zu gehen, doch selbst im Kochen waren sie mir weit überlegen, da sie mehr Erfahrung mit einem offenen Feuer und dem Leben in der Wildnis hatten.

Je mehr wir uns Edmonton näherten, desto heftiger pochte mir das Herz. Ich befand mich auf dem Weg in die Zivilisation! Ob ich eine andere Welt dort vorfinden würde, als ich sie verlassen hatte? Wieviel mochte sich in meiner Familie verändert haben? Und wie verändert würde ich ihnen erscheinen? Stirnrunzelnd schaute ich an meinem verblichenen, geflickten Kleid und meinen rauhen Händen hinunter.

Als wir Edmonton erreicht hatten, besorgten die Männer mir ein Hotelzimmer, kauften ein Eisenbahnbillet für mich und erklärten mir, wo und wann ich mich am nächsten Morgen am Bahnhof einzufinden hatte. Ich bedankte mich für ihre Mühe und wünschte ihnen dann mit sorgenvollem Herzen eine wohlbehaltene Heimkehr aus dem Krieg, in dem sie nun für mich und ganz Kanada kämpfen würden. Sie hatten mich wie echte Gentlemen behandelt, diese beiden jungen Männer. Sie hatten ihre Fürsorge nicht übertrieben, sondern mir Freundlichkeit und Geduld entgegengebracht. Ich versprach ihnen, für sie zu beten.

Dann war ich auf mich allein gestellt. Mutterseelenallein in einer Großstadt. Ob ich mich überhaupt noch zurechtfinden würde?

Ich erbat mir eine Auskunft von dem Mann an der Empfangstheke des Hotels und machte mich dann, ein wenig beschämt über meine ungepflegte Erscheinung, auf den Weg zum nächsten Bekleidungsgeschäft.

Nachdem ich mich neu eingekleidet hatte, um halbwegs gepflegt in Calgary einzutreffen, ging ich zu meinem Hotelzimmer zurück.

Welch eine komfortable Unterkunft! Ein weicher Teppich bedeckte den Fußboden, und Spitzengardinen hinter Samtvorhängen schmückten das Fenster. Das Zimmer war größer als unsere Wohnstube samt Küche. Ich wußte kaum, was ich mit soviel Platz anfangen sollte.

Danach betrat ich das Badezimmer und starrte überwältigt auf all die Dinge, die ich einst für selbstverständlich gehalten hatte. Einen solchen Luxus hatte ich seit Jahren nicht mehr gesehen. Ich fuhr mit der Hand über die glatte, glänzende Oberfläche der Badewanne. Die Handtüchter waren so weich wie Kips Fell, und die Luft war frisch wie in einem Fichtenwald.

Ich füllte die Wanne mit Wasser, gab eine großzügige Menge schäumender Seife dazu und ließ mich dann wohlig in das warme, duftende Wasser sinken. Welch ein Genuß! Behaglich streckte ich mich aus. Welch ein Luxus, von Kopf bis Fuß in einer Wanne Platz zu haben!

Ich weiß nicht, wie lange ich das Bad genossen habe, doch als ich endlich widerwillig aus der Wanne stieg, waren meine Fingerkuppen wellig und das Badewasser nur noch lauwarm.

Seufzend vor Wohlbehagen schlüpfte ich in meinen abgetragenen Morgenrock und freute mich schon jetzt auf den weichen Morgenrock aus flaumigem Flanell, den ich bei Mary zurückgelassen hatte. Auch auf meine modische Garderobe freute ich mich: auf die weiche Wäsche, die zarten Rüschen, die hübschen Farben, die Spitzenbesätze und Samtbänder. Ich hatte meine hübschen Kleider doch sehr vermißt.

Neugierig zog ich mein neues, schlicht gearbeitetes Kleid an. Es stand mir recht gut. Dann kämmte ich mein Haar zu einer Frisur, die ich seit Urzeiten nicht mehr getragen hatte. Als ich fertig war, betrachtete ich prüfend mein Spiegelbild und war angenehm überrascht von dem Bild, das sich mir bot.

Doch dann fiel mein Blick auf meine Hände, die von der Gartenarbeit, dem Gemüseputzen und dem Waschen auf dem Waschbrett rauh und rissig geworden waren. Ärgerlich versteckte ich sie hinter meinem Rücken. Ich war nicht mehr die gepflegte, elegante junge Dame, die vor wenigen Jahren von Calgary in die Wildnis gezogen war. Mir blieb nur zu hoffen, daß niemand meine Hände bemerken würde. Anschließend betrachtete ich meine Arme. Sie waren voller verräterischer Schwellungen, von Moskitos und Stechfliegen verursacht. Ich wußte, daß mein Gesicht und mein Hals die gleichen Spuren trugen, so daß mein Selbstvertrauen schließlich schwand wie Schnee an der Sonne.

Doch dann richtete ich mich zu meiner vollen Größe auf und sagte mir, daß ich schließlich nicht als Modepuppe in die Stadt gekommen war, sondern zu einer Arztkonsultation, von der ich mir Klärung und Hilfe erhoffte. Anschließend würde ich sobald wie möglich wieder zu meinem Mann in den Norden zurückkehren, wo ich hingehörte.

Durch diese Gedanken ermutigt, verließ ich mein Hotelzimmer und ging zum Empfangsraum, um mich zu erkundigen, wo das Speisezimmer zu finden sei.

Calgary

Als die Eisenbahn am nächsten Morgen in Richtung Calgary abfuhr, war mir vor Aufregung beinahe schwindlig zumute. Bald würde ich meine Angehörigen wiedersehen! Und auch das Stadtleben, das mir einst so vertraut war, lag nun wieder vor mir. Doch das wichtigste von allem war der Arztbesuch, der ja der eigentliche Anlaß meiner Reise war.

An der Eisenbahn hatte sich nichts verändert. Sie ratterte und stampfte mit demselben Schneckentempo wie früher voran und machte an jeder kleinen Hütte Station, um viel kostbare Zeit zu vergeuden. Meine Ungeduld wuchs immer mehr.

Endlich erreichten wir Lacombe, und durch das Fenster hielt ich angestrengt Ausschau nach einem Gesicht, das mir von meiner Zeit als Lehrerin hier vertraut war. Obwohl in den Straßen des Städtchens ein geschäftiges Treiben herrschte, erkannte ich niemanden.

Und wieder setzte sich die Lokomotive in Gang und stampfte in Richtung Süden, und die Schienen unter den langsam rollenden Rädern klickten im Rhythmus dazu.

So ging es von Station zu Station. Die Sonne wanderte nach Westen und brannte heiß zum Fenster des Waggons herein. Ich hätte viel um einen Platz auf der anderen Seite des Ganges gegeben, doch der Zug war bis auf den letzten Platz besetzt. Ich rückte ein Stück vom Fenster ab und bemühte mich, nicht ständig an der Landschaft draußen ablesen zu wollen, wie weit es noch war bis Calgary.

Doch es war zwecklos. Bald saß ich wieder dicht am Fenster und starrte angestrengt hinaus.

Endlich hatten wir Calgary erreicht. Als der Zug am Bahnhof bebend und ächzend zum Stehen kam, zitterte ich vor Aufregung. Ich erinnerte mich noch gut an meine erste Ankunft in dieser Stadt. Seitdem hatte sich hier zweifellos viel verändert, aber ich selbst hatte mich wohl noch mehr verändert. Die junge, modisch gekleidete Lehrerin aus dem Osten Kanadas gab es nicht mehr. An ihre Stelle war eine um einige Jahre ältere, gereiftere und, wie ich hoffte, weisere Frau getreten.

Jonathans ganze Familie hatte sich zu meiner Begrüßung eingefunden. Ich hatte sie von meinem Hotel in Edmonton aus angerufen und ihnen mitgeteilt, daß ich tags darauf mit der Eisenbahn eintreffen würde. Ihre Wiedersehensfreude stand der meinen in nichts nach. Wie die Kinder gewachsen waren! Ich konnte es nicht fassen, wie groß William geworden war und wie erwachsen er schon wirkte. Er war nun ein richtiger Jugendlicher und hoffte, daß jedermann das auch bemerkte.

Auch Sarah hatte einen Schuß in die Höhe getan und glich eher einer jungen Dame als einem Kind. Sie war elf Jahre alt und besaß eine entzückende Anmut.

Doch Kathleen war wohl diejenige, die sich am meisten von allen verändert hatte. Aus der niedlichen Vierjährigen von damals, die mich am Bahnhof im Empfang genommen hatte und mir von Stund an auf Schritt und Tritt gefolgt war, war nun ein Schulmädchen von neun Jahren geworden, offenherzig und mit höflichen Manieren. Ich schloß sie wieder von neuem ins Herz, wenn es mir auch schwerfiel, mir nicht das kleine Mädchen von damals zurückzuwünschen.

Das Nesthäkchen, die kleine Elisabeth, die bei meiner Ankunft in Calgary im Sommer 1910 erst ein paar Monate alt gewesen war, sollte nun im Herbst in die Schule kommen.

Marys strahlendes Lächeln, ihre wunderhübschen rötlichen Locken und ihre leuchtenden Augen waren unverändert geblieben. Auch Jonathan war derselbe wie früher, wenn ich auch ein paar vereinzelte graue Strähnen in seinem adrett gestutzten Backenbart entdeckte.

Ich schaute mich nach Julie um. Mary hatte meine Gedanken wohl erraten.

„Julie ist auf Reisen. Ihr Mann hat ein paar Gottesdienste in Lethbridge übernommen, und sie hat ihn dorthin begleitet. Wir haben sie gestern abend angerufen, und sie ist vor Freude beinahe geplatzt. Am liebsten wäre sie auf den nächsten Zug gesprungen, um so schnell wie möglich hier zu sein, doch morgen ist sein Dienst in Lethbridge beendet, dann kommen beide nach Calgary zurück."

Natürlich hatte ich Verständnis, doch das Warten würde mir schwerfallen.

Ich hatte ganz vergessen, wie geräumig das schöne Haus meines Bruders war. Auch die erlesene Ausstattung hatte ich vergessen. Staunend ging ich von einem Zimmer zum anderen und strich bewundernd mit der Hand über Möbel und Dekorationen. Dabei fiel mir ein, daß solche Dinge zu jedem Haushalt gehörten – jedenfalls zu den meisten.

Das Abendessen war köstlich. Es gab Gerichte, die ich seit Jahren nicht mehr gegessen hatte. Stacy, diese Seele von einer Köchin, hatte meine Lieblingsspeisen aufgetischt: gefüllte Hähnchenbrust, Kartoffelpüree, Broccoli in Sahnesauce, gedünstete Maiskolben und ihre berühmte Schokoladencreme zum Nachtisch. Ich aß, bis ich mich meines Heißhungers zu schämen begann.

Während ich Marys wohnliche Stube bewunderte und Stacys Abendessen genoß, mußte ich ständig an Wynn denken. Wenn er doch nur auch hier sein könnte! Er würde sich wie im siebten Himmel vorkommen. Doch mein lieber Mann war weit weg von hier im Norden und mußte auf all diesen Luxus verzichten.

Nachdem ich mir im oberen Stockwerk ein warmes, ausgiebiges Bad gegönnt hatte, holte ich eins meiner spitzenbesetzten Seidennachthemden hervor. Wie eine Prinzessin kam ich mir vor. Dann kletterte ich in mein Bett und schmunzelte in die Dunkelheit hinein. Das Bett war so weich und duftete so frisch, daß ich damit rechnete, so gut zu schlafen wie seit Jahren nicht mehr. Doch ich sollte mich geirrt haben. Ich war an härtere Matratzen gewöhnt. Schlaflos warf ich mich von einer Seite auf die andere. Gegen drei Uhr packte ich in meiner Verzweiflung mein Kopfkissen und meine Decke und bettete mich auf den Fußboden.

Ich schämte mich ein wenig darüber, zusammengerollt auf dem Boden zu schlafen, und hoffte, daß ich am Morgen aufwachte, bevor mich jemand entdecken konnte. Bald darauf war ich auch schon fest eingeschlafen.

Am nächsten Tag hatte ich alle Hände voll zu tun. Ich holte alle meine Kleider aus dem Schrank hervor und bewunderte sie in ihrer Eleganz, während ich sie sorgfältig plättete. Ich hatte vergessen, daß ich so viele hübsche Sachen besaß. Da ich jedoch noch einige Dinge brauchte, fuhr ich am Nachmittag mit der Straßenbahn in die Stadt.

Gepflegt und selbstbewußt hatte ich Marys Haus verlassen, doch es dauerte nicht lange, bis ich feststellen mußte, daß meine hübschen Kleider hoffnungslos aus der Mode gekommen waren. Je länger ich durch die Straßen ging, desto eindeutiger wurde es. Ich hatte keineswegs genug Rücklagen für eine rundherum neue Ausstattung, doch es war nicht zu verkennen, daß das, was ich trug, in keiner Weise mehr der Mode von heute entsprach. Ich kam mir vor wie jemand, dessen Garderobe aus Missionssammlungen und dem abgelegten Bestand reicher Familien stammte.

Beschämt machte ich mich auf den Rückweg.

Kaum hatte ich das Haus betreten, als ich Mary mein Leid klagte: „Meine Kleider sind ja hoffnungslos altmodisch. Was soll ich bloß tun? Ich habe doch nicht gewußt, daß sich die Mode so sehr geändert hat!“

Dabei musterte ich Mary eingehender. Wenn ich aufmerksamer gewesen wäre, hätte ich schon gestern bemerkt, daß auch sie sich modischer kleidete.

„Ach, du liebe Güte!“ rief Mary, als sie mein Unbehagen wahrnahm. „Ich hätte daran denken sollen, dich darauf aufmerksam zu machen, Elisabeth, aber du hast doch immer so hübsche Kleider gehabt!“

„Hübsch mögen sie vielleicht sein, aber sie sind alles andere als modern. Ich möchte für die paar Tage, die ich hier in der Stadt bin, keine vollständig neue Garderobe kaufen, und selbst wenn ich's wollte, fehlte mir das Geld dazu. Aber ein paar Dinge brauche ich doch. Die meisten Kleider, die ich in der Stadt gesehen habe, waren viel kürzer und nicht so aufwendig, viel ... nun, viel schlichter in der Form. Und mein Hut ist auch restlos aus der Mode gekommen.“

„Laß uns doch überlegen, was wir tun können“, schlug Mary vor. „Wenn es dir nichts ausmacht, daß wir sie abschneiden, könnten wir deine Kleider vielleicht ändern, so daß sie ganz passabel aussehen.“

„So, wie sie sind, kann ich sie nicht tragen. Wenn du so lieb wärest, sie zu ändern, selbst wenn es nur zwei oder drei wären, käme ich zurecht.“

Wir wählten drei Kleider aus, die uns geeignet erschienen, dann machte sich die gute Mary an die Arbeit. Das Ergebnis war äußerst zufriedenstellend. Nun konnte ich mich getrost in den Straßen der Stadt sehen lassen. Jon und Mary überraschten mich darüber hinaus mit der Bitte, mir ein neues Kostüm mit Hut, Schuhen und passender Handtasche schenken zu dürfen. Anfangs zögerte ich, doch als Mary darauf bestand, willigte ich ein und nahm die beiden voller Freude und Dankbarkeit in die Arme.

Endlich traf auch Julie ein. Wie ein Wirbelwind kam sie den Pfad zum Haus heraufgelaufen. Sie sprudelte über vor Wiedersehensfreude. Wunderhübsch war sie geworden und war bis über beide Ohren verliebt. Und sie war sichtlich in anderen Umständen. Mir wollte der Atem stocken.

„Ich wollte nicht, daß Mary es dir verrät“, sagte sie strahlend. „Ich mußte es dir einfach selbst erzählen. Ach Betty, ich habe ja nicht geahnt, daß man so glücklich sein kann!“

Mit Tränen in den Augen umarmte ich sie. Ich freute mich für sie, doch niemand um mich her ahnte, daß diese Tränen, die mir über die Wangen rannen, mehr als nur Freudentränen waren.

Wir hatten einander viel zu erzählen. Mit leuchtenden Augen stellte Julie mir ihren Gatten vor. Ich mußte daran denken, wie sie einst von Wynn geschwärmt und mich gefragt hatte, ob es bei der Polizei noch mehr Männer von Wynns Sorte gäbe. Nun, Pastor Thomas Conway war kein zweiter Wynn. Er war kleiner und schmaler von Gestalt, hatte rostrotes Haar und einen sorgfältig gepflegten Schnurrbart. Seine blauen Augen waren tiefsinnig und humorvoll zugleich, und sein Lächeln war aufrichtig. Er schien vorzüglich zu meiner Schwester zu passen, und ich mochte ihn vom ersten Moment an.

Julie bestand darauf, mir für die Zeit, die ich in Calgary verbringen würde, ein paar Kleider zur Verfügung zu stellen. Sie brachte mir drei, die mir gut paßten. Sie selbst konnte sie in ihrem gegenwärtigen Zustand ohnehin nicht tragen, versicherte sie mir. Mit drei Kleidern, einem Kostüm, neuen Schuhen, Hut und Handtasche ausgestattet, war ich recht zuversichtlich, daß ich mich nun nicht mehr vor der Welt zu verstecken brauchte.

Ich schmunzelte vor mich hin, als ich die Kleider in meinen Schrank hängte. Man stelle sich nur vor: Betty trug geborgte und geänderte Kleider!

Mit Jons Telefon riefen wir unsere Eltern in Toronto an. Der Klang ihrer Stimmen brachte manche Erinnerung an vergangene Jahre zurück. Meine Eltern lebten nun allein.

Die beiden ältesten Töchter waren verheiratet und lebten weit entfernt, ich wohnte im Norden, Julie im Westen, und Markus war, wie ich befürchtet hatte, in den Krieg gezogen.

Mutter sorgte sich sehr um Markus, und ich hatte keinen rechten Trost für sie. Auch ich hatte Angst um ihn. Er war nun ein erwachsener Mann und wollte seinem Heimatland dienen. Die Angst und Sorge um meinen jüngeren Bruder trieben mich ins Gebet. Warum hatte er nur in den Krieg gemußt? Doch die Antwort wußte ich selbst. Markus war aus dem gleichen Grund wie so viele andere junge Männer hinausgezogen. Ihr Vaterland brauchte sie.

Als die ersten turbulenten Tage vorüber waren, dachte ich, es sei an der Zeit, den Arzt anzurufen und eine Konsultation zu vereinbaren.

Mary erschrak, als ich ihr erzählte, daß der eigentliche Grund meines Kommens ein Arztbesuch war, doch als ich ihr erklärte, daß mir nichts fehle und daß ich während der gesamten Zeit im Norden allenfalls eine Erkältung oder eine Grippe gehabt hatte, faßte sie sich schnell wieder. Ich war nur zu einer Routineuntersuchung gekommen, auf der mein Mann bestanden hatte, teilte ich ihr mit, und sie stimmte Wynn vollkommen zu, daß eine solche Untersuchung durchaus angebracht war.

Bald lagen die Untersuchungen hinter mir, und der Tag meines letzten Gesprächs mit dem Arzt kam. Voller Spannung und Furcht zugleich ging ich in seine Praxis.

Der Arzt war ein älterer Herr mit schütterem Haar. Seine verständnisvollen Augen verschwanden fast hinter buschigen Brauen und einer dunklen Hornbrille. Er bedeutete mir, Platz zu nehmen, und räusperte sich.

Nervös zerrte ich an meinem Taschentuch und forschte in seinem Gesicht nach einem Anhaltspunkt für das, was er mir zu sagen hatte. Ich sehnte mich so sehr danach, eine erfreuliche Mitteilung zu erhalten.

„Nun, Frau Delaney“, sagte er und räusperte sich erneut, „die Resultate liegen vor, und ...“ Er zögerte und fuhr dann fort: „Ich kann keinen Grund entdecken, weshalb Sie nicht schwanger werden könnten.“

Ich atmete auf und lehnte mich zurück.

„Das ist ja wunderbar!“ flüsterte ich.

Der Arzt sah mich über seine Brillenränder hinweg an.

„Das hängt davon ab, wie Sie es betrachten“, fuhr er fort. „Wenn wir kein Problem finden, können wir auch nichts dagegen unternehmen.“ Wieder räusperte er sich.

Er wartete auf meine Antwort, um sich zu vergewissern, daß ich das Gesagte begriffen hatte.

Ich begriff nur allzu gut. Es gab nichts, das er für mich tun konnte. Genausogut hätte ich daheim bleiben können. Nichts hatte sich geändert, überhaupt nichts.

Der freundliche Arzt sprach weiter und erklärte mir Dinge, die ich nicht verstand, weil ich nicht richtig zuhörte. Ich hatte schon alles erfahren, was ich wissen wollte. Nun hatte ich nur den einen Wunsch, seine Praxis auf schnellstem Wege zu verlassen.

Ich machte einen langen Spaziergang, bevor ich mit der Straßenbahn nach Hause fuhr. Ich weiß nicht mehr, wohin mein Weg mich führte; ich ging einfach drauflos, ohne die Straßen und Menschen um mich her zu beachten.

Schließlich kam ich an den Fluß, und als ich am Ufer stehenblieb und auf das Wasser sah, hob sich der schwere Nebel allmählich von meinem Gemüt. Vielleicht hatte mich der Fluß an die Wildnis des Nordens erinnert. Er war das einzige in der ganzen Stadt, das meiner Heimat glich.

Im Schatten einer hohen Pappel setzte ich mich ins Gras und ließ meinen Tränen freien Lauf. Oh, wie sehnte ich mich jetzt nach Wynn, mit jeder Faser meines Herzens! Niemand anders konnte mich verstehen. Ich weinte lange, bis ich meine Fassung endlich wiedergewann. Schließlich putzte ich mir die Nase, kühlte mir das Gesicht mit Flußwasser und machte mich auf die Suche nach einer Straßenbahn.

An diesem Abend führten Mary und ich ein langes Gespräch. Ich erzählte ihr von meinem großen Kummer und von meiner Sehnsucht nach einem Kind. Sie zeigte sich so verständnisvoll, wie es eine Außenstehende nur kann. Sie versprach, daß auch sie für die Erfüllung meines Wunsches beten würde. Ihre Liebe und ihr Verständnis waren wohltuend und tröstlich, doch der Schmerz in meinem Herzen blieb.

Zudem fühlte ich mich von dieser fremden Welt, die ich hier vorgefunden hatte, bedroht. Kriegsnachrichten, tägliche Berichte von neuen Fronten und Listen von gefallenen und vermißten Soldaten füllten die Zeitungen und mehrten meine Furcht. Ich erschauderte vor Unbehagen. Der Norden in seiner Abgeschiedenheit hatte mich vor alledem abgeschirmt.

Nach ein paar Tagen meldete ich mich bei dem Hauptquartier der Berittenen Polizei und erkundigte mich nach einer Reisegelegenheit zurück in den Norden. Der Mann mit der tiefen Baßstimme erklärte mir, daß er von keiner Truppe wüßte, die sich in den nächsten Tagen dorthin auf den Weg machen würde, doch man hatte meine Telefonnummer und würde mich benachrichtigen, sobald sich eine Gelegenheit bot.

Ich dankte ihm und hängte den Hörer wieder ein. Aus tiefstem Herzen betete ich, daß diese Gelegenheit doch nicht lange auf sich warten ließ.

Wieder daheim

Drei Wochen verstrichen ohne eine Nachricht vom Polizeihauptquartier. Nachts glaubte ich oft, das Warten keinen Tag länger ertragen zu können. Tagsüber fühlte ich mich ein wenig besser. Ich fand allerhand Beschäftigungen, mit denen ich mir die Zeit vertrieb. Ich machte Spaziergänge mit Kathleen, begutachtete Sarahs Nähkünste, machte Einkäufe mit Julie und führte lange Gespräche mit Mary.

Meine größte Freude waren die Sonntage. Ich genoß die Gottesdienste mehr, als ich beschreiben kann. In diesen Stunden vermißte ich Wynn am meisten, weil ich wußte, wieviel auch ihm die Gemeinschaft mit Gläubigen bedeutete.

Trotz der Sehnsucht nach meinem Mann war es schön, wieder in Calgary zu sein. Zwischendurch unternahm ich sogar eine Reise nach Lacombe und besuchte Mutter Delaney und Phillips Familie. Ich war erleichtert, Wynns Mutter in einem weit besseren Zustand vorzufinden, als ich befürchtet hatte. Wynn würde sich über diese Nachricht freuen.

Von Lacombe aus stattete ich auch Anna einen Besuch ab und bekam Kaffee und köstliches schwedisches Backwerk serviert. Wir fuhren an der Schule vorbei, und ich stellte fest, daß man das winzige Lehrerhaus inzwischen um ein Zimmer vergrößert hatte. Ich war unsagbar froh darüber, daß der Unterricht fortgesetzt worden war.

Bei meinen Gesprächen mit alten Bekannten wurde ich oft an den eigentlichen Grund meiner Reise aus der Wildnis erinnert. Wiederholt erkundigte man sich nach meiner „Familie", und wenn die Fragen auch gutgemeint waren, so gaben sie mir doch jedesmal einen Stich durchs Herz.

Trotz aller Vergnügungen, die das Stadtleben bot, war ich innerlich rastlos. Wynn fehlte mir sehr. Ich verspürte sogar ein wenig Heimweh nach „meinem" Norden. Allmählich begann ich, Nimmies Empfindungen zu verstehen.

Nun war ich schon so lange in Calgary. Gewiß würde es bald eine Polizeitruppe geben, die in Richtung Norden reiste. Was, wenn man mich vergessen hatte? Was, wenn schon eine Truppe abgereist war, so daß ich wochenlang auf die nächste warten mußte? Sollte ich das Hauptquartier noch einmal anrufen, oder würde man mich dort für einen Quälgeist halten?

Ich sehnte mich so sehr nach meinem Mann. Aber auch nach Nimmie und ihren Kindern, nach den Indianerfrauen, die mich zum Tee besuchten, nach dem Rauschen des Windes in den Tannenwipfeln und nach dem Geruch von Holzfeuern in der Luft. Ich sehnte mich nach Kip, der seine kühle Hundeschnauze in meine Hand drückte und darum bettelte, das dichte, weiche Fell gestreichelt zu bekommen.

Das Heimweh plagte mich. Richtig elend war mir zumute. Sosehr ich mich auch bemühte, in den fröhlichen Trubel um mich her einzustimmen, so verließ mich die Sehnsucht nach meiner neuen Heimat keinen Augenblick.

Endlich wurden zwei Polizisten in unser Gebiet abkommandiert, und ich durfte mit ihnen reisen. Ich hatte drei Tage Zeit, um meine Vorbereitungen zu treffen. An Gepäck gestand man mir eine Höchstgrenze von einhundert Pfund zu, und mit dem Mittwochszug sollte die Reise losgehen. Ich war außer mir vor Freude. Endlich, endlich durfte ich wieder nach Hause!

Eilfertig trug ich mein Hab und Gut zusammen,

packte, wog und sortierte. Am liebsten hätte ich viel Material für meine Schule mitgenommen, doch Bücher waren schwer. Also sortierte und überlegte ich, räumte beiseite und packte alles fast ein halbes dutzendmal von neuem ein.

Auch was ich für die Bahnreise nach Edmonton anziehen sollte, bereitete mir Kopfzerbrechen. Das neue Kostüm wäre zwar ideal für die Bahnreise, doch im Norden würde es völlig nutzlos sein. Andererseits würde eins meiner schlichten Kleider, die ich eigens für den Norden gekauft hatte, in der Eisenbahn unmöglich wirken.

Mary löste das Problem.

„Dann trägst du einfach das Kostüm, den Hut und die Schuhe in der Bahn, und wenn du in deinem Hotel in Edmonton ankommst, schickst du alles in dieser Schachtel wieder an uns zurück", schlug sie vor.

Gesagt, getan.

Mir graute vor dem Abschied, doch zugleich brannte ich so sehr darauf, endlich abzureisen, daß ich das Lebewohlsagen nicht lange ausdehnte. Nur meine kleine Kathleen umarmte ich vielleicht ein wenig länger als die anderen Kinder. Es fiel mir schwer, sie wieder zurückzulassen. Bei unserem nächsten Wiedersehen war sie womöglich schon eine junge Dame. Dann setzte sich die Eisenbahn auch schon in Bewegung in Richtung Edmonton. Von dort aus würde uns der Fluß weiter nordwärts führen.

Ich versuchte gelassen zu bleiben, doch mit jeder Faser meines Herzens zog es mich nach Norden. Die Zeit erschien mir endlos.

Die Reise durch die Wildnis war nicht gerade angenehm. Voller Ungeduld begrüßte ich jedes vertraute Zeichen in der Landschaft. Mit einem dichten Schwarm Moskitos nahm uns der Norden wieder in Empfang. Ich schlug nach ihnen und mußte dabei insgeheim schmunzeln. Ja, nun konnte die Heimat nicht mehr fern sein.

Die Männer waren freundlich. Einer von ihnen war

sogar ein wenig zu freundlich, fand ich. Er ließ keine Gelegenheit aus, um mir den Arm als Stütze zu bieten oder mir über ein Hindernis auf dem Pfad hinwegzuhelfen. Ich wich ihm aus, sooft ich nur konnte.

Endlich verließen wir auch den Fluß, beluden den Planwagen, der uns erwartete, und setzten die Reise auf dem Pfad fort, der uns zu dem Posten führen sollte.

Zum letzten Mal schlugen wir unser Lager auf. Die Männer errichteten mein Zelt, bevor sie das Feuer machten. Ich wanderte umher, betrachtete forschend den Abendhimmel und fragte mich, wie ich nur den letzten Tag der Reise durch die Wildnis überstehen sollte, bis ich Wynn endlich wiedersehe würde, als plötzlich im Halbdunkel eine Gestalt auf mich zukam. Den energischen Schritt hätte ich auf der ganzen Welt wiedererkannt. Mit einem lauten Jubelschrei stürzte ich auf ihn zu.

Wynn hatte von unserem Kommen erfahren und war uns entgegengegangen. Glückselig lag ich in seinen Armen, während mir die Tränen über die Wangen strömten. Oh, wie ich ihn vermißt hatte! Niemals würde ich ihm beschreiben können, wie sehr er mir gefehlt hatte. Doch nun war ich in seinen starken Armen geborgen. Zum ersten Mal seit Wochen verflog der nagende Schmerz aus meinem Herzen.

Die Höflichkeit verlangte, daß Wynn die anderen beiden Mounties begrüßte und sich von ihnen die Neuigkeiten der Außenwelt berichten ließ. Am liebsten hätte ich ihn ganz für mich in Anspruch genommen, doch ich hielt mich zurück. Wir würden noch viele Tage für uns allein haben.

Am nächsten Morgen, während wir hinter dem Planwagen hergingen, tauschten Wynn und ich unsere Erlebnisse der vergangenen Wochen aus. Nur von dem Arztbesuch sagte ich nichts. Ich befürchtete, in Tränen auszubrechen, und zog es vor, den Schutz unserer Hütte zu erreichen, bevor ich Wynn alles erzählte. Er bewies genug Taktgefühl, mir keine Fragen zu stellen. Statt dessen sprachen wir über die Familie, die Dorfbewohner, den Krieg und alles, was wir während der Zeit unserer Trennung gesehen und erlebt hatten.

Viele der Bewohner unseres Dorfes kamen uns entgegen. Ihre Anteilnahme rührte mich zutiefst. Ich begrüßte sie beim Namen und stellte erfreut fest, daß ich von der schwierigen indianischen Stammessprache, die ich mir während der letzten Jahre angeeignet hatte, nichts vergessen hatte.

Das letzte Stück legten wir alle gemeinsam zurück. Ein Gefühl heimatlicher Wärme und Geborgenheit erfüllte mich. Als wir uns der Siedlung näherten, war die Luft vom Geruch von Holzfeuern erfüllt. Tief sog ich ihn ein. Diesen Geruch hatte ich vermißt. In der Ferne hörte ich das Rauschen des Flusses, und überall um uns her flüsterte der Wind in den Tannen. Ich griff nach Wynns Hand.

„Du glaubst gar nicht“, flüsterte ich, „wie herrlich es ist, wieder daheim zu sein.“

Er drückte meine Hand und zog mich an sich. An dem Leuchten in seinen Augen konnte ich sehen, daß er nicht weniger glücklich war als ich.

Von Gott erfleht

Die kleine Hütte, die wir bewohnten, wirkte winzig und schlicht im Vergleich zu Jons und Marys stattlichem Haus. Als ich aber meinen Blick über das Bärenfell vor dem Kamin schweifen ließ, über die Regale mit meinem Geschirr und meinen Utensilien, über den Tisch, an dem wir gerade unseren Eintopf aus Wildfleisch und unsere Kartoffelpuffer aßen, und über die selbstgemachten Kissen auf der Liege, fühlte ich mich wieder heimisch.

Am ersten Tag kam ich kaum zur Besinnung. Obwohl ich noch von der Reise erschöpft war, konnte ich nicht eher ruhen, bis alles blitzblank und aufgeräumt war.

Sobald die Sonne aufgegangen war, lief ich den kleinen Pfad zu meinem Garten hinab. Wynn hatte das Unkraut während meiner Abwesenheit geflissentlich in Schach gehalten. Ich konnte meinen Augen kaum trauen, wie weit das Gemüse gediehen war. Die Kaninchen hatten sich an einigen Pflanzen gütlich getan. Es war genau zu sehen, wo sie geknabbert hatten.

Mein nächster Gang führte mich zu Jim Buck, um Kip dort abzuholen. Wynn hatte Kip von dem Jungen versorgen lassen. Ich bedankte mich bei Jim, und gemeinsam liefen Kip und ich die kurze Strecke heimwärts.

Am Vormittag kam Wawasi, um mir seine neuesten Zeichnungen zu zeigen. Ich lobte ihn mit einem Lächeln und sprach langsam in seiner Stammessprache mit ihm, damit er mir die Worte von den Lippen ablesen konnte.

„Du hast deine Sache prima gemacht, Wawasi! Ich habe dir ein Buch mit Zeichnungen aus der Stadt mitgebracht.

Du mußt es dir anschauen, sobald ich es ausgepackt habe. Morgen, morgen früh habe ich es bestimmt gefunden."

Er strahlte mich an, und seine leuchtenden Augen verrieten mir, daß er zeitig am nächsten Morgen bei mir anklopfen würde.

Am Nachmittag stellten sich mehrere Frauen zum Tee ein. Sie kamen nicht alle zugleich, sondern in kleinen Gruppen zu zweit oder zu dritt. Kaum hatte ich die Tassen von einer Gruppe abgeräumt, als die nächste anrückte. Bald war ich über das Neueste aus dem Dorf genauestens im Bilde.

Am Abend zuvor hatte ich Nimmie kurz gesehen, doch ich freute mich auf ein ausgiebiges Plauderstündchen mit ihr. Am ersten Tag hatte ich zuviel aufzuräumen, um Zeit zum Plaudern zu finden. Außerdem wollte ich noch mein Gepäck sortieren, um das Buch für Wawasi zu suchen.

An diesem Abend kochte ich ein besonders gutes Essen für Wynn. Es gab zwar keine gefüllte Hähnchenbrust mit Broccoli in Rahmsauce, doch was ich kochte, bereitete ich mit besonderer Sorgfalt zu.

Froh fügte ich mich wieder in das Dorfleben ein. Nur der Arztbefund, den ich Wynn mitteilte, machte mir das Herz schwer.

Ich fuhr fort, mit Gott zu rechten. Hatte Hanna nicht das Kind bekommen, um das sie gebetet hatte? Gab es nicht zahllose Frauen in der Welt, die ihre Kinder weder liebten noch versorgen konnten? War es denn falsch, sich ein Kind zu wünschen? Warum sollten Frauen, die sich ein Kind ersehnten und es mit Liebe und Fürsorge umgeben würden, nicht in der Lage sein, ein Kind zur Welt zu bringen? Warum nicht ich? Warum sollte ausgerechnet mir dieser Wunsch versagt bleiben?

Ich versuchte, alle diese Gedanken von mir zu weisen, doch täglich nagten sie erneut an meinem Herzen und machten mich fahrig und teilnahmslos. Ich fand einfach keine Antwort.

Nun war ich schon zwei Wochen wieder zu Hause. Das friedliche Leben in der Siedlung war wohltuend, doch in einem hatte ich mich geirrt. Ich hatte erwartet, daß ich das Kriegsgeschehen fern von den Zeitungen, dem Radio und den Frontberichten vergessen würde, doch jetzt, da Markus in den Krieg gezogen war, wurde ich oft an die furchtbare Wirklichkeit erinert. In der Fürbitte dachte ich oft an Markus und all die anderen jungen Burschen, die in den Kampf gezogen waren. Ich dachte an die Eltern, die Ehefrauen und die Verlobten, die diese Männer zurückgelassen hatten, und auch für sie betete ich. Doch besonders galten meine Gebete meinen Eltern, die sehnsüchtig auf den Tag warteten, an dem ihr Sohn wohlbehalten wieder heimkehren würde.

Draußen wurden die ersten Anzeichen des Herbstes sichtbar. Die Sonne ging täglich ein wenig früher unter, die Blätter an den Pappeln färbten sich goldgelb, und die Vögel sammelten sich in den Zweigen zu ihrem Flug nach Süden. Unser Garten war voll reifer, aromatischer Früchte. Bald würde die Zeit der Ernte kommen. Wir begannen wieder mit dem Unterricht.

Eines Tages kam Wynn schon am frühen Nachmittag nach Hause. Ich schaute von der Teigschüssel auf, in der ich Brotteig knetete. Eigentlich hatte er die Absicht gehabt, erst zum Abendessen nach Hause zu kommen. Etwas Unvorhergesehenes mußte sich ereignet haben.

„Du erinnerst dich doch an die Frau, die vor zehn Tagen einen kleinen Jungen bekommen hat, nicht wahr?“ begann er.

Ich nickte. Das Ehepaar war neu in der Siedlung, und ich kannte sie kaum.

„Es geht ihr nicht gut. Ich war gerade dort, um ihr Arznei zu bringen. Würdest du wohl nach ihr sehen und ihr etwas zu essen bringen? Ihr Mann ist nicht daheim, und sie ist ganz allein.“

Ich versprach, die Frau zu besuchen, sobald das Essen fertig war.

Das junge Ehepaar hatte sich am Rand der Siedlung eine Hütte gebaut, und ich eilte mit meiner Suppe und dem frischen Brot dorthin. Auf mein Klopfen an der Tür erhielt ich keine Antwort, doch dann besann ich mich darauf, daß die Frau wahrscheinlich nicht wußte, was Anklopfen bedeutet. Also öffnete ich die Tür und trat ein.

In einem Bett in der Ecke fand ich die Frau. Sie war vom Fieber geschwächt. Ihre Stirn fühlte sich heiß an. Neben ihr lag ein winziger Säugling, der fest schlief. Ich sah nach dem Wassereimer. Er war frisch gefüllt. Wahrscheinlich hatte Wynn das besorgt, als er hier nach dem Rechten gesehen hatte. Ich wußte nicht, ob ich zuerst versuchen sollte, das Fieber zu senken, oder ob ich der Kranken zuerst etwas Nahrung einflößen sollte. Ich beschloß, sie mit einem feuchten Tuch abzutupfen, um das Fieber zu senken.

Ich sprach sie in ihrer Stammessprache an, und an ihren Augen sah ich, daß sie mich verstanden hatte.

„Wie lange schon? Wie lange sind Sie krank?" fragte ich sie.

„Weiß nicht ... viele Tage."

„Wo ist Ihr Mann?"

„In großes Dorf."

„Wann kommt er zurück?"

„Weiß nicht."

Das Fieber schien durch das kühle Wasser kaum herunterzugehen, so daß ich das Abtupfen unterbrach, um der Frau etwas von der Suppe einzuflößen. Sie konnte das Essen kauen und schlucken, worüber ich sehr erleichtert war. Dann reichte ich ihr ein Stück Brot, und sie aß es selbständig.

Der Säugling regte sich und begann zu schreien. Ich nahm ihn aus dem Bett, um ihn zu trösten und festzustellen, ob ihm etwas fehlte.

Es fehlte ihm nichts – bis auf eine frische Windel. Ich wickelte ihn und wiegte ihn einige Augenblicke auf dem Arm, bevor ich ihn wieder neben seine Mutter legte, damit sie ihn stillen konnte.

Er machte einen gesunden, kräftigen Eindruck, obwohl seine Mutter krank war.

„Ich gehe jetzt wieder fort“, erklärte ich der jungen Frau und machte mich auf die Suche nach Wynn.

Es dauerte nicht lange, bis ich ihn gefunden hatte. Er stellte gerade mit John eine Bestellung für die Wintervorräte zusammen. Arzneien standen obenan auf der Liste.

„Wie geht es ihr?“ erkundigte er sich, sobald ich den Laden betreten hatte.

Ich legte die Stirn in Falten.

„Nicht gut, Wynn, gar nicht gut. Ihr Fieber ist so hoch. Ich fürchte, sie ist sehr krank. Ob es nicht am besten wäre, ihren Mann holen zu lassen? Sie sagt, er sei im großen Dorf.“

„Ich habe schon einen Boten losgeschickt. Bestenfalls wird er drei Tage brauchen, bis er hier ist, und wenn man ihn nicht auf Anhieb findet, dauert’s womöglich noch viel länger.“

„Ich meine, wir dürfen sie in ihrer Hütte nicht allein lassen, Wynn. Können wir sie nicht zu uns holen, damit wir sie besser pflegen können?“

Wynn überlegte.

„Das wäre ein ganzes Stück Arbeit für dich, Elisabeth. Und was wird aus deiner Schule?“

„Wir würden den Unterricht halt ein paar Tage ausfallen lassen, aber das macht gar nichts. Es ist viel wichtiger, die Frau gesund zu pflegen.“

„Ich denke schon, daß wir sie bei uns aufnehmen könnten.“

„Ich gehe nach Hause und mache ihr ein Bett auf der Liege.“

Wenig später lagen die Frau und ihr Säugling auf unserer Liege im Wohnzimmer. Die meiste Zeit schlief sie. Dabei warf sie sich in ihrem hohen Fieber unruhig hin und her. Immer wieder tupfte ich sie mit einem kühlen Schwamm ab, um das Fieber zu senken. Ich befürchtete, daß sie ihren Säugling in ihrem unruhigen Schlaf ersticken könnte, und bat Wynn, eine Holzkiste herbeizuschaffen, aus der wir ein kleines Bettchen für das Baby bastelten.

Während der nächsten vier Tage war ich vollauf mit der Pflege der jungen Mutter beschäftigt. Kaum glaubte ich, eine leichte Besserung ihres Zustands zu erkennen, als er sich wieder verschlimmerte. Oft konnte sie ihr Kind nicht einmal mehr stillen. Deshalb schickte ich Wynn ins Handelsdepot, um Kondensmilch zu holen, und wir machten ein Fläschchen mit zusätzlicher Nahrung für das Baby zurecht.

Am fünften Tag kam der besorgte Familienvater bei uns an. Hastig ging er auf das Bett zu, wo seine Frau lag, ohne mich auch nur zu begrüßen. Es ging ihr ein wenig besser, und ich war froh, daß sie ihren Mann erkannte. Er hob seinen kleinen Sohn aus der Holzkiste heraus und schien erleichtert, daß das Kind gesund war. Erst dann wandte er sich zu mir um und sagte: „Ich sie jetzt nach Hause bringen."

Ich wollte widersprechen. Die Frau war zu krank, um transportiert zu werden, doch ich wußte, daß jeder Einspruch zwecklos wäre. So nickte ich nur stumm.

Der Mann machte sich auf den Weg, um Verstärkung zu holen, und kehrte bald darauf mit zwei anderen Männern zurück. Zu dritt schafften sie die Frau und das Kind auf einer Trage aus Holzpfählen und Decken in ihre eigene Hütte zurück. Der kleine Junge schrie, als sie weggingen. Er war hungrig, doch die Frau hatte kaum noch Milch für ihn.

Ich sorgte mich sehr um sie. In den ersten paar Tagen besuchte ich sie wiederholt, um nach dem Rechten zu sehen. Der Mann begrüßte mich stets an der Tür und versicherte mir, der Frau und dem Kleinen gehe es „gut“. Er versorgte die beiden nun selbst. Die Küchendünste, die mir aus der Hütte entgegenwehten, sagten mir, daß er die Mahlzeiten kochte und seiner Frau zu essen gab. Er schien sich seiner Verantwortung bewußt zu sein. Daher blieb mir keine andere Wahl, als ihm die Pflege der Frau zu überlassen.

Eines Tages, als ich einkaufen ging, begegnete mir Große Frau auf dem Rückweg von der neuen Hütte. Sie trug einen sonderbaren Lederbeutel bei sich, den ich noch nie an ihr gesehen hatte.

Ihr Gesicht verzog sich zu einem faltigen, zahnlosen Grinsen.

„Sie jetzt gesund werden“, sagte sie. „Ich ihr starke Medizin gegeben.“

Ich wußte nicht, woraus ihre Behandlung bestanden hatte. Vielleicht hatte sie eins ihrer Zauberlieder gesungen, das den jungen Familienvater bestimmt einen ganzen Batzen seines hart erarbeiteten Geldes gekostet hatte. Die Familie tat mir leid.

Als ein Tag nach dem anderen verging, ohne daß ich Neues von der Patientin hörte, wagte ich zu hoffen, daß es ihr wieder besser ging. Wynn besuchte die Familie weiterhin. Er gab der Frau Arznei, doch gegen das Fieber schien sie wirkungslos zu sein.

Eines Abends, als wir vor dem Kamin saßen und in der kommenden Nacht mit dem ersten Schneefall des Winters rechneten, hörten wir ein Geräusch vor unserer Hütte. Kip lief zur Tür, um den Besucher zu begrüßen, und Wynn folgte ihm.

Es war der junge Familienvater. In den Armen trug er den kleinen Jungen. Er nickte Wynn mit ernster Miene zu und steuerte auf die Liege zu, auf der ich saß.

„Sie ihn nehmen. Behalten!“ sagte er und reichte mir den Säugling. „Sie jetzt fort. Ich gehe zu Fallenrevier.“

Er legte das Kind in meine Arme, die ich unwillkürlich

nach ihm ausgestreckt hielt. Mit einem Ruck drehte er sich um und war auf und davon.

Kopfschüttelnd starrte ich ihm nach. Ich begriff nicht, was er gemeint hatte und was ich tun sollte.

Die Tür fiel ins Schloß, und Wynn setzte sich neben mich.

„Was will er denn damit sagen?“ fragte ich verwundert.

„Er hat seine Frau verloren“, antwortete Wynn.

„Und das Baby?“

„Er muß zu seinen Fallen gehen. Er möchte, daß du seinen Sohn versorgst.“

Tränen stiegen mir in die Augen und rannen mir übers Gesicht. Ich weinte aus Mitleid mit dem jungen Vater. Tiefer Schmerz hatte in seinem Blick gestanden, als er mir sein Kind in die Arme gelegt hatte. Ich weinte um die Mutter, die so tapfer um ihr Leben gekämpft hatte und dennoch so jung sterben mußte. Ich weinte wegen des Säuglings, der in seinem zarten Alter schon mutterlos geworden war. Und ich weinte auch Tränen der Freude, denn nun durfte ich endlich ein Kind in meinen Armen halten, ein Kind, das ich lieben und umsorgen durfte. Voller Freude drückte ich es an mich und dankte Gott für die Erhörung meines Flehens.

Wir nannten den kleinen Jungen Samuel. Der Name paßte gut zu ihm. Hanna hatte ihren Sohn Samuel genannt, nachdem Gott ihre Gebete erhört hatte. Samuel bedeutet „von Gott erfleht“, und jedes Mal, wenn ich seinen Namen sagte, dachte ich erneut an das Wunder, durch das Samuel zu uns gekommen war.

Er hatte an Gewicht verloren, seitdem ich ihn zuletzt gesehen hatte. Ich wußte, daß seine kranke Mutter ihn nicht ausreichend mit Nahrung versorgt hatte, doch ich sorgte mich nicht allzusehr um ihn. Er schien ein gesundes Kind zu sein, und gewiß würde er bald wieder zunehmen.

Nun hatte ich so viel zu tun, daß mir kaum noch Zeit für

meinen Unterricht am Vormittag blieb. Während der ersten paar Tage saß ich oft da und nähte, während die Kinder ihre Lektionen lernten, denn Samuel besaß fast keine Ausstattung. Endlich fanden meine weichen, pastellfarbenen Stoffe ihre Verwendung.

Anfangs schien Kip ein wenig eifersüchtig auf den Säugling zu sein, doch dann hatte er wohl begriffen, daß es mit diesem kleinen Bündel etwas Besonderes auf sich haben mußte, und voller Eifer übernahm er die Wache an der Wiege, die Wynn liebevoll aus alten Warenkisten gezimmert hatte. Kip ließ nicht einmal die Frauen, die zum Tee zu Besuch kamen, an die Wiege heran, bis ich ihn in seine Ecke schickte.

Während der ersten Zeit hatte Samuel eine Menge an Versäumtem nachzuholen. Er verbrachte fast den ganzen Tag mit Schlafen und Fläschchentrinken. Bald rundeten sich seine Wangen, und er wurde kräftiger. Auch seine Umgebung nahm er bewußter wahr.

Es dauerte nicht lange, bis er wie jedes gesunde Baby krähte, gluckste und strahlte. Er war ein herziges Kind. Durch ihn wurde unsere Hütte mit Leben und Wärme erfüllt.

Als es Winter wurde, beachtete ich die Schneestürme kaum. Ich war viel zu sehr mit meinem Baby beschäftigt. Kip kam nicht mehr regelmäßig an die frische Luft. Ich hatte zuviel Arbeit, und Samuel konnte ich bei dem kalten Wetter nicht mit ins Freie nehmen.

Nimmie überließ mir eine Art Rucksackgestell, in dem die Indianerfrauen ihre Säuglinge auf dem Rücken tragen. Wenn ich mit ihm nach draußen ging, konnte ich ihn bequem und sicher darin umhertragen.

Dieses Weihnachten war das schönste, das wir je erlebt hatten. Wynn und ich verbrachten manchen Abend damit, Spielzeug für Samuel zu basteln. Kaum konnten wir den Weihnachtsmorgen erwarten. Samuel dankte uns unsere Mühe mit fröhlichem Krähen und Strampeln, und wir glaubten, die wahre Weihnachtsfreude endlich entdeckt zu haben.

An diesem Weihnachtsfest waren unsere gemeinsamen Andachten voller Besinnlichkeit und Dank. Es war uns bedeutsamer als je zuvor, in der Heiligen Schrift zu lesen, wie Gott seinen Sohn, seinen einzigen Sohn, als kleines Kind in diese Welt gesandt hatte, damit alle Menschen ewiges Leben haben könnten.

Wir waren so sehr mit Samuel beschäftigt gewesen, daß ich nicht einmal daran gedacht hatte, wie alt er wohl sein mochte. Eines Tages wurde mir schlagartig bewußt, daß ich sein Geburtsdatum nirgends verzeichnet hatte. Ich mußte Wynn unbedingt danach fragen. Die Indianer in unserem Dorf schenkten dem Tag ihrer Geburt wenig Beachtung. Es reichte ihnen, die Jahreszeit zu wissen. „Ich bin geboren, als die Wildgänse zurückkehrten“, hieß es, oder: „Ich bin geboren, als die Schneestürme tobten.“

Als Wynn an diesem Abend nach Hause kam und schnurstracks an die kleine Wiege trat, in der ein krähender Samuel mit den Ärmchen ruderte, teilte ich ihm meine Gedanken mit.

„Wir wissen gar nicht, wann der Kleine Geburtstag hat“, sagte ich. „Das könnte später einmal wichtig sein, wenn er zur Schule geht, oder ...“

„Nichts einfacher als das“, löste Wynn das Problem. „Ich führe Buch über alle Geburten und Sterbefälle in der Siedlung.“

Gemeinsam gingen wir in Wynns Dienststube. Auch Kip folgte uns. Wynn reichte mir Samuel ein wenig widerstrebend und holte ein dickes Aktenbuch hervor. Mit dem Zeigefinger fuhr er über eine Zahlenreihe, bis er auf die Eintragung stieß: „15. August 1915. Knabe. Eltern: Kleines Reh und Joe Henry Laufender Hirsch.“

„Was für ein seltsamer Name!“ wunderte ich mich.

„Welcher?“

„Der seines Vaters.“

„Es kommt häufig vor, daß sie englische und indianische Namen kombinieren."

„Ja, aber nicht mit dem zweiten Vornamen. Henry. Joe Henry. Das klingt sonderbar."

„John sagt, daß einmal ein weißer Trapper namens Joe Henry in der Nähe des großen Dorfes wohnte. Die Indianer hielten ihn in hohen Ehren, und viele kleine Jungen wurden nach ihm benannt."

Als ich die Seite in Wynns Buch betrachtete, auf der er die Geburt unseres kleinen Samuels verzeichnet hatte, ging mir ein Stich durchs Herz. Welch ein trauriges Schicksal hatte die Familie dieses jungen Joe Henry heimgesucht!

Ich trug das Baby in die Wohnstube zurück, während Wynn das Buch sorgfältig wegräumte.

„Das werden wir dir alles doppelt und dreifach erstatten, Samuel", flüsterte ich. „Wir werden dich umsorgen und liebhaben, und wenn du älter bist, erzählen wir dir von deiner Mutter und deinem Vater. Sie haben dich nämlich auch sehr liebgehabt, weißt du."

Dabei küßte ich ihn auf die weiche, dunkle Babywange und legte ihn in seine Wiege zurück, um das Abendessen zuzubereiten. Samuel brauchte jedoch nicht lange in der Wiege zu liegen. Bald holte Wynn ihn auf bestrumpften Füßen wieder heraus und spielte „Hoppe, hoppe, Reiter" mit ihm.

Ein neuer Frühling

Noch nie waren die Blattknospen so grün gesprossen, noch nie hatte der Wind so sanft in den Bäumen gesäuselt wie in diesem Frühling. Die Vögel kehrten zurück, und ich stand oft mit Samuel am Fenster, damit er ihre schillernden Federn und ihr munteres Gezwitscher bewundern konnte.

Er krabbelte nun und konnte sich, auf zwei noch recht wackeligen Beinchen stehend, an Möbeln festhalten. Er paßte nicht mehr in seine Wiege hinein, so daß Wynn ihm aus Holzkisten ein neues Bett zimmerte. Es hatte kaum in dem kleinen Zimmer Platz, und wir erwogen, die Liege kurzerhand auszuquartieren, doch statt dessen schoben wir alles so dicht wie möglich aneinander, so daß man kaum noch durchgehen konnte.

Die Indianer kamen mit ihren Winterfellen zur Siedlung zurück. Die meisten von ihnen brachten eine reiche Ausbeute mit. Die Felle waren von erstklassiger Qualität und erzielten gute Preise. Ich erschauderte bei der Vorstellung der kleinen, hilflosen Tiere in den Fallen und fand allein Trost in dem Gedanken daran, daß der Erlös der Felle die Familien des Dorfes mit besserer Kleidung und Nahrung versorgen würde.

Ohne es mir einzugestehen, hielt ich Ausschau nach Joe Henry Laufender Hirsch. Ich rechnete damit, daß er seinen Sohn besuchen wollte, doch er meldete sich nicht bei uns. Ich sah ihn nicht einmal in der Siedlung. Auch Wynn schien ähnlich gedacht zu haben, denn eines Abends erzählte er mir, daß es den Anschein habe, als sei Joe in das große Dorf zurückgekehrt. In seine Hütte sollte nun ein anderes Ehepaar einziehen. Unter den Indianern herrschte das ungeschriebene Gesetz, daß eine verlassene Hütte von jedem, der eine Unterkunft brauchte, in Anspruch genommen werden durfte.

Je wärmer das Wetter wurde, desto häufiger ging ich mit Samuel nach draußen. Er liebte es, im Freien zu sein. Ich machte lange Spaziergänge mit ihm, bei denen ich ihn in dem Rucksackgestell auf meinem Rücken trug. Wir gingen an den Fluß, durch den Wald, in die Siedlung – kurz, wir erkundeten unsere ganze Umgebung gemeinsam. Unterwegs sprach ich mit Samuel sowohl auf Englisch als auch in seiner Stammessprache. Wynn und ich machten ihm stets Mut, ein neues Wort in beiden Sprachen nachzusprechen.

Abends las ich ihm vor oder zeigte ihm Bilderbücher. Auch Kinderlieder sang ich ihm vor. Zuerst die, die ich einst als Kind von meiner Mutter gelernt hatte, aber dann übte ich auch die Liedchen, die Nimmie ihren Kindern vorsang, damit Samuel auch diese lernte.

Nimmie und ihre Kinder besuchten wir häufig. Samuel liebte Kinder über alles. Er strahlte stets vor Wonne, wenn er Nimmies Buben sah. Auch diese freuten sich riesig, wenn der kleine Samuel zu Besuch kam. Die Kinder spielten dann mit ihren Bauklötzen auf dem Fußboden, während Nimmie und ich unseren Tee tranken und den Kindern voll Stolz und liebevollen Blicken beim Spielen zuschauten.

Ich benachrichtigte unsere Angehörigen und Freunde davon, daß wir nun einen Sohn hatten. Dabei prahlte ich vielleicht ein wenig, doch gewiß nicht mehr als die meisten frischgebackenen Mütter. Mit unserer selten eintreffenden Post erhielten wir Päckchen und Glückwünsche. Somit besaß Samuel jetzt nicht nur selbstgebasteltes Spielzeug, sondern auch gekauftes.

Als die Zeit zur Aussaat kam, setzte ich den Kleinen auf

eine Felldecke, während ich in meinem Garten arbeitete. Er spielte in der Erde und ließ sie durch seine Finger rieseln. Ich behielt ihn eine Weile sorgfältig im Auge, um mich zu vergewissern, daß er sich keine Kostprobe davon in den Mund steckte. Er tat es nicht, so daß ich ihn munter spielen ließ und mich an die Arbeit machte.

Als ich wenige Minuten später nach ihm sah, hatte er nicht nur den Mund voller Erde, er schien diese sonderbare Mahlzeit auch aus vollem Herzen zu genießen. Sein Kinn war voll feuchter Lehmspuren. Glückstrahlend lachte er mich an, als wollte er sagen: „Nur keine Sorge! An Erde ist noch kein Baby umgekommen!"

Ich hob ihn hoch, wusch ihm das Gesicht, schimpfte ihn aus und breitete seine Felldecke auf dem Gras aus.

Mit Beginn des Sommers beendeten wir den Unterricht. Nun hatte ich mehr Zeit für Samuel. Er konnte schon ein paar unsichere Schritte machen. Unsere Abende verbrachten Wynn und ich damit, ihn zwischen uns hin und her watscheln zu lassen. Er schien zu wissen, daß er etwas Besonderes lernte, denn bei jedem Schritt, den er machte, kreischte er vergnügt auf, um sich unser Lob für seine Leistungen zu sichern.

Ich verwandte viel Zeit darauf, ihm neue Höschen und Jäckchen zu nähen. Samuel wuchs so schnell aus seinen Sachen heraus! Beim Nähen fragte ich mich, wie Hanna es nur geschafft hatte, mit einem einzigen neuen Gewand im Jahr auszukommen. Ich lächelte bei dem Gedanken daran, mit wieviel Liebe diese Mutter wohl Jahr für Jahr an diesem Gewand gearbeitet hatte.

Eins bekümmerte mich. Samuel wuchs so schnell heran, und ich hatte kein Bild von ihm als Säugling. Ich wußte, daß Bilder später einmal sehr bedeutsam sein würden – nicht nur für Wynn und mich, sondern auch für den Jungen selbst. Ich überlegte, wie ich eine Kamera beschaffen könnte, doch keine Lösung wollte mir einfallen. Auf einmal kam mir Wawasi in den Sinn. Samuel und ich gingen zu ihm, und ich erklärte dem Jungen mein Anliegen. Ich versprach ihm so viele Schulhefte, wie er nur brauchte, wenn er mir ein paar Zeichnungen von meinem Baby anfertigte.

Wawasi schien meinen Wunsch für reichlich sonderbar zu halten. Er war es gewohnt, Bilder von wilden Tieren und Vögeln, von Hundegespannen und Anglern zu zeichnen, doch er schlug mir meine Bitte nicht ab. Voll Eifer machte er sich daran, Samuel zu zeichnen. Anfangs tat er sich ein wenig schwer, und die Bilder ließen manches zu wünschen übrig, doch mit der Zeit bekam er Übung. Bald fingen seine Bilder das Kind mit wachsender Erkennbarkeit ein.

Nun kam er häufig und verbrachte viele Stunden damit, den kleinen Jungen zu zeichnen, wie er in seinem Bettchen schlief, wie er mit seinem Spielzeug spielte, wie er sein Gesicht in Kips dichtem Fell vergrub, wie er sich anschickte, ganz allein seinen Gemüsebrei zu essen. All diese Bilder stellten den kleinen Samuel dar, wie er leibte und lebte. Als ich sie betrachtete, wurde mir klar, daß ich einen Schatz in den Händen hielt, mit dem Photographien nicht zu vergleichen waren.

Das Geburtstagsfest

Samuels erster Geburtstag rückte immer näher. Ich überlegte, wie wir ihm diesen Tag ganz besonders schön machen könnten, doch es kamen mir nicht viele Einfälle. Ich beschloß, mit Wynn darüber zu sprechen, und wartete, bis ich den Kleinen zu Bett gebracht hatte und er fest schlief.

„Am Samstag wird Samuel ein Jahr alt", begann ich nach dem Nachtessen.

„Ja, ich weiß", antwortete Wynn. „Ich habe schon ein Geschenk für ihn."

Staunend riß ich die Augen auf.

„Ach, wirklich? Was ist es denn?"

„Sag' ich nicht", grinste Wynn. „Du wirst dich gedulden müssen, bis du's mit eigenen Augen siehst."

„Ach Wynn!" jammerte ich. „Das ist gemein von dir!"

Doch er lachte nur.

„Nun, du hast doch auch schon ein Geschenk für ihn. Ich habe dich schon seit Tagen an dem kleinen Stoffpferdchen nähen sehen", sagte er.

„Psssst!" warnte ich ihn und blickte mich nach Samuels Bettchen um, doch Wynn lachte nur noch mehr.

„Ich möchte ihm seinen Geburtstag richtig schön machen", fuhr ich fort.

„Für ihn – oder für dich selbst?" fragte Wynn augenzwinkernd.

„Für uns alle", entgegnete ich ein wenig verärgert.

„Der Tag wird bestimmt wunderschön werden, schon allein weil wir drei beieinander sind. Aber was würdest du denn gern unternehmen?" fragte Wynn nun ein wenig ernster.

„Das ist es ja gerade. Mir will einfach nichts einfallen."

„Darf ich dir dann vielleicht einen Vorschlag machen? Ich finde, es wäre doch schön, wenn wir ein Picknick einpacken und unseren Sohn zu seinem ersten Ausflug in die Wildnis mitnehmen würden. Wir könnten den ganzen Tag ausbleiben, und Kip kommt natürlich auch mit. Das Geburtstagsessen kochen wir über dem offenen Feuer und verbringen den ganzen Tag im Freien."

Ich war auf der Stelle begeistert von seiner Idee und begann gleich zu überlegen, was ich für das „Festessen" im Freien vorzubereiten hatte.

Strahlend brach der Samstagmorgen an. Schon früh ging ich in die Küche und traf die Vorbereitungen für das Essen, das wir in unseren Rucksäcken mitnehmen wollten. Wynn war kurz weggegangen, würde aber zum Frühstück zurück sein.

Samuel wachte auf und zog sich an dem Rand seines Bettchens hoch. Sein Gesicht war zu einem Wimmern verzogen, bis er mich sah. Dann gab er mir in seinem Baby-Kauderwelsch zu verstehen, daß er hungrig sei und daß es höchste Zeit für einen neuen Tag voller Abenteuer und Entdeckungen sei.

Ich hob ihn aus seinem Bettchen und küßte ihn auf eines seiner Pausbäckchen.

„Heute ist dein erster Geburtstag", teilte ich ihm mit, doch das schien ihn nicht weiter zu beeindrucken. „Wir machen eine lange Wanderung durch den Wald, Daddy, Kip, du und ich. Da sehen wir ganz viele schöne Sachen, die du kennenlernen sollst: Biberdämme, Tierspuren, die verschiedensten Baumsorten und Vögel, und Daddy erklärt dir alles."

Samuel hatte jedoch nichts als sein Frühstück im Kopf.

Ich kleidete ihn an und war gerade in die Küche zurückgegangen, als Wynn kam. Eine Hand hielt er in seiner Jacke versteckt und grinste verschmitzt.

„Ist es schon soweit für die Geschenke?" fragte er, und

ich lachte ihn aus. Er war tatsächlich noch ungeduldiger als ich selbst!

„Also schön", gab ich nach, „aber du mußt warten, bis ich mein Geschenk auch geholt habe."

Ich eilte ins Schlafzimmer und kehrte mit dem kleinen geblümten Stoffpferdchen hinter dem Rücken in die Stube zurück. Samuel starrte uns verwundert an, als Wynn und ich ihm sein Geburtstagslied vorsangen.

„Du bist zuerst an der Reihe", sagte Wynn dann, und ich holte das Spielzeugpferd hinter meinem Rücken hervor. Mit einem Kuß überreichte ich es dem Geburtstagskind. Samuel griff sofort danach, strahlte vor Wonne und steckte sich einen kleinen Pferdehuf geradewegs ins Mündchen.

„Nein", erklärte ich ihm, „das ist nicht zum Essen. So schlimm ist dein Hunger doch nicht, oder?"

„Ich hoffe nur, daß er nicht das gleiche mit meinem Geschenk anstellt", sagte Wynn. Meine Neugier wurde noch größer.

„Nun gib es ihm endlich, dann werden wir's sehen", drängte ich ihn.

Wynn zog die Hand aus seiner Jacke hervor. Zum Vorschein kam das flaumigste, kleinste, verspielteste Hündchen, das ich je gesehen hatte.

„Wynn!" rief ich begeistert. „Wie hast du es nur so ruhig halten können?"

„Das war allerdings ein Kunststück", gab er zu.

Ich streckte die Hand nach dem Hündchen aus, doch Samuel kam mir zuvor. Zweifellos hätte er auch das kleine Tierchen in den Mund gesteckt, wenn wir ihn nicht daran gehindert hätten. Doch nachdem Wynn es dicht an Samuels Wange gehalten hatte, damit er fühlen konnte, wie weich sein neuer Spielkamerad war, nahm Wynn das Tier wieder an sich und setzte es auf den Fußboden.

Dort saß das winzige, flaumige Wesen und blickte sich mit seinen blauen Äuglein verwundert in seiner neuen

Umgebung um. Nun regte sich auch Kip. Er hatte dem Geschehen mit schräggelegtem Kopf zugeschaut, doch jetzt kam er näher und beschnupperte das Hündchen, um festzustellen, ob es tatsächlich ein Artgenosse sei.

Das Tierchen wandte sich sogleich zu Kip um und begrüßte ihn so überschwenglich, daß dieser ihm auswich und sich zurückzog, doch das Hündchen folgte ihm tolpatschig.

Wir lachten über den drolligen Anblick.

„Wie sollen wir es nur anstellen, noch einen zusätzlichen Hausbewohner bei uns unterzubringen?" fragte ich stirnrunzelnd. „Wir sind doch schon drei Personen plus ein Hund!"

„Er ist ein Polarhund. Es macht ihm nicht das geringste aus, im Freien zu schlafen", erklärte Wynn. „Es gibt keinen Grund, weshalb er im Haus bleiben müßte. Jeder kleine Junge braucht einen eigenen Hund."

Ich schüttelte den Kopf. Wynn ahnte zweifellos schon jetzt, daß wir es niemals übers Herz bringen würden, das Hündchen allein im Freien übernachten zu lassen. Er würde den Kaminvorleger mit Kip teilen.

Wir frühstückten gemeinsam und trafen die letzten Vorbereitungen für unseren Ausflug ins Grüne.

Ich kann mich an keinen Tag erinnern, den ich je so sehr genossen hätte wie diesen. Samuel schien zu begreifen, daß die Natur, die freie Wildbahn ein Teil seiner selbst war. Mit seinen großen, kohlschwarzen, ernsten Augen studierte er alles und deutete mit dem Finger auf allerhand Dinge, die ihm neu und wundersam erschienen.

Wynn und ich waren über die Aufmerksamkeit des Kleinen erfreut.

„Er ist ein kluges Köpfchen, nicht wahr, Wynn?" mußte ich einfach feststellen, und Wynn gab mir recht.

Wir aßen das Geburtstagsessen auf einer Decke, die ich auf dem weichen Waldboden ausgebreitet hatte. Wynn gab Samuel einen großen Tannenzapfen zum Spielen, während ich unsere Eßwaren auf der Decke ausbreitete. Der Tannenzapfen wanderte wie alles Spielzeug geradewegs in Samuels Mündchen.

Nach dem Essen gingen wir weiter zum Biberdamm. Dort ließen wir Samuel den Bibern bei der Arbeit zuschauen und sagten ihm das indianische Wort für das fleißige Tier vor. Wir taten sogar so, als habe er uns das Wort nachgesprochen, doch um ehrlich zu sein, handelte es sich wohl eher um das Kauderwelsch eines Einjährigen.

Weiter ging es an das Ufer des gestauten Flusses, und Wynn hielt den Kleinen so, daß er mit der Hand in dem kühlen Wasser spielen konnte. Seine Augen leuchteten, und er spritzte so heftig, daß selbst Wynn naß wurde. Als wir dann weitergehen wollten, protestierte er lauthals.

Die Sonne stand schon tief im Westen, als wir uns wieder auf den Heimweg machten. Wir waren noch nicht lange marschiert, als ich bemerkte, daß Samuel auf dem Rücken seines Vaters fest eingeschlafen war. Mit jedem Schritt, den Wynn machte, nickte sein dunkles Köpfchen auf und ab.

„Das kleine Kerlchen hat sich restlos verausgabt", sagte ich mitfühlend.

Wynn lachte leise.

„Aber jede Minute hat er aus vollem Herzen genossen."

„Ja, das denke ich auch. Ich bin froh, daß du so einen guten Einfall hattest, Wynn. Das war ein schöner Geburtstag, nicht wahr?"

Er nahm meine Hand in seine, und nebeneinander gingen wir nach Hause. Kip tollte uns voraus und stöberte nach Kaninchenlöchern und Eichhörnchenverstecken. Samuel schlief weiter. Ob er von den Dingen träumte, die er in der Natur gesehen und erlebt hatte? Er sah so zufrieden und gesund aus!

„Wir müssen seinem Hündchen zu essen geben, sobald wir zu Hause sind", sagte ich, und Wynn drückte sanft meine Hand.

Zwei Tage später saßen wir am Abend vor dem offenen Kamin. Wynn machte einige Eintragungen in seine Bücher, ich nähte, und Samuel schlief in seinem Bettchen, als wir plötzlich ein Geräusch vor der Tür hörten. Kip sprang mit einem scharfen Bellen auf, womit er das Hündchen an seiner Seite aus dem Schlaf riß.

„Still, Kip!“ befahl ich ihm. Ich befürchtete, daß er mit seinem Gebell das Baby aufwecken könnte.

Wynn stand auf und ging zur Tür. Er vermutete wohl, daß jemand in der Siedlung seine Hilfe brauchte.

Es war jedoch der junge Joe Henry Laufender Hirsch, der vor der Tür stand.

Es dauerte einige Sekunden, bis ich ihn erkannt hatte, doch dann lächelte ich. Er war gekommen, um seinen Sohn zu besuchen. Gewiß würde er erfreut feststellen, wie gut der Kleine von uns versorgt wurde.

Wynn begrüßte ihn und bedeutete ihm, einzutreten. Zögernd kam er näher und schob eine Frau vor sich her. Sie war noch sehr jung, fast noch ein junges Mädchen, und sehr schüchtern. Ich fragte mich, ob sie womöglich seine Schwester war.

Er kam nicht in die Stube. Er bat auch nicht darum, seinen Sohn sehen zu dürfen, sondern schob das Mädchen einen Schritt vorwärts und sagte in gebrochenem Englisch: „Neue Frau. Ich Sohn abholen.“

Alle Farbe wich mir aus dem Gesicht. Ich hoffte, ihn mißverstanden zu haben. Entsetzt schaute ich Wynn an. Auch er war bleich geworden, und ich wandte mich wieder zu dem jungen Mann um. Ich war im Begriff, ihn zu fragen, was in aller Welt das zu bedeuten hätte, doch dann sagte Wynn etwas zu ihm, und der Mann antwortete, ohne daß ich das Gesagte hören konnte.

„Was sagt er?“ fragte ich ungeduldig. „Warum ist er gekommen?“

„Bleib ruhig, Elisabeth!“ bat Wynn, doch das war mir unmöglich.

„Wynn“, drängte ich, „was hat er gesagt?“

Er wandte sich zu mir um. In seinen Augen las ich tiefen Schmerz.

„Er will seinen Sohn abholen. Er will ihn zurückhaben.“

Ich wollte aufschreien, wollte widersprechen, doch die Kehle war mir wie zugeschnürt. Ich warf Wynn einen flehenden Blick zu, um ihm zu bedeuten, die beiden Eindringlinge fortzuschicken.

Wynn sprach noch immer leise mit dem jungen Mann. Ich konnte die Worte nicht hören, doch gewiß erklärte er ihm, wie sich alles verhielt. Samuel war nun unser Kind. Wir würden ihn niemals wieder hergeben. Joe Henry und seine junge Braut würden noch viele eigene Kinder bekommen.

Ich blickte mich nach dem Kinderbettchen um. Samuel regte sich. Die Stimmen in der Hütte mußten ihn in seinem Schlaf gestört haben. Ich sprang auf und lief an sein Bett, um ihn notfalls in meinen Armen zu beschützen. Er schlief noch immer. Von seinem Bettchen her schaute ich auf. Wynn verabschiedete die ungebetenen Gäste an der Tür. Gewiß würde dieser Alptraum bald vorüber sein, ganz gewiß. Wynn schloß die Tür und lehnte sich einen Moment mit dem Kopf an die Wand. Kraftlos ließ er die Schultern hängen, wie ich es noch nie an ihm gesehen hatte. Ich wollte auf ihn zugehen und ihm sagen, daß nun alles gut werden würde, doch meine Beine gehorchten mir nicht. Ich sank auf die Liege zurück, und Wynn straffte die Schultern wieder, um sich zu mir umzuwenden.

„Wir hätten damit rechnen sollen, Liebling“, sagte er tonlos. „Wir hätten damit rechnen müssen.“

„Ist schon gut“, erwiderte ich. „Er hat bestimmt Verständnis für uns. Schließlich ist es fast ein ganzes Jahr her, seitdem er ihn uns gebracht hat. Er kann doch nicht einfach bei uns hereinplatzen und verlangen, daß ...“

„Elisabeth“, unterbrach Wynn mich, „Samuel ist sein Kind.“

„Er hat es uns überlassen.“

„Nicht so, wie wir gedacht hatten.“ Wynns Stimme klang unendlich müde.

„Aber jetzt ist er endlich fort.“

„Er kommt wieder.“

Nun sprang ich auf. Das helle Entsetzen gab mir die Kraft dazu.

„Was soll das bedeuten? Was sagst du da? Du hast ihn doch fortgeschickt, oder nicht?“

Eine tiefe Niedergeschlagenheit stand in Wynns Gesicht.

„Ich habe ihn fortgeschickt, das stimmt, um Zeit zu gewinnen, eine kurze Zeit zum Nachdenken, Zeit, um uns darauf einzustellen.“

„Was hast du ihm denn gesagt?“

„Ich weiß nicht. Irgendwas ... irgendwas darüber, daß der Kleine schläft und daß wir ihm nicht seine Träume rauben wollen. Ich weiß selbst nicht genau. Ich habe einfach das Erstbeste gesagt, das mir eingefallen ist.“ Mutlos zuckte er mit den Schultern.

„Er kommt also wieder?“ fragte ich tonlos.

„Morgen früh“, sagte Wynn.

„Wir lassen es nicht zu, daß er Samuel holt.“

„Wir können ihn nicht daran hindern, Elisabeth. Er will seinen Sohn haben.“

„Dann gehen wir halt vor Gericht. Wir kämpfen um ihn.“

„Damit würden wir höchstens alles hinauszögern. Gegen ihn kommen wir nicht an.“

Ich begann zu weinen und herzzerbrechend zu schluchzen. Wynn nahm mich in seine Arme, um mich zu trösten. Erst jetzt bemerkte ich, daß auch er weinte. Es gab wohl nichts, das mich schneller wieder auf den Boden der Wirklichkeit gebracht hätte als Wynns Tränen. Sein Schmerz ließ mich wieder zur Vernunft kommen. Mein Mann brauchte mich! Wir brauchten einander! Aber wir sollten unseren kleinen Schatz verlieren. Morgen würde Samuel uns weggenommen werden, und wir waren völlig machtlos dagegen.

Einen Augenblick haßte ich den jungen Indianer. Wie konnte er uns nur so etwas antun? Und dann ging ich sogar noch einen Schritt weiter. Ich wurde zornig auf Gott. Warum ließ er so etwas Entsetzliches zu? Ich wollte meinen Zorn von mir schieben, weil ich wußte, daß das nicht recht von mir war, doch ich konnte mich nicht dagegen wehren. Ich klammerte mich an Wynn und fing erneut an zu schluchzen.

In dieser Nacht schliefen wir kaum. Wir redeten, wir beteten, ich weinte, doch nichts konnte den tiefen Schmerz in unseren Herzen lindern.

Gegen drei Uhr stand ich leise auf, um nach dem Kleinen zu sehen. Ich ging auf Zehenspitzen, um Wynn nicht zu wecken, doch als ich Samuels Zimmer betrat, stand mein Mann schon an dem Bettchen und beugte sich über das schlafende Kind. Aufmerksam betrachtete er es im Halbdunkel. Das offene Kaminfeuer warf flackernde Schatten auf Wynns Gesicht.

Wortlos stellte ich mich neben ihn und nahm seine Hand. Wieder kamen mir die Tränen. Der Kleine war uns so ans Herz gewachsen. Wir hatten ihn wie unser eigenes Kind umsorgt, hatten Zukunftspläne für ihn geschmiedet.

Ich ging in die Küche und kochte Kaffee. Schweigend tranken wir ihn, unsere Augen auf das Kind geheftet. Kip schien zu begreifen, daß etwas nicht stimmte. Er kam zu mir und vergrub die Schnauze wimmernd in meiner Hand.

„Wir haben noch viel zu besprechen“, begann Wynn.

Ich nickte.

„In ein paar Stunden sind sie hier.“

Noch immer schwieg ich.

„Was willst du ihm mitgeben?“

Unmöglich konnte ich die Dinge einzeln aufzählen, all die Spielsachen, die Wynn und ich für Samuel gebastelt hatten. Ich wußte, daß ich ihm alles mitgeben würde. Er sollte doch seine vertrauten Dinge um sich haben. Hier wären sie uns ohnehin nur eine schmerzliche Erinnerung.

„Ich packe seine Sachen“, sagte ich mit bebenden Lippen und stand auf.

Auf jeden Gegenstand, den ich hervorholte, fielen meine Tränen: die Hemdchen und Strümpfchen, die Dekken, das Weihnachtsspielzeug, die Geschenke aus Calgary und Toronto. Ich leerte die Schublade aus, in der seine Sachen untergebracht waren. Mit zitternden Händen legte ich das kleine Stoffpferdchen obenauf.

Als ich alles zusammengelegt und meine Fassung wiedererlangt hatte, trat ich zu Wynn an den Kamin.

„Was wird aus seinem Hündchen?“ fragte ich mit heiserer Stimme. „Wir haben ihm ja noch nicht einmal einen Namen gegeben.“

„Samuel soll ihm selbst einen Namen aussuchen. Wenn Joe ihn haben will, kann er ihn mitnehmen.“

„Und wenn nicht?“

„Jim Buck hat sich schon immer einen Hund gewünscht. Er kann ihn haben, wenn seine Eltern es erlauben.“

Der Morgen dämmerte. Ich wußte, daß Joe und seine Frau bald kommen würden. Sie wollten zum großen Dorf gehen und zeitig aufbrechen. Eigentlich sollte ich sie zum Frühstück einladen, doch das würde ich nicht übers Herz bringen. Mit bleiernen Füßen ging ich ins Schlafzimmer und kleidete mich an. Wynn war schon in seiner Uniform.

Als ich aus dem Schlafzimmer kam, trat ich an das Kinderbettchen, um auf das schlafende Kind hinabzuschauen.

„Wynn“, seufzte ich, „ich möchte lieber nicht dabeisein, wenn sie kommen.“

Er nickte verständnisvoll.

„Wäre es dir lieber“, fragte er zögernd, „wenn ich Samuel zu ihnen brächte, damit sie nicht hierher zu kommen brauchen?“

Ich zögerte und dachte nach.

„Ja ... ja, ich denke schon“, stimmte ich zu.

„Dann ist es jetzt Zeit, daß wir ihn wecken und ihm sein Frühstück geben.“

Wynn holte das Kind aus seinem Bettchen und zog es an, während ich ihm seine Hafergrütze kochte. Gemeinsam fütterten wir den Kleinen, beteten und befahlen Samuel der Fürsorge Gottes an. Wir erflehten seine Kraft und Beistand für uns und Schutz für den Jungen und vor allem,daß er ihm die Möglichkeit schenkte, Jesus Christus persönlich kennenzulernen, wie wir es von Anfang an für ihn erhofft und erbeten hatten.

Samuel schien nichts Außergewöhnliches an diesem Morgen zu entdecken. Er begrüßte sein Hündchen mit einem quietschenden Aufschrei, kaute an seinem kleinen Pferdchen und packte eine Handvoll von Kips dichtem Fell. Wir holten sein ganzes Hab und Gut herbei, und dann hob Wynn den Kleinen auf seine Arme und das Bündel auf seinen Rücken. Das Hündchen steckte er sich unter die Jacke, wie er es erst vor kurzem zu uns gebracht hatte. Und dann machte er sich mit Samuel auf den Weg zum Dorf, nachdem ich den Kleinen ein letztes Mal an mich gedrückt hatte.

Als ich ihnen mit tränenüberströmtem Gesicht nachschaute, fragte ich mich, ob das Leben je wieder einen Sinn für mich haben würde.

Trost im Schmerz

Die nächsten Wochen waren die schlimmsten meines ganzen Lebens. Ich irrte in einer leeren Welt umher und fühlte nichts als Schmerz. Das Haus war leer, das Bett in der Ecke, von dem ich mich nicht trennen konnte, war leer, doch die schlimmste Leere war die in meinem Herzen.

Zuweilen versuchte ich zu beten, doch Gott schien in weiter Ferne zu sein. Im Grunde wußte ich, daß das nicht Gottes Fehler war. Er war nicht von meiner Seite gewichen. Ich hatte mich ihm entzogen, spürte seine Gegenwart nicht mehr. Ich konnte einfach nicht begreifen, warum er das alles zugelassen hatte.

Nicht einmal mehr mit Wynn fühlte ich mich verbunden. Täglich ging er still seinen Pflichten nach, und auch ich verrichtete schweigend meine Arbeit. Er versuchte, mich zum Sprechen zu bringen, mich zu umarmen, doch ich wehrte ab und suchte nach Ausflüchten.

Schließlich verlor ich an Gewicht, was nicht verwunderlich war. Ich aß kaum noch. Schlafen konnte ich auch nicht. Nachts lag ich wach im Bett und dachte an Samuel und wie es ihm wohl erging.

Nimmie kam mich besuchen und brachte ihre Kinder mit. Früher hätte ich mich über ihr Spielen und Lachen gefreut, doch nun berührte es mich schmerzlich, und wenn Nimmie mich einlud, brachte ich Vorwände vor, um daheim bleiben zu können.

Doch daheim gab es nichts für mich zu tun. Ich hatte nichts zu nähen, wenig Wäsche, keinen Anlaß, etwas Besonderes zu kochen oder lustige Spiele zu erfinden. Jim Buck kam und erkundigte sich, wann der Unterricht wieder beginnen würde, doch ich gab ihm eine ausweichende Antwort und erklärte ihm, daß ich auf den Gong schlagen würde, sobald ich wieder zum Unterricht bereit wäre.

Ich holte das Gemüse aus dem Garten und lagerte es im Haus – nicht weil es mir Freude machte, sondern weil ich mich beschäftigen wollte. Fast täglich machte ich lange Spaziergänge mit Kip. Ich fand zwar keinerlei Gefallen an diesen Spaziergängen, doch wenigstens konnte ich mich so in sicherer Entfernung vom Dorf halten, um nur niemandem begegnen zu müssen.

Ich wußte, daß Wynn sich um mich sorgte, doch selbst das war mir gleichgültig.

Als der Schnee den Unrat des Dorfes unter seinem strahlenden Weiß begrub, schaute ich teilnahmslos zu und hatte nur den einen Wunsch, daß auch meine Gefühle so vollkommen begraben werden könnten.

Doch Gott hatte mich nicht vergessen. Bibelverse kamen mir in den Sinn. Sie trugen dazu bei, die Erstarrung meines Herzens allmählich zu lösen. Manch einer betete für mich; das wußte ich. Vielleicht rührte Gott mich aus diesem Grund mit seinem Wort an. Schließlich war ich ja sein Kind, und er hatte mich lieb.

Eines Tages, als ich den reinen, weißen Schnee auf den Dorfgassen sah, wurde ich an den Vers erinnert: „Wasche mich, daß ich schneeweiß werde." Diese Worte waren der Anlaß dazu, mich ernstlich zu prüfen. Einst war ich gewaschen worden, und mein Herz war rein gewesen. Ich hatte mit reinem Gewissen meinen Schöpfer angebetet, weil ich durch die Kraft seines Blutes gewaschen worden war. Aber jetzt fühlte ich mich nicht rein, sondern befleckt. Schmutzig. Zornig und verbittert. Wenn ich jetzt vor Gott treten wollte, müßte ich voller Scham den Kopf senken.

„Aber das Ganze ist doch deine Schuld, Herr!" warf ich ihm vor. „Sieh doch, welches Leid du mir zugefügt hast!"

„Aber er ist um unsrer Missetat willen verwundet und um unsrer Sünde willen zerschlagen“, flüsterte es in mir.

„Ja, ich weiß“, gab ich widerwillig zu. „Du hast deinen Sohn in die Welt gesandt, damit er an meiner Stelle sterben sollte. Das war schmerzlich für dich. Und ich habe auch gesagt, daß es mir leid tut. Ich habe immer gedacht, daß du deine Kinder bewahrst und beschützt, und jetzt sieh nur, wie es mir ergangen ist. Ich bin einsam und traurig, Herr, weil ... weil du ....“

„Denn der HERR, dein Gott, ist ein barmherziger Gott; er wird dich nicht verlassen noch versäumen“, kam mir in den Sinn.

„Aber ich fühle mich verlassen, Herr. Ich fühle mich leer und ...“

„Rufe mich an, so will ich dir antworten und will dir kundtun große und unfaßbare Dinge, von denen du nichts weißt.“

„Wirklich, Herr? Könntest du mir wirklich helfen? Könntest du diese entsetzliche Last von mir nehmen und meinem Leben wieder einen Sinn geben?“

„Denn ihr sollt in Freuden ausziehen und im Frieden geleitet werden. Berge und Hügel sollen vor euch her frohlocken mit Jauchzen und alle Bäume auf dem Felde in die Hände klatschen.“

Freude und Frieden – das war es, was mir gefehlt hatte, wonach ich mich gesehnt hatte. Vielleicht hatte ich mich nicht deswegen so elend gefühlt, weil mir Samuel genommen worden war, sondern weil mir Gottes Nähe gefehlt hatte. Frieden und Freude mußte ich wieder finden – unbedingt. Mit meiner Bibel ging ich ins Schlafzimmer. Ich würde so lange auf meinen Knien zubringen, bis ich den Frieden mit Gott wiederentdeckt und wiedererlangt hatte.

Ich mußte ganz zu Anfang beginnen und Gottes Heilsplan neu an mir erfahren. Ich wußte, daß ich Gottes Bedingungen erfüllen mußte, wenn ich Frieden mit ihm haben wollte. Der erste Schritt war, daß ich meine Sünden bekennen mußte. Meine Sünden waren Groll und Bitterkeit. Ich war zornig auf Gott, weil er mir eigene Kinder versagt und die Kinder, die ich liebgewonnen hatte, wieder genommen hatte: zuerst Susi und dann den kleinen Samuel. Doch ich hatte kein Recht, Gott Vorwürfe zu machen. Ich durfte es ihm nicht anlasten, daß Susis Familie fortgezogen war und daß Joe Henry sich dazu entschlossen hatte, seinen Sohn wieder zu sich zu holen. Und woher wollte ich wissen, ob diese Führung nicht vielleicht einem guten Zweck diente? Ganz genau wußte ich dagegen, daß Gott die Zügel meines Lebens in der Hand hielt. Er war der allmächtige Gott. Er wußte, was gut für mich war, und ich mußte begreifen, daß er in seiner großen Liebe mich trösten und stützen wollte, wenn ich unter diesem unsagbaren Verlust litt. Ja, Gott wollte nur mein Bestes. Das war mir klar.

Reumütig flehte ich um Hilfe, und die Bitterkeit meiner Seele schmolz wie Schnee an der Sonne. Ich sagte Gott, daß ich seinen Plan für mein Leben annehmen wollte, was er auch mit sich bringen würde, selbst wenn ich kinderlos bleiben müßte. Ich wollte endlich aufhören, mich gegen den Willen Gottes aufzulehnen, und ihm alles, einfach alles überlassen. Ich wollte nicht mehr unglücklich sein und andere auch noch unglücklich machen. Ich dachte an Wynn und den großen Kummer, den ich ihm bereitet hatte. Ich bat Gott um Vergebung dafür und nahm mir vor, auch Wynn um Verzeihung zu bitten.

Ich betete für Samuel und auch für Joe Henry Laufender Hirsch, daß er seinem Sohn ein guter, umsichtiger Vater sein möge. Daß Joe irgendwie Gelegenheit bekäme, Gott selbst kennenzulernen, um Samuel und die weiteren Kinder, die er vielleicht bekommen würde, zu Jesus führen zu können.

Ich betete für das junge Mädchen, das nun Samuels Mutter war. Ich betete, daß Gott ihr in ihrer neuen Aufgabe beistehen möge. Daß sie liebevoll und freundlich, geduldig und fürsorgend mit Samuel umginge und ihn so ins Herz schließen würde, wie ich es getan hatte.

Über vieles redete ich mit Gott, ohne etwas zurückzuhalten. Als ich mich endlich wieder von den Knien erhob, fühlte ich mich rein und frei. Tiefer Friede erfüllte mein Herz.

Ich wußte, daß es vielleicht Tage geben würde, an denen ich mich nach einem Kind sehnen würde. Diese Tage würde ich so, wie sie kamen, annehmen und Gott um seine Hilfe bitten, doch ich wollte nicht mehr voller Ungeduld und Unwillen mit ihm rechten. Mit Gottes Hilfe würde ich all das Schöne zu schätzen wissen, mit dem er mich beschenkte. Es war töricht von mir, schmollend und klagend durchs Leben zu gehen, wenn ich so viel Grund zur Dankbarkeit hatte. Von nun an wollte ich jeden Tag Gott erleben. Ich würde ihm für alles danken, was er mir schenkte. Zuallererst dankte ich ihm jetzt für meinen Mann.

Kaum hatte Wynn die Hütte betreten, als er auch schon wußte, daß etwas geschehen war. Ich erzählte ihm von meiner Begegnung mit Gott. Wir sprachen darüber und beteten miteinander. Es tat so wohl, keine Schranken mehr zwischen mir und Wynn zu spüren.

„Ich hätte mich nicht so aufführen sollen", gestand ich. „Ich will die Zeit mit Samuel in guter Erinnerung behalten. Sie wird mir immer besonders lieb sein."

Wir räumten das Kinderbettchen aus der Stube, denn nun hatten wir keine Verwendung mehr für solcherlei schmerzliche Andenken. Statt dessen freuten wir uns an der Erinnerung an sonnigere Tage, und es bereitete uns keine Schwierigkeiten mehr, miteinander darüber zu sprechen. „Weißt du noch?" fragte einer von uns oft, und dann lachten wir gemeinsam über diese oder jene drollige Begebenheit.

Die Bilder, die Wawasi gezeichnet hatte, hielten wir in

hohen Ehren. Viele von ihnen rahmte ich ein, um sie an die Wand unseres Schlafzimmers zu hängen. Jedes Mal, wenn ich sie anschaute, dankte ich Gott für die kostbaren Monate, in denen wir Samuels Eltern sein durften.

Eines Abends kam Wynn mit einem sonderbaren Dokument in der Hand nach Hause.

„Was ist denn das?“ fragte ich erstaunt.

„Eine Versetzung.“

„Eine Versetzung? Aber wie kommst du nur daran?“

„Ein Bote hat sie gerade gebracht.“

„Können wir denn nicht einfach hierbleiben?“ fragte ich und dachte an all unsere Freunde in der Siedlung.

„Die Polizei hält es für richtig, einen Mann nicht zu lange in demselben Revier einzusetzen.“

„Warum nur?“

„Man befürchtet, daß er sich vielleicht Günstlinge oder auch Feinde machen könnte.“

„Wohin sollst du denn versetzt werden? Wieder irgendwo in den Norden?“ fragte ich und trat näher, um einen Blick auf das Dokument zu werfen.

„Schon, aber das macht keinen Unterschied“, sagte Wynn ein wenig abwesend. „Ich nehme die Versetzung ohnehin nicht an.“

„Nicht?“ Ich war überrascht. Es war nicht Wynns Art, sich den Anordnungen seiner Vorgesetzten zu widersetzen. „Wie willst du sie denn umgehen?“

„Ich bitte einfach darum. In Anbetracht der Umstände werden sie mit sich reden lassen, denke ich.“

Wynn trug den Brief in seine Dienststube und kam wieder zurück, gab mir einen Kuß und ging an seine Arbeit.

„Wir unterhalten uns später darüber“, sagte er kurz.

Nachdem er gegangen war, dachte ich lange nach. Irgendwie spürte ich, daß ich der Grund dafür war, daß Wynn sich seinem Dienstbefehl widersetzte. Ich sah an mir hinab. Ich war noch immer recht mager, obwohl ich nun schon viel mehr Appetit hatte. Gewiß würde ich mein Gewicht bald wieder erreicht haben. Auch schlafen konnte ich gut, und ich hatte wieder mit dem Unterricht begonnen. Frauen aus dem Dorf lud ich zum Tee ein und besuchte sie meinerseits. Ich genoß das Leben wieder und wußte genau, daß mir die Freunde und Bekannten hier in der Siedlung sehr fehlen würden, wenn wir sie verlassen müßten. Der Gedanke daran, Nimmie Lebewohl sagen zu müssen, bereitete mir großen Kummer.

Doch ich fürchtete mich nicht mehr, und ich verspürte auch keine Bitterkeit. Ich war endlich dazu bereit, auf Gottes Wegen zu gehen. Mit ihm an meiner Seite machte es mir nichts aus, wo oder wie wir lebten. Wohin Gott uns auch führte, wir würden Frieden und Freude finden.

Ich erwähnte den Brief nicht. Gerade hatten wir uns vor unseren Kamin gesetzt, als Wynn davon anfing.

„Du wolltest doch Näheres über die Versetzung wissen, nicht wahr?“ sagte er und ließ das Buch sinken, in dem er gelesen hatte. „Ich sollte nach Rauchsee versetzt werden.“

„Wo liegt denn das?“

„Nordwestlich von hier.“

„Ist es größer oder kleiner?“

„Es ist wohl ein wenig größer, denke ich.“

„Wie sieht es dort aus?“

„Das Leben ist noch mühsamer als hier.“

Einige Minuten lang sagte keiner von uns ein Wort.

„Du willst um meinetwillen die Versetzung ablehnen, nicht wahr?“

Wynn wich aus.

„Hm. Nicht, daß du es nicht schaffen würdest; ich finde nur, daß es nicht fair wäre, das von dir zu verlangen.“

„Warum?“

„Rauchsee liegt noch abgeschiedener, und es geht noch viel einfacher dort zu als hier.“

„Was willst du denn statt dessen tun?“

Wynn hatte sein Buch beiseite gelegt, um mir seine gesamte Aufmerksamkeit zu widmen.

„Ich werde mich wieder um einen Posten in der zivilisierten Welt bewerben. Wenn auch vielleicht nicht in Calgary oder Edmonton, doch zumindest in einer Stadt von Bedeutung, wo du so leben kannst, wie du's von früher her gewöhnt bist, Elisabeth. Der Norden hat dir hart zugesetzt. Du mußtest so viel entbehren und warst stets zu Opfern bereit, aber jetzt ist es an der Zeit ...“

Ich ließ Wynn nicht ausreden.

„Weißt du“, sagte ich, „es war mir eine gute Lektion, die Reise nach Calgary zu machen. Dabei habe ich nämlich festgestellt, daß Geschäfte, schöne Kleider und sogar elegante Badezimmer gar nicht so lebensnotwendig sind, wie ich früher gedacht hatte.“

„Willst du etwa nicht zurück in eine Stadt?“ fragte Wynn verwundert.

„Nein, so habe ich's nicht gemeint. Ich könnte auch dort ein zufriedenes Leben führen. Aber ich brauche die Stadt nicht zu meinem Glück. Ich kann hier genauso glücklich sein. Verstehst du denn nicht, Wynn, daß die Hauptsache für mich ist, bei dir zu sein?“

„Aber ich wäre ja bei dir.“

„Äußerlich gesehen natürlich, aber mit dem Herzen wärst du noch immer im Norden. Das möchte ich nicht, Wynn, und ich glaube, keiner von uns beiden wäre sehr glücklich unter solchen Umständen.“

Wieder herrschte Schweigen.

„Was meinst du denn nun zu der ganzen Sache?“ fragte Wynn schließlich.

Ich stand auf und trat an den Kamin, warf einen frischen Holzscheit auf das Feuer und sah zu, wie die Funken in die Höhe stoben. Der Anblick erinnerte mich an die zahllosen Sterne an dem klaren Nachthimmel über unserer Hütte.

„Ich meine, wir sollten die Versetzung annehmen. Jetzt sind wir noch jung und gesund. Später können wir immer noch in eine Stadt ziehen. Die Menschen hier brauchen uns, Wynn. Es gibt genug andere Männer mit ihren Frauen, die sich lieber in eine Stadt versetzen lassen würden. Wir werden hier im Norden gebraucht." Ich zögerte einen Augenblick. „Wer weiß, welche wunderbaren Erlebnisse dort auf uns warten!"

Wynn stand auf und nahm mich in seine Arme. Tief schaute er mir in die Augen.

„Bist du dir ganz sicher?"

„Ganz und gar."

Und so war es auch. In Wynns Armen und mit dem Frieden Gottes im Herzen hatte ich allen Grund, der Zukunft voller Vertrauen und Zuversicht entgegenzusehen.

Kennen Sie auch die anderen Bände dieser Serie?

WENN DIE LIEBE SIEGT

Elisabeth ist eine junge, hübsche und wohlerzogene Lehrerin. Und jetzt soll sie das „warme Nest" des Elternhauses in Toronto verlassen und ausgerechnet eine Stelle im rauhen kanadischen Westen antreten.
Der Gedanke an ein hartes, primitives Leben schreckt sie, aber sie will Gott nicht ungehorsam sein.
Eines jedenfalls steht für sie fest: mit einem dieser „Rotjacken" wird sie sich bestimmt nicht einlassen – nein, heiraten wird sie nicht!
Und genau das hat sich auch der junge Grenzpolizist Wynn Delaney vorgenommen ...!
Gebunden, 272 Seiten
Bestell-Nr. 15 090

WENN ES FRÜHLING WIRD

Mitten in den Vorbereitungen zur Hochzeit bekommt Wynn den Befehl, sofort eine neue Stelle im hohen Norden Kanadas anzutreten. Überstürzt heiratet er seine Elisabeth. Nach einer beschwerlichen Reise trifft das Paar in der neuen Heimat, einem Indianerdorf, ein. Elisabeth findet nur mühsam Kontakt, weil die Einwohner kein Englisch sprechen. Als auch noch ein harter Winter hereinbricht und Wynn nicht bei ihr sein kann, ist sie der Verzweiflung nahe. Wann endlich wird es wieder Frühling werden?
Dieses Buch ist die Fortsetzung der Erzählung „Wenn die Liebe siegt".
Gebunden, 316 Seiten
Bestell-Nr. 15 102

Und hier ist Janette Okes Familiensaga über das Leben der damaligen Siedler im Westen Amerikas:

LIEBE WÄCHST WIE EIN BAUM
Gebunden, 224 Seiten, Bestell-Nr. 15 364

LIEBE TRÄGT DURCH FREUD UND LEID
Gebunden, 240 Seiten, Bestell-Nr. 15 365

REISE IN EINE NEUE WELT
Gebunden, 256 Seiten, Bestell-Nr. 15 366

ÜBER ALLEM BLEIBT DIE FREUDE
Gebunden, 256 Seiten, Bestell-Nr. 15 367

NIEMALS HÖRT DIE LIEBE AUF
Gebunden, 288 Seiten, Bestell-Nr. 15 368

TRÄUME SIND WIE DER WIND
Gebunden, 256 Seiten, Bestell-Nr. 15 369

WOHIN DAS HERZ UNS FÜHRT
Gebunden, 272 Seiten, Bestell-Nr. 15 370